午前三時のルースター

The prize-winning novel of
the 17th Suntory Award for Mystery fiction
Dawning day, dawning life
by Kakine Ryōsuke

垣根涼介

文藝春秋

午前三時のルースター・目次

イラスト　西口司郎
デザイン　多田和博

午前三時のルースター

満たされぬ者だけが、煌めきを見る。

プロローグ

成田空港のパーキングには、雨ざらしになったまま放置されているクルマが常時数台はあるという。

本来なら帰国するはずの持ち主が現地で失踪してしまい、結果的に長期の無断駐車となっているのだ。

小雨のパラついていた夏の午後、そういったクルマの一台を見かけたことがある。薄汚れた銀色のアルファ・ロメオで、ＢＢＳのホイールを穿いている前輪からは空気が抜け、土埃の付着したフロントガラスには雨粒が当たっていた。

車を眺めていたおれの視線に気付いたのか、手垢まみれのキャップをかぶった駐車場のオヤジは、問わず語りに話してくれた。

「この車の男ね、コロンビアに帰った女を追いかけて、二週間の予定で車を預けていったんだよ。すぐに連れて戻ってくるって言ってさ。でも、それっきりさね」

言いつつ、ボンネットの上に人差し指を走らせた。指の腹にべっとりとした黒い汚れが付いた。

「何の連絡もないまま、もう三ヵ月分、駐車料金が溜まっている。おそらくもう、戻っちゃこないだろう」

オヤジは自分のポケットの中を探り、その様子におれはなんとなく煙草を差し出した。

「よくあるんですか、こういうこと？」

「たまにね。年に一、二回。ただ、それはこの駐車場だけでの話だから、他の駐車場や、電車やリムジンバスで来る客の場合も考えると、いったいどれくらいの人間が行方知れずになってるんだか」

オヤジはちらりとおれの顔を見上げた。

「あんた、旅行会社のヒトだろ？」

おれはうなずいてみせた。

「どう思う？」

「なにが」

「だから、こんな人間たちのことさ」

「……なんて答えていいか分からないな」

「つまり、どうしてこうなってしまうのか、だよ」

少し考えて、おれは答えた。

「クルマなんか放り出してもいいほど惹きつけられるものを、その場所で見つけてしまったってことだろう」

「なるほど」

オヤジは早くも吸いさしを地面に落とした。

「結局、そいつらは幸せなんだな」

「どうかな」

「いや、幸せだよ」オヤジは黄色い歯を剝き出して笑った。「たいしたことのない毎日だが、それでもおれには、今の生活を放り出してまで手に入れたいものなんて、想像もつかないからな」

「見つけるまでは、誰にだって分からないさ」

「分からなくていいね、そんなもの。いまさら知りたくもない」

そう言って、おれに車のキーを渡した。

あのオヤジとは、以来会っていない。たぶん、今もあのプレハブの中で、変わらぬ日々を繰り返しているのだろう。深淵を覗き込むこともなく、新しい明日を夢見ることもなく、日常に馴染んでゆく生活。

だが、誰しもがそんな暮らしに耐えていけるわけではない。

第一章　少年の街

1

不機嫌になったり、自分の気に入らないことがあると、決まってこめかみ近くの血管が浮き出してくる。それが彼本来の気性をよく表していた。

向かいのソファで足を組んだまま煙草をくゆらしていた社長が、ふと改まった様子でこちらに向き直った。

「ときに長瀬くん」そう言って、灰皿にピースをもみ消した。「きみ、ベトナムに行ったことは、あるか」

ええ、とおれはうなずいた。

「結構、詳しいかい」

「ベトナムの、どこですか」

「サイゴン（現ホー・チ・ミン）だ」

「そこなら三回ほど行ったことがありますから、まず一通りの案内はできるかと思いますが……」

うむ、と社長はうなずいた。

「十二月の二十日過ぎに行くとして、混み状況はどうだろう」

「学生の冬休みと重なると、かなり厳しくなってきますね」

「いつ頃までに、予約すればいい？」

「遅くとも、今月の半ばまでには申し込まれたほうが無難だと思います」

「となると、もうあまり時間がないな……」

社長は再びピースに火を付けると、口から長々と煙を吐き出した。

おもむろにソファから立ち上がると、自分のデスクの後ろに廻りこみ、背後の一面の窓から下方にひらけている市街地をじっと見下ろした。

ビル自体が高台に建っていることもあり、ここからの眺めはすこぶる良い。都心の衛星都市のひとつである人口三十五万の市街地が、ほぼ一望できるのだ。

ＪＲと私鉄が交差する駅ビルを中心に、何棟もの商業ビルが建ち並んでいる。ビルの隙間のところどころに、黄色く色づき始めたイチョウ並木が見え隠れしていた。

デスクの後ろを全面窓にしたのは、社長の注文だと聞く。小柄ではあるが背筋の張ったその背中は、還暦を越えた男のものとはとても思えない。

彼――中西栄吉は、戦前、四国の山深い寒村に七人兄弟の五番目として生まれた。

徳島と愛媛の県境にある極貧の集落だった。戦中、そして終戦直後の食糧難の時代ということもあり、中学を卒業して上京するまで、白米を食べたことがなかったという。主食は、ひえ、あわや麦で、それすらも食うに事欠く生活だったというからすさまじい。おれも以前ひょんなことでその集落の近くを通過したことがあるが、現在でも舗装路が通じておらず、日中でも山犬が我がもの顔でうろついているようなところだった。

ノックの音が聞こえ、女性社員が一礼して部屋の中に入ってきた。左手にコーヒーの盆を載せている。いつもの社長秘書ではなく、初めてみる顔だった。二十歳前後だろう、うつむきがちな視線は、まだ場慣れしておらずおどおどとしていた。彼女はおれと社長の前で再び一礼すると、中腰になって慎重にガラスのテーブルの上にコーヒーをふたつ置いた。相変わらず視線は下を向いたままだ。そんな彼女を社長はじっと横目で見ている。

　こめかみが、かすかにふくらんだ。

　そそくさと立ち去ろうとした彼女の背中に、社長が声をかけた。

「おい、ちょっと」そしておれの顔をみて、軽く右手をあげてみせた。「悪いけど、ちょっと、ええか」

　おれがうなずくと、再び社長は彼女の方を向いた。

「なぁ安藤くんよ、初めてお茶を持ってきてくれた君にこんなことを言うのもなんだが、君、わしやこの長瀬くんの顔を一度も見ようとはしなかったね」

　女の子は盆を小脇にかかえたまま、身を固くしている。相当に緊張している。

　さすがに社長は苦笑いを浮かべた。

「まあ、わしの顔は別に見んでもいいさ、どうせ覚えているだろうからな。だが、長瀬くん、つまり君にとってはお客さんの顔を一度も見んというのは、こりゃいかん。あまりじろじろ見るのもどうかと思うが、まったく見ないのも相手にそっけない印象を与える。感じがいいとはちょっと言えんな」

「……………」

「それにもし長瀬くんとまた廊下かどこかですれ違ったとしたら、当然顔を知らんあんたは、初対面のつもりで会釈するだろう。そんなんは不思議と相手に伝わるもんだ。相手は君のことを覚えていて、君は相手のことを知らない――こりゃ失礼な話だとは思わんかね」

「……はい」

　女の子は、ほとんど消え入りそうな声で返事をした。そして顔を上げておれを見ると、改めて頭を下げた。

「どうも、すみませんでした」

これにはおれのほうが恐縮した。

社長はそんな彼女の様子に、「ま、そういうわけだ」と、ソファの肘掛を手のひらで軽く叩いた。話はこれで終わりというわけだ。

「もう、行っていいぞ」

「はい……どうもありがとうございました」

ドアが閉まると、社長は口を歪めたままこちらに向き直った。この頃、眉の白髪が少し目立ち始めてきたようだ。

「すまなかったね」

「いいえ」


十五歳で集団就職のため上京してきた彼は、最初、ある運送会社の配送課に就職した。荷物が山積みになった倉庫の中で、毎日それをトラックに積み込む仕事だった。夏は蒸し風呂、冬は凍てつく冷凍庫というわけだ。三年ほどその仕事を続けたが、やがて彼は、こんな倉庫の中で一生を終わってはいけない、と考えるようになった。

さまざまな職を転々とした後に、宝飾品の行商に落ち着いた。これが当たった。

時代はいわゆる高度経済成長期に突入しており、人々は食うや食わずの生活から脱却して、さらにそのうえを目指すようになっていた。彼は初めて仕事に充実感を感じ、業界自体も順調に伸びていった。精力的に全国を歩き廻り、妻と生まれたばかりの娘のいる家には年に数回帰るだけだったという。やがて家が一軒持てるだけの金が貯まったとき、彼はその金を元手に有限会社を設立した。それが、このジュエリー・ナカニシの前身だった。

――その時、わしは今の君より五歳は年下だったよ。

そう、社長が得意気に話したことがあった。

現在、ジュエリー・ナカニシは、関東近県を中心に約五十店舗、従業員四百人を抱える会社にまで成長しており、いわゆるオーナー会社としては業界でもトップクラスの規模である。業務内容も、宝石の小売り・販売から、製造・加工、原産国からの輸入まで手広く行なっている。

宝石業界においては、おれたちのような旅行代理店に勤めるセールスマンは、適正価格での商売ができることが多い。

定期的に宝飾品を購入してくれる得意客へのサービスとして、招待旅行を主催することが多いのだが、招待される側の顧客は、上得意としての財力のある社長夫人や個人事業経営者という富裕層である。日頃から旅行を趣味にしている人間も多く、目が肥えている。一流のホテル、旨い食事、設備満載のバス、行き届いたサービスと間延びのない旅行行程。当然一人当たりの旅行単価もはねあがってくる。同業者との見積もりの叩き合いが多い職場旅行などと違って、価格の安さよりその内容自体に重きが置かれるので、それなりの収益をだすことも可能になってくる。


「ええと、どこまで話したかな」

「サイゴンの十二月末の混み状況の話でした」

「ああ、そうか」

社長は天井を見上げた。ついで、軽いため息をついた。

「……君にひとつ、頼みたいことがあるのだが」

「はい」

「わしには、今年十六になる孫がいるのだ」そう言って、社長はおれの顔をまじまじとのぞきこんだ。「その孫を年末、サイゴンに連れていってもらえんかね」

「え？」

「期間はそんなに長くなくていいんだ。ただ、その間は君自身につきっきりで孫の面倒を見てもらいたい」

　あまりにも急な申し出に、おれが少し口を開きかけると、それを断る前兆と勘違いしたのか、社長はあわてて手で制した。

「いや、もちろんタダでとは言わん」そう言って、身を乗り出してくる。「当然、君の旅行費用は全額負担するし、営業が本来の仕事の君に、わざわざ孫一人のためにそれだけの日数を割いてもらうわけだから、もし申し出を受けてくれるならば、こちらにもそれ相応の用意はある」

「と、いいますと？」

「まず、来年の招待旅行。これはもう、無条件に君にやってもらう。見積りも常識外の金額でなければ、君の言い値で結構だ。それと君も知ってのとおり、うちの会社は来年で三十周年だ。全社挙げて海外に行ってもいい。予算は一人十五万で、約三百名。これも君にお願いしよう」

　破格の条件だった。

「たとえ年末に一週間そこそこのセールス期間がなくなったとしても、君にとっては決して悪い話ではないと思うが、どうだろう」

　例年の招待旅行とあわせれば、売り上げベースでトータル約六千万。こちらの言い値でいいとすれば、かなりの収益も保障される。

「そうですね」おれは相槌を打った。「たしかに願ってもない話です。つまり、お孫さん一人だけのツアーを手配して、わたしがその添乗に付くということですね」

社長はうなずいた。

「もし出発日と決まった日に乗せ込みのツアーがあれば、完全な個人手配でなくともかまわない。たださっきも言ったとおり、現地では君がつきっきりで世話をしてもらいたい」

「旅行代金もかなり高くなりますよ」

「かまわない」と、にがにがしげに社長は視線を逸らした。「孫との約束なんだ」

妙な話だった。

「ひとつ、質問してもいいですか」

相手の反応はなかったが、かまわずおれは続けた。

「この旅行は、お孫さんの希望ですか」

「そうだ」

「行き先もですか」

「ああ」

「どうして、ベトナムなんです。失礼ですが、どう考えても、十五、六歳の子供が行っても面白いところではないですよ」

「仕方ない」社長は言った。「どうしても行きたいというんだ。実は、孫は今年、麗秋大付属高校に入学したんだよ」

その高校名は地方出身者のおれでも多少耳にしたことがあった。毎年東大に数十名の合格者を出している私立進学校だ。

「それは、すごいですね」

社長はうなずいた。不機嫌な顔つきの中にも、ちらりと得意げな表情が浮かんだ。

「もし受かったらわしに出来ることなら何だってやってやる――そう約束しちまったんだよ」と、

顔をしかめた。「今にして思えば、めったに物事にこだわったことのないあれが、その時だけは妙に念押ししていたのをおかしいと気付くべきだったんだが……」

「しかし、お孫さんのベトナム行きの動機っていうのは、いったい何なんです？」

一瞬の間のあと、社長はため息をついた。

「つまりは、失った者への感傷だ」

「え？」

「わしは家内と結婚してから最初の十年というもの、ほとんど家にいたことがなかった。この会社を興すまでは独立しようと躍起になっていたし、会社を興したら興したで、なんとか軌道に乗せるため、また一苦労だった。それもあってか、子供は一人しか出来なかった。しかも女だ。だから、孫の父親は婿――わしにとっては義理の息子ということになる」

社長はおれの顔を見て、かすかに笑った。

「ちょっと唐突だったかな？　四年前、その婿がサイゴンの工場視察に行ったっきり行方不明になった……。現地の警察の調査で、滞在最終日の午後、開発業者への手付金を下ろしに銀行に立ち寄ったところまでは足取りがつかめた。しかし、それっきり消息が途絶えた。一週間後、サイゴンの裏町でぼろぼろになったスーツの上着が発見された。雨に洗われて随分薄くなってはいたが、大量に付いていた血痕が確認された。日本とベトナムでの鑑識の結果、本人の血に間違いないことが分かった。銀行内で大量の現金を下ろした婿に、あらかじめ狙いを定めての犯行ではないかということだった」

「死体は見つかったんですか？」

「いや」社長は首を振った。「だが、警察に言わせると、状況的にとても生きている可能性はないということだった。むろん、わしも個人的に人を雇って調べさせた。しかし何の成果もあがらぬまま、三ヵ月後に警察の捜索は打ち切られ、ほぼ同時期にわしも調査をあきらめた。以来、なんの連絡もない」

「――――」

「……娘婿にサイゴンに行ってもらったのは、現地に生産工場を作り、その現地法人の代表になってもらうつもりだったからだ。サイゴンはタイやスリランカ、オーストラリアなど宝石原産国からの中継地として格好の場所にあるし、ベトナム人は真面目で手先が器用だ。人件費も他の東南アジアの国と比べたら圧倒的に安い。この現地法人を設立できれば、宝飾過程のコストを驚くほど安く出来るはずだった。だから婿の死はわしにとって二重のショックだった。なんとかして生きていてくれたら……当時はそんな縋るような思いだった。仮に殺されていたとしても、遺体だけでも日本に帰らせてやりたかった。しかし何の進展もないまま、あれからもう四年も経った。冷たいようだが、いまさらサイゴンに行って、何になるというのだ。死んだ人間が生き返るわけでもない。だからわしは感傷にすぎんと言ったのだ。最初、夏休みに行きたいと言ったのを冬に引きのばし、その間にあきらめてくれるのではないかと期待もした。だが、約束は約束だ。どうだろう？　この話、引き受けてもらえんだろうか？」

　むろん、おれに断る理由などなかった。首を縦に振ると、社長はほっとした笑みを洩らして立ち上がり、机の引き出しから肩書きの入っていない名刺を出して、おれに渡した。

「そうと決まればさっそくで悪いが、来週の日曜日うちに来てもらえないだろうか。孫にもいずれは会うことになるわけだし、娘は娘で今回のベトナム行きのことを心配しているようだから、君が一度顔見せしてくれれば安心するだろう」

「分かりました」

「住所は、その名刺のとおりだ。県民文化センターのすぐ近くで、まわりに白いナマコ壁のある建物だから、すぐに分かると思う」
おれはもう一度うなずいた。これが、始まりだった。

2

県民文化センター近くの、ナマコ壁を張り巡らした邸宅は、すぐにそれと分かった。いわゆる山の手の高級住宅地で、どの家も広い敷地を判で押したように分厚い塀が取り巻いている。その中でもひときわ長く白い塀に囲まれ、その上によく刈り込まれた庭木が見え隠れする屋敷が、中西邸だった。

路肩にクルマを止め、いかめしい門構えの横に付いたインターホンを押した。名前と用向きを伝えると、すぐに扉が開き、穏やかな顔つきの老女に案内されながら邸内に入った。

塀の内側は、およそ千坪はあろうかという回遊式の庭園になっていた。広い中庭の中央には巨大な池が作られており、池の真ん中にある小島には、ミニチュアのような祠《ほこら》が建っていた。池の背後には小高く盛り上がった丘——桜と躑躅《つつじ》がメインのようだ。両方とも厭きのこない素材として庭木によく使われるが、この一見地味な樹木同士の組合せのみで景観のメリハリを保つには、相当な技量を必要とする。ここを造園した庭師の資質が、かなり高いものであることが感じられた。いずれにしても個人の持ち物で、これだけの庭園を見たのはおれも初めてだった。

広く土間を取った玄関から長い廊下を渡り、座敷に通された。敷居を跨いだとき、檜の匂いがツンと鼻をついた。

「あいにく、旦那様は別室にて商談が長引いているご様子でして、申し訳ございませんが、もう少々かかるかと存じます」

開いた障子の向こうにある窓の外には、先程の庭が一望できた。正面の床の間には、一対の水墨画が掛かっている。

「さ、どうぞ。こちらのほうにお座りくださいませ」

そう言って、中央の座卓の横を手で示された。

「先に、若奥様とぼっちゃまがいらっしゃいますので」

「若奥様？」

「はい」老女は当然のようにうなずく。「旦那様のお嬢様――つまり、慎一郎ぼっちゃまのお母様でございます」

若奥様と、ぼっちゃま――か。

案内されるままに席に着いたおれは、老女が下がったのをよいことに、改めてその和室の中をじろじろと眺め回した。これみよがしの豪華さはないが、材質にふんだんに金をかけたと思われる室内だった。床の間の柱や壁の梁は、相当の樹齢を重ねたものでないとその太さは切り出せない代物だったし、座敷の畳と庭先を隔てている縁側の床も、端から端まですべて欅《けやき》の一枚板を使用している。和室にしては高い天井は、これまた桜を使った綾目張りであった。庭園と同様、こちらもすぐれた職人の静かなこだわりが感じられた。

どれくらいそうしていたろうか、時間にして数分というところだろうが、廊下を近づいてくる、かすかな足音に気が付いた。女の歩調のようだが、先程の老女のものではない。もっと軽い、足さばきのよい音だ。

やがて足音は、おれの居る座敷の前で止まった。おれは居住まいを正した。

そろり、と襖が開いた。見ると、襟足《えりあし》までつめたショートカットの女が、敷居に膝をついたまま、こちらに向かってにこやかに笑いかけていた。

「あの、ひょっとして――」

「はい」と、彼女は愛想よく答えた。「この度は本当にご迷惑をおかけいたします。すでにあなたは父からお聞きになっているかとは存じますが、私が慎一郎の母、礼子でございます」


そう、なめらかに自己紹介をする口元から、白い歯がこぼれる。

ちょっと予想外だった。いくら若奥様と呼ばれているとはいえ、高校生の息子がいるということでもっと中年の婦人を想像していたのだが、そこにいるのはおれの思い描いていたタイプにはほど遠い、すらりとした女性だった。ベージュのパンツに煉瓦色のブラウスというでたちの彼女はテーブルの向こうに改めて正座すると、

「本日はお忙しいところをありがとうございます」

そう言って、もう一度その切れ長の瞳に微笑を浮かべた。

おれもあわててお辞儀を返した。不覚にも男の目で彼女を眺めている自分に気付いた。広い額にくっきりとした鼻梁。白く、つややかな肌。それにしても相当な美人だった。

あまりにも端正な顔つきの人間は、時としてその端正さゆえに年齢不詳に見えることがあるが、彼女の場合にもそれが当てはまっていた。

息子の年齢から考えても、三十代後半から四十代前半にはなっているはずなのに、目の前にいる女性はどう見てもおれと同世代かそれ以下にしか見えない。化粧の仕方には隙がないし、服装も含め、かなり垢抜けた印象を受けた。

しばらく互いに当たり障りのない話を続けたあと、おれは聞いた。

「ところで、社長が遅くなる話は伺いましたが、その、慎一郎君は？」

「ああ、あの子ですか」ふっと、彼女の笑みが途切れた。「そういえば、遅いですわね。サチに見つけてくるよう頼んでおいたのですが」

「……はぁ」

「あの子にも困ったものです。入学祝いに突然こんなことを言いだしたりしまして。正直言って驚きましたわ。しかも自分ひとりで行きたいなどと言うものですから、ずいぶん反対したのですが、結局はこういうかたちで折れることになってしまったのです。プロの添乗員さんがずっと御一緒でしたら、私どもとしましても安心できますしね」

ふと、テーブルの上で軽く組まれた彼女の細長い指に目が止まった。きっちりとパールのマニキュアの施されたその左手の薬指に、すでに結婚指輪はなかった。

再び襖が開いた。老女がお茶を持って入ってきた。まずおれの前にお茶を出すと、次いで礼子の側に廻りこみ、ささやくような声で言った。

「あの、お嬢様、業者の方からお電話がありまして、あと三十分ほどでお見えになるということでしたが」

ああ、と礼子はうなずいた。

「わかりました」

ふたたび廊下から足音が聞こえてきた。とくに足音を気にしていない者に特有の、踵から直接足を降ろす歩き方。社長が姿を現した。

彼はおれの姿を認めると、

「やあ、すまんな。ちょっと打ち合せが長引いてしまってね」

そういいながら、娘の隣に座った。黒いハイネックに茶の厚手のジャケットをあわせている。私服姿を見るのは初めてだったが、こちらのほうはイメージしていた通りだった。自宅でもあまりラフな服装は好まないのだろう。

「なんだ、慎一郎はまだ来てないのか」

そう言って、ちょっと不機嫌そうな視線を娘に向けた。

「ええ。それが、まだ……」

と、礼子は老女のほうを振り返った。

「サチ、慎一郎は探してくれた？」

「それが、先程まで裏庭にいらっしゃったものですから、てっきりそこだと思いまして探しにいってはみたのですが……」

「裏庭？」

社長は怪訝そうに言い、それから不意に顔をしかめた。

「また、物置か」

老女があわてて弁解した。

「いえ、ただその付近にいらっしゃっただけで……」

しかし社長は、そんな言葉などまったく聞こえなかったかのようだった。

「まったくあいつは、またあんな所で」

そしてもう一度老女のほうを見ると、いらだたしげに言い放った。

「だから早くあんなものは屑鉄屋に出せと言っておいただろう」

「申し訳ありません」

そのきつい口調に、老女はうつむき、礼子は何を言うでもなく黙ってテーブルの上を見つめた。気まずい沈黙が漂った。何がその原因か分からなかったが、とりあえず流れを変えようと思い、鞄の中からベトナムの資料を取り出そうとしたその時だった。

何の前触れもなく、乾いた音をたてて襖が開き、細身の少年がすっと、その姿を現した。

少年は入ってくると同時に、ちらりとおれを見た。さり気ないが、刺すような一瞬の強い視線

――。

「こら、慎一郎。遅いぞ」

社長は、テーブルの上をコツコツと拳の先で叩いた。

「お客さんを待たせては、いかん」

だがそんな社長の言葉に、少年は微笑を浮かべただけだった。下座に座り、改めておれと向かい合った。

「はじめまして。慎一郎です。このたびはお世話になります」

ごく自然な、澱みのない口調で、頭を下げた。

「せっかく来ていただいたのに、遅れて申し訳ありません」

そして顔を上げ、まっすぐにおれを見た。軽く結んだ口元と同様に、その眼差しには思春期に特有なはにかみの感情も、かといってそれを隠すためのぶっきらぼうな雰囲気も漂っていない。なんの気負いも照れもなく、おれを見ている。

年齢からしてもう少しぎこちなさの残った少年かと思っていたが、これも外れた。そのたたずまいのどこにもりきみがなく、怜悧な落ち着きが感じられた。そこに、なんとなく好感を持った。

そんなおれの気持ちが伝わったのか、少年も目元をゆるめた。

おれは少年に名刺を渡した。

「長瀬です。きみと仲良くやれれば、と思っています」

少年は少し笑って、名刺を受け取った。

ごく自然に、空気がゆるんだ。

おれたちのやりとりをじっと見ていた社長が、うれしそうに口を開いた。

「いや、ね。どうしても慎一郎が、今回の旅行にゆく前にその添乗をしてくれる人に会いたい、などと言うものだからね」

そう言って喜色満面でピースに火を付けた。

「長瀬くんには手数ばかりかけて悪かったんだが、こうやって顔合わせを設定させてもらったというわけだ」

そして再び孫の顔を見ると、

「さあ、慎一郎、せっかく長瀬さんにご足労頂いているんだから、何か分からないことがあればこの際どんどん質問させてもらいなさい」

つまりはおれの、体のいい首実検だったということだ。そして社長の上機嫌な様子は、おれがこの少年のお眼鏡にかなったことを意味していた。

おれは鞄の中からベトナムのガイドブック、ビザフォーム、その他資料を取り出し、三人に配った。

「じゃあわたしのほうから、旅行前に必要な申請書類から現地事情にいたるまで、一通り説明しますから、途中なにかあったら随時聞いてもらえればと思います」

それからビザの申請の仕方、その発給にかかる期間、十二月のサイゴンの気候とそれに適した服装などを順を追って説明していった。

こういった説明事項は、いわば旅行会社に勤める営業マンのルーチン業務で、すでに頭の中に入っている知識を順番に取り出してゆけば、自然に言葉は口をついて出てくる。よくあることだが、当然その間、意識は別のことを考えていることが多い。この時のおれは、テーブルの向こうの三人の動きを見るともなく見ていた。

社長と少年の二人は、必要だと思ったことを適時メモに書き留めていた。こちらはなかなか熱心な聞き役だった。一方、母親の礼子はというと、さすがに他人の前での礼儀は失していないものの、メモを取る様子もなくパラパラと気のなさそうな様子でガイドブックをめくっている。この態度の対比は、ちょっと意外だった。というのも、通常家族ぐるみで説明を受ける場合、いちばん熱心に話に聞き入るのは母親と相場が決まっている。どんなに男側が乗り気になっていたとしても、旅行の準備段階を実際にこまごまと取り仕切ってゆくのは、結局は母親の役目となってしまうからだ。

彼女はガイドブックを開いたまま、さり気なく左手首を返して時計を見た。おれが話し始めてから、二度目の仕草だった。

先程の老女の三十分後、という言葉がなんとなく脳裏をよぎった。次の約束を気にして気もそぞろになっているのか。それにしても社長から聞いていた印象とは裏腹に、この旅行に対して関心が薄いように見受けられた。

二十分程で説明を終え、おれは三人の顔を等分に見比べた。

「――以上ですが、なにか質問はありますか」

社長は書き留めたメモを見直して、顔を上げた。

「いや、特に思いつくことは、ないようだ」

それから少年を振り返った。

「慎一郎、何かあるか」

少年はおれを見て首を振った。

社長は視線を娘に移した。そのタイミングを待っていたかのように、彼女はそわそわとテーブルに片手をついて腰を浮かしかけた。

「お父さん、もしよろしかったら……私このあとちょっと打ち合せが入っていて」

社長の眉間に、かすかにしわが寄った。

「まあ、ちょっと待て」そう言って、ちらっとおれに視線をくれた。「どうせわしも、もう少しで中座しなくてはならん。それまで、待て」

彼女は再び座布団のうえに正座した。少年がそんな母親の様子を、じっと横目で見ている。

社長は咳払いすると、再びおれを見た。

「すまんが長瀬くん、今、娘にも言ったとおり、わしもこのあと出掛けなければならない用事が出来てしまってね。その前に、もう一度要点を確認させてもらってもいいかな」

社長は先程の説明をかいつまんで復唱し、おれはそのひとつひとつにうなずいていった。最後の質問を終えると、社長は満足そうに手帳を閉じた。

「よし、ではこれで、ひとまずだな」

そう言って、ペンをジャケットに差し込んだ。

「今日はどうも来てもらって悪いことをしたね。このあと、わしと、あいにく娘も何か用事があっていなくなってしまうようだが、わざわざ呼び出したのにもかかわらず、こんな慌ただしい顔見せになってしまって、まことに申し訳ない」

「いえ、そんな」

「昼食がまだだろうと思って、少し前に出前を頼んでおいた。同席できないでこんなことを言うのもなんだが、もしよかったら慎一郎と一緒に、飯でも食っていってくれないかな」

少年を見ると、どうやら彼もそれを望んでいる様子らしかった。

「じゃあ、お言葉に甘えてご馳走になります」

そう言っておれは頭を下げた。

二人が出ていった後の座敷で、少年と互いに顔を見あわせた。

くすり、と笑って少年は口を開いた。

「なんか、見事に置いてけぼりをくっちゃいましたね」

「でも、きみのお祖父さんがいつも忙しいのは、よく知っているから」

少年はうなずいた。

「昔からおじいちゃんには、休みなんてないんです」

「お母さんも、忙しいみたいだね」

この返事は、一瞬遅れた。

「かも、知れません」

一言で済ませると、彼は話題をおれに振った。

「本当にこのあとの予定は大丈夫なんですか」

おれはうなずいた。

「日曜だからね。もともと今日はのんびりするつもりだった」

すると少年は、少しもじもじした後、口を開いた。

「じゃあ、ここじゃなくて、ちょっと狭いですけどぼくの部屋で昼ご飯を食べませんか」

「いいよ」

おれたちは立ち上がると部屋を出た。廊下の途中で、少年は入り口に暖簾の下がった食堂とおぼしき部屋に、ひょいと首だけ突っ込んだ。

「ばあや、いる？」

「はい、ぼっちゃま」

「さっき、おじいちゃんが頼んだ出前、ぼくの部屋に持ってきてもらっていい？」

「わかりました」と、人の好さそうな老女の声。「すぐ、お吸い物も出来ますから」

「ありがとう」

首を戻しかけた少年に、暖簾の奥の声が呼び止める。

「あ、それとぼっちゃま、旦那様のいらっしゃる時は、裏庭の物置にはあんまり行かないようにしないと……」

「うん、分かってる」


少年の部屋は、二階への階段を上った廊下の奥の、東南の角にあった。彼は部屋に入るとすぐに、南と東に面した窓を全開にした。とたんに庭の梢の揺れる音が聞こえ、秋の乾いた風が畳の上を通り過ぎていった。

いい部屋を貰っていた。やはりこの少年は、大切に扱われているらしい。

十代の部屋にしては、わりとかたづいていた。窓際には勉強机とベッド、中央には小さなテーブル。片側の壁を本棚が埋めている。本の数は多いほうだ。小説は意外に少ない。コリン・ウィルソン、ミッシェル・フーコー、エーリッヒ・フロム、プーシキン……年齢を考えると、かなりませた読書傾向だった。

老女が大きな盆を両手に抱え、昼食を運んできた。寿司だった。大きな寿司桶の中には、二人分にしては多すぎる量のにぎりが並んでいた。

少年とおれは、小さなテーブルを挟んで座った。

「いただきます」

そう言って箸を割る少年の爪に、黒い汚れが詰まっていた。廃油のような汚れで、よく見ると上着の袖にもその汚れは付着している。

おれはさりげなく聞いてみた。

「慎一郎君は、学校では何かクラブ活動をやっているのかい」

「いえ」

「それは、まだ何をやるか決めていないってことかな」

「いえ」少年は首を振った。「今、入ってないだけでなく、たぶん、これからもやらないと思います」

「どうして」

「小学、中学の時はサッカーやってましたけど、なんとなく、もうそういう体育会系のノリはいいかなって。時間もとられちゃいますしね」

「他に、なにかやりたいことでも？」

「……ええ、まあ」

風が少し強くなった。彼は立ち上がると窓を閉め始めた。

とたんに、空気の流れが止まった。少年は背中を見せたまま、おれに問いかけてきた。

「……あの、おじいちゃんからは、当然もう聞いていますよね」

「なにを？」

「ぼくが、ベトナムに行く理由です」

「聞いたよ」

少年は視線を落としたまま、こちらを振り向いた。

「おじいちゃん、それについて何か言ってました？」

「うん――」

だが、彼はおれの次の言葉を待っていた。仕方なくおれは答えた。

「単なる感傷に過ぎないと言っていた」

「そうですか」

少年は無表情にうなずいた。

「長瀬さんは、それを聞いてどう思いました？」

ちょっと迷ったが、本音を言った。

「正直、おれもそう思った。きみのお祖父さんの言葉は悪いが、それで死んだ人間が生き返るわけじゃないってのは、たしかにその通りだ」

「じゃあ、やはり行く意味のないことだと？」

おれは思わず苦笑した。

「それは、おれに聞く質問じゃないよ」

「え？」

「意味は、きみが感じていればそれでいい。突き放して言ってるんじゃない。きみ自身の問題だ。おれは仕事としてきみの添乗を引き受け、その代価をきみのお祖父さんからもらう。だから、おれに気兼ねする必要など、どこにもないんだよ」

食事が終わると、少年はテーブルの上の皿をかたづけ始めた。再び爪の間の黒い汚れが目に止まった。

「さっきまで、機械か何かいじってたのかい」

「どうしてです？」

「その、爪さ」おれは指摘した。「何かの油じゃないの。工業用とかの」

「ああ、これですか」少年はちょっと首を捻った。「念入りに洗ってきたんですけどね」

それから何か思いついたように、おれの顔をじっと見た。

「長瀬さんは、バイクの免許、持ってます？」

「持ってるよ」

「限定解除まで？」

おれは笑った。

「うん」

「じゃあ、結構バイクには凝ったほうですよね」

「ここ数年は乗ってないけど、昔はけっこういじってたね」

するとと少年は、満足そうに何度もうなずいた。

「ひょっとして、きみ、もう単車の免許を持ってるの？」

「まさか」

少年は笑って首を振った。

「たとえ原付でも、うちのおじいちゃんは絶対許してくれないですよ」

「じゃあ、なんで単車の話なんか急にするんだい」

少年は問い掛けには答えず、立ち上がって窓の外を見た。そして何かを確認したらしく、再びおれの前に座った。

「長瀬さん、ちょっと見てもらいたいものがあるんですけど——」

おれは少年に引っ張られるようにして部屋を出た。一階の廊下の途中で、彼は再び食堂の暖簾に首だけ突っ込んだ。

「ばあや」

と、奥に向かって呼び掛ける。

「ご飯、食べ終わったよ。それと、おじいちゃんのベンツが無いけど、もう出掛けたの？」

「ええ。二十分ほど前にお出掛けになりましたよ」

玄関で靴を履いて表に出た。庭園の右隅に、堅牢なコンクリート造りのガレージがあった。電動のシャッターが開いたままになっている。クルマ二台分のスペースがあり、その一台分が空いていた。いつもはここに、社長の500SLが止まっているのだろう。

と、もう一台のクルマの赤いノーズが、じわりと外に出てきた。その真紅のボルボ・ステーションワゴンは、ゆっくりと車庫から滑りだすと、玄関先の車廻りをこちらに向かってやってきた。ドライバーはおれたちに気付くと、サングラス越しに会釈してきた。少年の母親だった。先程よりも濃い口紅から白い歯が見えた。

クルマはおれたちの前を通り過ぎ、植込を廻りこんで出口に向かった。門を出るとき、一瞬、テールランプが赤く光った。

気がつくと、少年もじっとクルマが出ていくのを見ていた。

「颯爽としてるね」

「そう、見えますか」

そっけなく、少年は答えた。

「じゃあ、こっちです」

屋敷の側面に廻りこみ、裏庭の片隅にある物置の前で、少年は立ち止まった。

「ちょっと埃っぽいですけど」

そう前置きして、物置の錆びついた扉に手をかけた。軋んだ音をたてて扉が開き、おれと少年は中に入った。

内部は薄暗く、目が慣れるまでに若干の時間がかかった。壁の隅には庭木の手入れ道具が立て掛けられ、側面の棚にはスパナやレンチの工具類が一揃い並べてあった。

「これです」

少年はおれを振り返りながら、その上にかかっていたシートカバーを外した。

「ほう――」

一目見るなり、思わずうなった。

シートの下から出てきたのは、一台の黒い単車だった。超重量級のその車体は、タンクから並列四気筒のシリンダーフィン、テール、ホイールにいたるまでオール・ブラックに塗装されている。同じく黒いサイドカバーの上に一箇所だけ、金色のエンブレムが鈍い光を放っていた。

「すごいものがあるね」

興奮を隠せず、近付いてしげしげと見入った。

「こいつはＸＳ《エックスエス》１１００の、しかもミッドナイト・スペシャルじゃないか」

少年はニコリと笑った。

「さすがに詳しいですね」

「いや、実車を見るのはおれも初めてだ。――まだ、日本にもあったんだ」

リッターオーバーの逆輸入車で、七〇年代後半から八〇年代初頭までの北米をメインターゲットに、ヤマハが当時の総力を挙げて開発した典型的なアメリカンマシーンだった。二十年も前の代物とは言え、マックスパワーで１００馬力近くを絞りだす。輸出専用車のせいもあり、当時も日本国内ではほとんど姿を見る機会はなかった単車だ。それをこんなところで拝めるとは夢にも思っていなかった。

「さっきまでいじってたのは、こいつです」

「きみが？」

「ええ」少年は棚を見遣った。「工具一揃いは、ここにありますから」

「驚いたな」

「とは言っても、分かる範囲での最低限のメンテナンスしかしてませんけど」

「たとえば？」

「半年に一回のオイル交換と年一回のオイルフィルター交換。キャブレター、電装廻りのチェック。ここ一年はエンジンをアイドリングさせるだけでまったく動かしてませんから、プラグやブレーキオイル、パッド、エアークリーナーなどは交換してません」

「その前は？」

「文字通り、ほったらかしでした」

「ほったらかし、ね」

少し考えてみれば見当はついた。

「この単車、きみのお父さんのものだったのかい」

少年はうなずいた。

「ずっと大切にしてました」

しかしそこに、おれは妙にそぐわないものを感じた。一人娘の婿として他人の家に入り、将来の社長を約束されて仕事に励む男。そんな男が一方ではこんなビッグバイクを好んで乗り廻していた。

別にそれでもいいのだが、問題はそのバイクの好みだ。これが同じ重量級の単車でも、ハーレーやBMWなら、まだ話は分かる。いかにも安定志向の中年が、半ば見せびらかし、半ば格好つけに乗っているということで理解は可能だ。だが、このヤマハのXSミッドナイト・スペシャルという単車、たしかに見事に官能的なフォルムをしているのだが、良くも悪くもそのデザインセンスがかなり傾いたところにあるのだ。歌舞伎で言うところの、〈色悪《いろあく》〉的な存在とでもいえばいいのか。反社会的でどこか禍々しく、その上に独特のアクの強さが漂っている。そこがまたこの種のバイクの良さでもあるわけだが、そんな単車に敢えて好んで乗る男のイメージと、社長の娘婿という立場が、どうも頭のなかでひとつにならなかった。

おれがそんな想いに捉われている間にも、少年は言葉を続けていた。

「それで、長瀬さんに聞きたかったのは、これくらいのメンテナンスで大丈夫なのかということなんですけど」

「アイドリングはどれくらいの頻度で、どれくらいの時間やっている？」

「週に二、三回。五分から七、八分の間で、エンジンが充分に温まったら、７０００回転位まで何度か吹かしてみてます」

少年が裏庭にいると聞いたときの、社長の苦り切った顔を思い出した。

「お祖父さんが、いないときにかい？」

少年は笑った。

「いないときにです」

「なにかと、苦労が多いみたいだ」

「まあ、そうですね」

「とにかく、今の状態を維持するだけならそれで事足りると思うが、まともに乗るときが来たら、一度バイク屋で樹脂系はすべて交換して、ホイールバランスとかも見てもらったほうがいいかも知れない」

「分かりました」

おれは改めてその単車に見入った。

「やがては、これに乗るつもりかい」

「しばらく、維持はするつもりです」

「しかし、きみのお祖父さんは反対なんだろう？」

「そうですね」と、少年。「ぼく自身が乗る機会は、これからもないかもしれません」

「ないかもしれないって——」

その意外な答えにおれは少年を見た。

「じゃあ何のためにこんなメンテまでやってるんだ」

薄暗い物置の中、少年はほほえんだ。

「今は、まだ話せません」

「何故？」

少年は微笑を浮かべたまま、単車の上に再びシートをかぶせた。

「いずれ、分かりますよ」


それから十日後の平日だった。ジュエリー・ナカニシに社長を訪問した。

ロビーで受け付けをすませ、エレベーターに乗った。最上階でドアが開いたとき、入れ違いになった男と肩がぶつかりそうになり、あわてて身をかわした。

「失礼」

男はそういって、軽く頭を下げた。その時に、一瞬強くおれを見た。少なくともそんな感じがした。

黒目のひどく小さい、細い目付きの男だった。ピンストライプのスーツに身を包んだがっしりとした体型から、押し出しの強さが漂っていた。バブル全盛の頃によく見られた不動産屋のたぐいの匂い。

以前聞いた噂を思い出した。社長が議員と不動産屋に金を摑ませて、都内の要所要所に店舗展開を図ったという噂だ。悪徳議員の秘書か地上げ屋だろうか。どちらにしても、おれとは生涯縁のない、あまり付き合いたくない種類の人間だった。

社長室に入り、しばらく来年以降の旅行の話をしていたが、ふとテーブルの端の名刺に目がとまった。〈赤水会《せきすいかい》・河田次郎〉とある。

「むかしお世話になった政治家の、後援会だよ」おれの視線に気付いて、社長が答えた。

「その見返りに、多少の資金援助をしてやったことがある」

「お付き合いも大変ですね」

「まあ、なにかとな」

社長はその名刺を胸ポケットにしまった。

「そういえば、この前はどうもすまなかった」

「いえ」

「あれから後、どうだった？　孫の様子は」

「と言いますと」

「いや、多少扱いにくいところがあったのではないかと思ってな。見てのとおり、変に大人びたところのある奴だから」

「はあ」

「でも、君のことは非常に気に入っていた様子だった」

「それはどうも」

「あいつに関しては、今回のベトナム行きでも、そんなに君の手を煩わせることはないと思う。まだ十六だが、中学から夏休みは毎年、アメリカやオーストラリアにホームステイさせておるし、英会話もほとんど不自由ない」

「頼もしいですね」

そう相槌を打つと、社長は大きくうなずいた。

「君のいる旅行業界もそうだが、この業界も仕入価格が命だ。将来、原産地に飛んだときに交渉のひとつも出来ないようでは困ると思って、これでも今のうちからわしなりに教育しているつもりなのだ」

「なるほど」

「ただ、もって生まれた気質まではなかなか直すことが出来ない。ああ見えて意外に人の好き嫌いが激しくてな。たまに苦労するときがある」

そういってじっとおれを見た。おれもまた、黙っていた。

「……この前の顔合わせの時、わしの娘にあったろう」

「ええ」

「勘のいい君のことだからおそらく気付いたろうが、昔から孫はあいつに対して、どこかよそよそしい。実の母親だというのに、だ。慎一郎が懐いていたのは、一番に死んだ父親、次にわし、という順番だった。あいつの父親が亡くなってからは、わしができる範囲で相談にも乗り、世話も焼いてきたつもりだ。だが、わしも今年六十四だ。共有できる感覚にもおのずと限界がある」

彼はそこで言葉を区切り、再びおれの顔を見ると、疲れたように笑った。

「なんで他人の自分などにそんなことを打ち明けるのか分からん、という顔をしてるな」

「――――」

「つまり、君に頼みたいのはこういうことだ。おそらく今回のベトナム行きは孫にとって失望の連続になるだろう。しょせんは何も生み出さない旅行なんだからな。だから向こうにいる間に、もう過去にこだわることはいい加減やめてはどうかと、それとなくアドバイスしてほしいのだ。あの年ごろの子供は、自分の将来に目を向けていて然るべきなんだ。それが結果的には慎一郎のためでもあるし、将来あれに跡を継がせようと思っているわしのためでもある。分かってもらえたかな」

「おっしゃりたいことは、分かりました」

一呼吸置いて、言葉を返した。

「つまりは、慎一郎君を誘導しろと、そういうことですね」

相手はソファの中で、じりっと身をよじった。

「あまり、気乗りせん様子だな」

「お言葉ですが、そこで何を感じるかは慎一郎君自身の問題でしょう――それに、自分にそんな力があるとも思えませんし」

するとと社長は、皮肉っぽく口元を歪めた。

「謙遜も、時によりけりだ」

一言で、切って捨てた。

「場違いな謙遜は、自負心の裏返しでしかない。失礼な言い方かも知れないが、君はそういう誘導なら、間違いなく得意なはずだ。ちょっとした動作で相手の感情の動きが分かってしまう……わしも含め、そういう種類の人間なんだよ、君は。また君自身、そのことに気づいている」

「……………」

「君が気乗りしないのは、出来ないからではなく、やりたくないと思っているからだ。それが自分の美意識に反するからだ。規準に外れるからだ。だが、ここはひとつ、わしに免じてそこを一度だけ曲げてもらえんだろうか？」

こうたたみかけられては返す言葉もなかった。

おれが黙っていると、重ねて社長は言った。

「とにかく、わしの頼みたいことは分かったね」

「ええ……分かりました」

「じゃあ、くれぐれもよろしく頼んだよ」

そう言って、ソファに背をもたせ掛けた。

「ところで、行程表とかそういったものは、いつごろ貰えるのかな」

「そうですね。お急ぎでしたら、今週中には」

「そう願えるかな。それと、その栞《しおり》には現地のホテルの住所やランドオペレーターの電話番号も載っているのかい？」

「ご希望でしたら載せるようにします」

「そうしてくれ。緊急に連絡を取りたい場合があるかもしれないからな」

「分かりました」

「すまなかったね。内面に立ち入るようなことを言って」

「いや。たぶん言われたとおりの嫌な人間ですよ、ぼくは」

「そう、拗《す》ねることもあるまい」

社長はにこりともせずに言った。

「人と付き合って生活していく以上、必要な感覚だ。大事にしたほうがいい」

たしかにそうかもしれない。が、見透かされた相手にそんなフォローを入れられても何の慰めにもならなかった。

3

翌週の土曜日。十一時すぎに起きたおれは簡単に朝食兼昼食を済ませると、部屋の窓を全部開けて換気し、床に散らばっていた本を少しかたづけて少年を待った。


会社に少年からの電話がかかってきたのは、その前日の金曜日だった。

もしよかったら再度会えないか、ということだった。

「ガイドブックを読んで、いろいろと聞きたいことも出てきたものですから」少年は言った。「急で申し訳ないんですけど、例えば明日の午後は空いてますか？」

「空いてるよ」おれは答えた。「じゃあ午後の一時ごろにはそっちに行くから」

「いえ――」彼の声はちょっとあわてた。「いつも来てもらうのもなんですから、今度はぼくのほうから長瀬さんの家にお伺いしますよ。いいですか」

「それは構わないけど、君の家からだとけっこう遠いよ」

「どこらあたりなんですか」

おれは同じ市内にある自分のマンションの住所を告げた。

「それなら大丈夫です」

受話器の向こうから安心した声が聞こえた。

「小学校の時の友達がその近くに住んでいましたから」

「分かった」

「あ、それと長瀬さんて、デッキ持ってますよね」

「デッキ？」

「デッキですよ。ビデオの」

「ああ、持ってるよ。それが？」

「――いや、あればいいんです。じゃあ、一時頃には行けると思いますから」

それで電話は切れた。

変なことを聞く――一瞬そう思ったものの、そのあと仕事が忙しくなったせいもあり、それ以上深くは考えなかった。


一時ぴったりに玄関のチャイムが鳴った。おれは立ち上がりながら、玄関に向かって呼び掛けた。

「開いてるよ」

ドアの向こうからもぞもぞと動く気配が伝わってきて、ガチャリとドアが開き、デイパックを肩にかけた少年が現れた。

「遠慮しないで、あがっておいで」

彼は玄関に黒いローカットのパラディウムを脱ぐと、洗面所と流しの間の廊下を通ってこちらへやってきた。その視線がチラチラと左右に動き、部屋の様子をうかがっている。

ついおかしくなって、おれは言った。

「見ても面白いものなんか、何もないよ」

「すいません」少年は頭を下げた。「ぶしつけですよね」

「いいさ」

おれは立ち上がって、少年のほうに冷蔵庫のドアを開けて見せた。

「トマトジュース、オレンジジュース、ミネラルウォーター——どれがいい？」

「ミネラルウォーターをください」

ペットボトルからグラスに注ぐと、少年の前に置いた。

「ありがとうございます」

彼はグラスの水を半ば飲み干した。もう一度、水を注ぐ。今度はそのグラスに少し手を付けただけだった。少年は、改めて部屋の中を見回した。

「しかし、見事に何もない部屋ですね」少年は言った。「ＡＶ機器と、このテーブルと、あと本棚。けっこう広い部屋なのに、冷蔵庫だって備え付けのやつだし」

「殺風景かい」

「ええ、少し」

おれは笑った。

「いつでもクルマ一台で引っ越せるようにね」

「なるほど」

「それくらいのほうが、なんとなく気分がいい」

少年も、笑った。

「それって一体、どんな気分なんです」

「自分はまだ気楽に生きてるなって、そう錯覚させてくれる気分さ」

「意味深ですね」少年はつぶやいた。「でもそういう意味じゃ、ぼくはもう終わっている人間ですよ」

「終わっている、とは？」

「生まれたときから、跡取りだ跡取りだ、と、うるさく言われて育ってきてますから。そんな人間には、逃げ出しても行く場所なんてありませんよ」

そう言って、グラスに浮いてきた水滴を指の腹で拭った。

開けた窓の下の道路を、タイヤの音がゆっくりと近付いてきて、そして通り過ぎていった。

そのまましばらく互いに黙り込んだこともあり、おれはカバンの中からベトナムのガイドブックとノートを取り出してテーブルの上に置いた。

少年はそんなおれの動作を見ると、再び口を開いた。

「その前に、ちょっと別の話でもしませんか」

「いいけど……どんな話だい」

「例えば、ぼくの家族の話です」

そういって、こちらをじっと見た。

おれは、次の言葉を待った。

「おそらく祖父から聞いて知っているとは思いますが、父がいなくなってから今年で四年になります」

「――うん」

「その間、家族の中で父の失踪に一番打撃を受けたのは誰だと思いますか」

「……きみのお母さんか？」

「もちろんしばらくの間は悲しんでいましたよ」

少年はかすかに笑った。

「でも、自分の生活基盤に直接の影響がない限りは、人間、そう長い間悲嘆にくれることは出来ないものですよ。それに息子のぼくがこんなこと言うのも生意気ですが、親子と違って夫婦なんてもともと他人ですからね」

おれはなんと答えてよいか分からず、黙っていた。

「祖父ですよ」

少年は言った。

「父がいなくなったことで一番痛手を受けたのは。というのも、この失踪によって祖父は会社の今後の方針を大きく転換せざるをえなかったからです」

「――」

「ご多分に漏れず宝石業界も近年、価格破壊がどんどん進んできています。売り上げはさほど変わらないのに、利益は落ちるばかりです。それを防ぐためには、宝飾過程にかかる人件費を安く押さえるか、今までより安い原石の仕入先を探すか、ふたつの方法のいずれかをどうしても推し進める必要がありました。祖父は前者を取りました。そのためにベトナムに生産の拠点を作ろうとしてました。そして、専務だった父にその立ち上げの役目が廻ってきたのです。もっとも父は、祖父のこの考えには反対でしたけどね。いきなり膨大な初期投資をして、工場がうまく稼動しなかった場合のリスクを負うよりも、まずは仕入原価を抑えるほうが先決だと言ってました。原産国の特定の採掘業社と直接独占契約を結んで原価を叩くほうが、はるかにリスクも少なく、かつ速効性がある。そう考えていたようです」

「よく、知ってるね」

「食事の時の家族の話題はいつも会社のことでしたし、晩ご飯そっちのけで祖父と父が激論を交わすこともありましたから、いやでも耳に入ってきましたよ」

「二人は、仲が悪かったのかい」

「というより、将来の会社に対する展望が全然違っているように思いました。ただ、一旦合意した仕事のすすめ方に関しては、お互いに相手を信用していました。だからむしろ、相手をなんとか説得しようという気持ちが強かった、という言い方が適切だと思います」

「なるほどね」

そううなずきつつも、四年以上も前にまだ小学生だったこの少年が、大人の会話をこれだけ把握しているという事実が、おれには驚きだった。

「とにかくそういうわけで、祖父が父の存在を頼りにしていたのは確かです。祖父が考えていた将来の事業計画には、当然父の存在が大きな比重を占めていました。現地法人の社長には、父が納まる予定だったんです。ところが父がいなくなって、祖父はその計画を中止せざるをえなくなった。しかし価格競争が激化していくこの業界で勝っていくためには、いずれにしてもなにかの手を打たなければならなかった」

「ふむ」

「その代案として祖父が考えたのが、専門卸商との業務提携でした。東京にサクラ宝石という中堅規模の卸商があります。コロンビアに生産工場を持って堅実な経営をしている会社で、その総卸額は小売店舗での末端価格に換算すると、ちょうどうちの会社の売上高の八割ほどにあたります。祖父はそこに話を持ち込みました。条件は、こうです。ジュエリー・ナカニシで、彼らが卸す宝石のほとんどを買い取らせてもらう。しかも長期にわたる売買契約です。サクラ宝石にとってこれはかなりの安定財源になり、願ったり叶ったりの提案ではありました。ただ相手にとっての問題が二つ。ひとつは、祖父がその仕入値を相当に値切ってきたこと、そして二つ目は、果たしてこの契約がサクラ宝石にとって本当に将来的に見て良いことなのか、という内部議論です」

「と、言うと」

「将来この契約が切れた場合、彼らはまたイチから卸し先を探さなくてはいけない。ほとんどの宝石を買い取ってもらうということは、今まで取引のあった会社を断って、うち一本に絞るわけです。実質的には独占契約と同じですよね。トラブルが発生していきなり契約を切られた場合、彼らとしては経営が危うくなる。切られなくとも、独占契約をいいことにさまざまな意味で経営方針に圧力をかけてくることもありえる。サクラ宝石は同族経営なんです。同族会社は、こういう可能性には非常に敏感です。サラリーマン社長と違って、会社は自分たちの持ち物ですからね。彼らの議論の争点は、ジュエリー・ナカニシがサクラ宝石に対してどのように付き合って行くつもりなのか、それによって自分たちの対応も違ってくるという結論に落ち着きました」

「――」

「祖父の一筋縄ではいかないところは、相手が最終的にこういう結論を出すだろうということまで読んでいたことです。そして、これこそが祖父のねらいでした。そのために相手側の、とくに社長一族の資料を興信所やデータバンクを使って、事前に集められるだけ集めていました。サクラ宝石は先代社長が創業し、今は二代目、つまり先代の一人息子が跡を継いでいます。息子とはいってももう四十代の半ばですから、先代が会長に退いた後、実質的に会社を切り盛りしているのはこの二代目だそうです。この二代目には離婚歴があり、別れた奥さんとの間に生まれた娘を引き取って暮らしています。日常の身の廻りの世話は家政婦さんがやっているそうです。そこに祖父は目を付けました」

　そこまで一気にしゃべると、おれの顔を見た。

「この前、ぼくの母さんに会いましたよね」

「あ、ああ」

「ぱっと見て、どう思いました」

「どうって――きれいな女性だなって思ったよ。とても君みたいな大きい息子がいるようには見えないしね」

「ふつう、そう見えるみたいですね」

少年は当然のようにうなずく。

「祖父もそれがよく分かっています。で、サクラ宝石の会長のところに再婚話をもちかけました」

「え？」

一瞬、聞き間違いではないかと思った。

「再婚話って、君のお母さんと、相手側の二代目のかい」

「そうです」

無表情に少年は言い放った。

「祖父は相手側の会長に母の写真を見せました。相手側の会長も最初はびっくりしたらしいですが、不愉快であろうはずがない。大事な一人娘を渡すくらいだから、自分たちの会社に対して無下なことはすまいと思ったでしょう。息子のぼくが言うのもなんですが、母さんの容姿は悪くない。おそらく会長も好印象を持ったはずです。そしてもう一つは、相手側の跡取りの問題です。会長にとって孫は女の子一人。このままいけば、将来おそらくその孫娘の婿が、三代目に座ることになるでしょう。しかし、しょせんは他人ですからね。この再婚によって新しく男の子でも生まれたら、会長としては直系の三代目ができて万々歳というわけです」

「ちょっと待ってくれ」

おれは相手の話をさえぎった。

「君のお父さんは、厳密に言えばまだ亡くなったと決まったわけじゃないんだろう？」

「たしかに法的に言えば、行方不明後七年が経過しないと、死亡証明は下りないことになっていますよね」

と、事務的に少年。

「でも、少なくともぼくの家族は死んだと思ってますよ。それに一方で、行方不明後三年が経てば、裁判所に申し立てをすることによって離婚は可能なのです。死亡証明など、なくてもね」

おれは、母親の礼子の薬指に、リングがなかったことを思い出した。

「それは、もうつまり、離婚は成立しているということかい？」

すると、少年は皮肉っぽく言ってのけた。

「でなければ、ここまで話が進んでいると思いますか」

「じゃあ、君のお母さんは、相手方との事も承知の上で離婚の手続きをしたのか」

「承知の上もなにも」少年は鼻先で笑った。「母さんには自分の意志なんて、ないですよ」

「なに？」

「おじいちゃんがそうしようと言えば、それが母さんにとってのイエスなんです」

「――――」

「言い方は悪いですが、おじいちゃんは、婿取りの道具としてしか母さんに期待していなかった人間です。男には従順に、そしてなるべく強い自分の意見は持たぬよう――母さんは物心ついたときから、そういうふうに教育されてきたんです。女子大を卒業した後も一度も仕事につかず、お茶とか料理教室とか、そんな花嫁修業をやらされてたそうですから。この前の顔合わせの時、母さん、途中からやけにそわそわしてたでしょう。仮縫いのため、業者が来ることになっていたんです。結婚式のドレスのね。だから、あんなにうわの空だった」

「ということは、むしろ乗り気なわけだ」

「女なんですよ。母さんは」

少年は吐き捨てた。

「このあとも一人で、ぼくの成長を見ているだけの暮らしは、無理です」

「たとえそれが欲得ずくの結婚であってもかい」

少年はうなずいた。

「結婚が人生のすべてと教えられて育ってきた人間が、そう嫌いではない相手から望まれて結婚する。今まで未亡人同然だった境遇からすれば、もう一度尽くす相手に恵まれるわけです。再婚とはいえ、やはり心は躍るでしょう」

「ずいぶんと、突き放した言い方だね」

少年は唇を歪めた。祖父ゆずりの癖らしい。

「母さんは別に深く考えなくても、良き妻の役割ならば一生演じ続けていける。でも子持ちの未亡人としての生き方は、本人にも予想外だった。それだけの話です」

「しかし、そうなったときの君と、そして相手方の娘さんの扱いはどうなるんだ」

「おそらく、相手の娘のほうは連れ子としてぼくの母親と暮らすと思いますよ」

「君は、どうなんだ」

「ぼくは、残ります」

少年ははっきりと言った。

「ぼくの家は、生まれたところですから」

「母親と暮らすつもりはない、と？」

「ええ」

そう言い切ると、彼はしばらく黙り込んだ。

だが、その視線が再びテーブルの上のガイドブックに止まったとき、不意に笑った。

「——長瀬さん」

「ん？」

「もう、なんとなく気が付いてますよね」

「なにが」

「ぼくが単に旅行の説明を聞くために来たのではない、ということにです」

「どうも、そのようだね」歯切れ悪く、おれは答えた。「会うのが今日で二度目のおれに、そんな内輪の話を打ち明けるくらいだからね。おそらくそれなりに切羽詰まった理由があるんだろうが……」

少年は、うなずいた。

「それをお話しするために今日お伺いしたんです。その前に、どうしても今話した家庭事情だけは知っておいてほしかった」

「なるほど」

「ただ、もう一つその前に、できれば約束していただきたいことがあるんですが」

「なんだい」

「今から話すことを、ぼくと長瀬さんの間だけの秘密にしておいてもらいたいんです。ぼくの家族には絶対にしゃべらないと約束してほしいんです」

「その話の内容を聞く前に？」

「聞く前にです」

「……家族の事情より大切な話をするほど、おれを信用していいのかい」

「現状からいって、ぼくにはあなた以外に話せる人がいません」少年はおれに視線を外させなかった。「たとえ、その関係が初対面に近くても」

「………」

「どうです。約束してもらえますか」

幼さの残る顔に浮かんだ、その真剣な表情。断りきれるものではない。結局、おれはため息とともに口を開いた。

「オーケイ。約束するよ」

少年は、明らかにほっとした表情を浮かべた。

それから脇に置いていたデイパックから大きな封筒を取り出した。その封筒の中を覗き込んでしばらくガサゴソやっていたが、

「ちょっとこれを見てもらえますか？」

そう言って、三枚の写真を差し出した。

おれはその写真を手に取った。

三枚はそれぞれ違う状況で撮られていたが、被写体は同じだった。

三十代半ばとおぼしき、上背のある、すっきりとした体付きの男。一枚目はその男のスーツ姿の上半身。二枚目は、どこかの公園をバックに写した普段着の全身像。そして三枚目は、見覚えのある黒い単車に煙草をくわえたまま跨がっている姿。

「これはひょっとして……」

おれの視線を受けて少年はうなずいた。

「そうです。ぼくの父です」

改めてその写真に見入った。

なるほど言われてみれば、顎の鋭角的な感じが少年によく似ていた。ほどよく引き締まった顔

つきで、一般的には美男子と言っていいだろう。ツーポイントの眼鏡を高い鼻梁に止め、髪は自然にバックに流している。口元に浮かんでいるかすかな笑み。

表情も遺伝するものだろうか？　なんの衒《てら》いもなくまっすぐにこちらを見ているその視線から、初めて会った時の少年と同様、怜悧な印象を受ける。

「もう五年も前の写真ですから――」少年はつぶやいた。「今じゃ、もう少し印象も違ってきていると思いますけど」

その言葉に思わず顔を上げて少年を見た。

「きみは、何を言ってるんだ」

しかし少年はその問い掛けには答えず、同じ封筒の中から今度は一本のビデオテープを取り出した。

「デッキ、あれですよね」

おれがうなずく間もなく、少年はテープをデッキに入れテレビのスイッチをオンにして、おれを振り返った。

「すいませんが、カウンターを一時間二十三分のところまで早送りしてもらえませんか」

言われた通りにリモコンを操作する。

少年はしばらくカウンターの数字を黙って見ていたが、やがて口を開いた。

「今から見てもらうビデオは、ある民放が特集したベトナム紀行の番組です。父が失踪してから気になっていた国なので、一年前に放送されたのをビデオに録画しておいたものです。もっともしばらく放っていたので、実際に見たのは数ヵ月経ってからでしたけどね」

カウンターが一時間二十分を少し過ぎたところでテープを止め、再生ボタンを押した。

テレビの画面に、人々でごった返す市場の様子が映し出された。通りの両脇にぎっしりと並んだ露天商。その屋台の果物や魚の上に、南国の強烈な陽光が降り注いでいる。ゴミクズや野菜のきれっぱしが路上の水溜まりに浮き、洟を垂らした子供たちの一群が大写しになる。

「ベンタン市場だ」

そうつぶやいたおれの言葉に、少年が少し笑った。

「やっぱり、詳しいですね」

カメラは市場のメインストリートからパンして、薄暗い路地に分け入って行く。その狭い通りもまた、人々でごった返している。壁伝いに所狭しと並べられ、山積みになっている食材。それぞれの粗末な屋台の上に、薄汚れた布製の屋根が張り出している。

「ストップ」

不意に少年は言った。

「ここから五秒ほど戻して、そこから軽いコマ送りにしてください」

再びリモコンを操作する。

画面を一瞬逆戻りさせ、コマ送りに変えた。

「今度は注意して画面の右に映っている、俎板の上で魚をさばいている男を、よく見ていてください」

画面右半分の、うつむいたまま魚をさばいている男が、ひとコマずつ動作を重ねてゆく。髪が額にかかっていて、その顔ははっきりとは認識できない。両袖をまくった白いシャツには魚の血が飛び散っている。あご髭が伸び放題だった。ふと、男は包丁を持っていた手首で、首の後ろをつるりと拭った。

画面を見つめたまま、少年は言った。

「父ですよ」

「まさか――」

「いや。これが一年前の父です」

思わず写真を手に取り、画面のなかの人物と見比べた。

たしかによく見ると顔の輪郭は似ている気もする。しかしそうと断言するには被写体の映っている角度はまったく違うし、なによりもその両者から受ける印象にはギャップがありすぎた。

「他人の空似とは、考えられないかい」

「違いますね」

少年はテーブルの上にあったリモコンを取り、再度、画面をプレイバックさせた。

先程のシーンから再びコマ送りが始まる。

「よく見ていてください。この男は、どっちの手に包丁を持ってますか」

「左、だな」

「父は左利きだったんですよ――さあ、そしてここからです。包丁を持った腕が上がって、今、その手首で首の汗を拭いましたね」

「ああ」

「普通だったら、包丁を置いて手のひらで汗を拭いますよね。ところがこの男は包丁を持ったまま手首で汗を拭った」

「……それが？」

「癖なんですよ、父の昔からの」

そして一時停止ボタンを押すと、おれを振り返った。

「なぜだか、分かりますか」

「いいや」

「父さんは夏の暑い日でも、絶対に革グローブをつけて単車に乗ってました。危険な乗り物ですからね。ところがグローブをつけていると停車中や渋滞中、首筋から噴き出してくる汗を拭えない。それで暑い日は、無意識に手首で汗を拭くようになっていたのです」

「――――」

「どうです？　こんな癖を持った、父に酷似した左利きの人間が、いくらホー・チ・ミンが都会でもいったいどれくらいいると思います？」

「なるほどね」と、しかしおれは首を傾げた。「だが、それでもちょっと、常識的にはありえないように思うけどね」

「どうしてです」少年は、おれがなかなか同意しないので苛立ってきた様子だった。「それとも、やっぱりこんな話に引きずり込まれるのは迷惑な話ですか」

おれはため息をついて少年を見た。できれば言いたくなかったことなので、一気にしゃべった。

「なら聞くけど、この五体満足な男が君の親父さんだとしたら、なぜ日本に帰ってこようとしないんだ。帰れない理由があるなら、どうして連絡の一本も家族に寄越そうとしないんだ？　将来の社長の椅子を約束されていた男が、なぜあんなところで魚をさばいたりしてるんだ」

結果として、少年にはかなりキツい言葉を投げかけることとなった。

彼はおれから目を逸らし、苦しそうにつぶやいた。

「だから、それを確かめるためにベトナムに行こうとしてるんです。とにかくこの男《ひと》が父さんだと、ぼくには確信をもって言えます。それは絶対に間違いないです。ひょっとして父さんは何か抜き差しならないことに巻き込まれていて、それで連絡が取りづらいのかもしれない。漫画みたいな話ですが、何かの事故で記憶喪失になっていることだって考えられます。そしてあるいは

――」

「あるいは？」

「――あるいは、そんなだいそれたことじゃなく、ただ単に家に帰りたくないだけなのかもしれない。家族と離れて暮らしたいだけなのかもしれない。……それならそれでいいんです。ちゃんとした理由を聞いてからなら、あきらめもつく。でも、父の真意が何かも分からないまま、今回の再婚話が進んで行くのを見るのは、ぼくにはとうてい我慢ならない。もし父さんが本当は日本に戻りたいと思っているのに、家庭にも会社にも戻ってくる場所がなくなってしまっていたとしたら……。それを避けるためにも、理由だけははっきりさせておきたい。そしてできるなら、なんとかして日本に帰ってきてもらいたい。そういうことです」

「――」

「とにかく、ぼくが父さんを見間違うことはありません」

陽が傾きはじめていた。窓から差し込む西陽に、部屋の壁が四角く切り取られていた。その四角の枠囲いの中に、サイゴンの地図に見入っている少年の影が映っていた。そんな光景を見ているうちに、今回の父親探しの問題点をぼんやりと考えている自分に気付いた。半ば乗り掛かった舟だった。すでにおれはその気になり始めていた。

おれは煙草に火を付け、改めて少年を見た。

「しかし、そうなると」おれは口を開いた。「今度のベトナム行きは、かなり難題の多い旅になるかもしれない」

「どうしてです」

「この君の父親らしき人物が、今もベンタン市場にいるとは限らないからさ」

「それは……たしかにそうなんです」

「もしいるならそれでよし、いなくなっていた場合、どうやって探し出すか……それが問題だ。なにせおれたちにとっての情報は、このビデオしかないわけだろう」

少年はうなずく。

「手がかりは、昔ベンタン市場にいた左利きの日本人だということだけだ。おまけにおれたちは現地の言葉もしゃべれない外国人ときてる。一週間足らずの期間じゃ探し出すのは難しいかもな」

「それでも、現地に行って、足で探すしか方法がないと思うんですけど」

「まあ結局はそうなるんだが、なんとか日本にいる間に、もう少しこのビデオに関する情報が集められないかと思ってね」

「でも、どうやって」

テレビの画面には、ちょうど番組のエンディングが流れていた。BGMにのってサイゴンの風景が切り替わって行く。

おれはその映像を少年に指し示すと、少し前に思いついていたことを話した。

「例えば、この番組の撮影がいつごろ現地で行なわれたかということだ。素人考えだが、その時期が分かれば、君の父親がこのベンタン市場にいた時期ともラップしてくる。これだけの情報が取れるだけでも、聞き込みで探し回る時には、ずいぶんと助かるんじゃないか」

「なるほど」

「そして、それを聞く相手は、このクレジットの中にいる」

「クレジット？」

「よく番組のエンディングやオープニングで流れるだろう。音楽だれだれ、映像だれだれ、編集だれだれ——あれだよ。おれも詳しくはないが、たぶんこれを制作したテレビ局か下請けのプロダクションに問い合わせを入れて、現地でカメラを回した人間を紹介してもらえば、その時期は分かるだろう」

「そういうことが出来るんですか」

「然るべき筋を通せば、紹介ぐらいしてくれるだろう」

「でも、どうやって」

「テレビ局に勤めている高校時代の同級生がいる」おれは言った。「そいつにまずこのビデオを見せたうえで、アプローチしてもらおう」


しばらくして、おれたちはマンションを出た。少年を家まで送って行くことにしたのだ。駐車場まで歩いてゆき、クルマのエンジンをかけた。付近の住宅街を抜け、市の中心部を迂回して通るバイパスに向かった。

時折、移り行く建物の間から、サイドウィンドウ越しに強い陽射しが飛び込んできた。時計を見ると、もう四時だった。

「今日、家族にはなんと言って来たんだい」

「なんにも」少年は答えた。「二人とも、朝からいなかったですから」

「そうか」

バイパスに乗った。夕陽を遮っていたビルが、建物が遠くに離れてゆき、斜めの陽射しが車内を照らしだした。おれはサンバイザーをサイドに寄せた。

再び少年が口を開いた。

「古いクルマが、好きなんですか？」

「え？」

「このクルマですよ」

「あ、ああ」

「いすゞの117クーペですよね」

「よく、知ってるね」

「丸目四灯の初期型。ボディーはジウジアーロ。たしかハンドメイドでしたよね。エンジンは直4の1・6リッターで、馬力は120前後」

おれは口笛を吹いた。この少年が生まれた頃には、とうに生産中止になっていたクルマだ。

「恐れ入ったよ」

少年は笑った。

「父さんがドライブの時、よく教えてくれたんです。あれはスカイライン、あれはコスモっていうふうに」

「好きだったんだ、君の父さんも」

「どちらかというと単車のほうでしたけどね。同じいすゞの旧いクルマに乗ってました」

「なに？」

「ベレGです」

「ほう」

ベレG、ベレッタGTの通称だ。

「ボンネットが黒で、センターアンテナ。サイドがオレンジのモデルですよ」

「しかも、GT－Rか」

おれは感心した。今の日本には、まともに動くものはもう何台もないだろう。

クルマはベレGのRで、単車はミッドナイト・スペシャル。

この組み合わせにも、持ち主だった男の、尋常ではない美意識が感じられる。

「で、今、そのクルマは？」

「三年前、おじいちゃんが廃車にしちゃいました」

「もったいない」

「一年間、誰も乗る人間がいないまま、ガレージの中にくすぶってたんです。興味のない人には、ただの旧いクルマですからね」

やがてバイパスは片側二車線に広がり、前方に低い植込のある分離帯が現れた。車の流れが速くなった。おれはレーンチェンジをしながらギアをトップに入れた。

中央分離帯を挟んだ反対側の車線沿いに、ラブホテルが数軒並んでいる場所があった。その中のピンクのシャトー風のホテルから、一台の車がでてきた。

そのホテルは、以前おれも入ったことがあった。今は規制で減ってきているらしいが、全面鏡張りの部屋がウリのホテルだった。つまり、二人の汗だくの行為が天井に、側面に、足元に映しだされるという趣向だ。

出口の厚いビニール地のカーテンをくぐって出てきた車は、赤いボルボ――それもステーションワゴンだった。そのワゴンは反対車線をどんどんこちらに向かって近づいてくる。少年の位置からは死角になっていて、まだ気づいていないようだ。その運転席の女性の顔が遠目に見て取れた瞬間、自然におれの口は動いていた。

「ダッシュボードから煙草、取ってもらえるかな」

ごく普通の口調で言えたのは、ありがたかった。少年はダッシュボードを開けて、中を覗き込むように身を屈めた。

少年が奥を覗き込んでいる間に、赤いボルボとすれ違った。助手席に、眼鏡をかけた四十半ばの男が座っていた。この男が、サクラ宝石の二代目なのだろう。

少年は顔を上げて、不思議そうにおれを見た。

「入ってませんよ」

そう言った時には、赤いボルボはサイドミラーの中のはるか後方、夕陽の中に消えてしまった後だった。

4

　翌週の月曜日の夕刻。営業から会社に戻ってくると、いつもの通りおれのデスクの上に、顧客からのメモが所狭しと貼り付けられていた。ため息をつきつつそれをひとつひとつ見ていると、隣の席の同僚がふと顔を上げて言った。

「そういえば、さっきおまえ宛てに、妙な名前の男から電話があったぞ」

「妙？」

「ええと、たしか……ゲンジ、ゲンカイ？」

「源内《げんない》」

「そうそう、それ」

　相手は大きくうなずいた。

「変わった名前だよな。折り返し連絡させましょうかって聞いたら、じゃあいいです、って。友達か」

　おれはにやりと笑って首を振った。少なくとも友達という目であいつを見たことは、一度もない。顔を合わせるたびにむかっ腹の立つ相手を友達と呼べるだろうか。もっとも、それは向こうも同様だろうが。

　残務をなんとか処理して会社を出たのが九時。電車で二駅のマンションに着いたのが、九時半だった。

一階のエントランスのすぐ脇に、一台の車が横付けしてあった。

ダーク・グリーンの、旧型のインスパイヤー。ボンネットは泥埃にまみれ、どこかにぶつけて凹んだままのフェンダーには錆が浮いている。今の国産車の中では珍しく雰囲気のあるクルマだと思っていたが、これではそのスタイルも台無しだった。

階段を上り自分の部屋の入り口まで来ると、室内には明かりがついていた。扉の向こうから、男の馬鹿笑いが聞こえてきた。

思わず顔をしかめる自分が分かった。

わざと音をたててドアを開けた。奥の居間からひょっこりと源内が顔をのぞかせた。大柄な体に、間の抜けた笑顔。

「よう、おかえり」

「おかえり、じゃねえだろ」靴を脱ぎながら毒づいた。「エントランスの脇は駐車禁止だぞ」

「かたいこと、言うなよ」源内は、にんまり笑った。「誰の迷惑になってるわけでもなし」

そう言って、テレビの画面に視線を戻すと、また腹を抱えて笑いはじめた。見ると、くだらないバラエティ番組だった。

「こんなんで、よくそれだけ笑えるな」おれは上着を脱ぎながら言った。「しかも作り手側の人間が」

「でもよ、面白いんだぜ。これ、よくできてる」

「どうやって部屋に入ったんだ。鍵は掛かっていたはずだぞ」

「ん？　適当に探してたら、ポストの死角に予備キーが貼りつけてあったんでな」

と、話している間にも顔はブラウン管から離れない。

「で、外で待っているのもバカらしいから、ここでこうしてた」

そう言って再び笑い転げた。目尻には涙が浮いている。どうやら本気で面白がっているらしい。呆れた男だ。だいいち、これが三年ぶりに会う人間の態度だろうか。

テーブルの上には、飲み干した缶ビールが数本転がっている。昨日おれが買ってきたビールだった。腹立ちを抑えながら、おれは言った。

「たしかにおれはおまえに電話はしたが、誰も来てくれとは頼んでないはずだけどな」

「まあ、そう怒るなよ」

画面がCMに変わり、ようやく源内はこちらを向いた。

「わざわざ都内から小一時間かけて、ここまで来てやったんだからさ」そう言って、自分の脇にあったビニール袋をおれに押しやった。「食えよ。どうせ晩飯も食わずに残業してたんだろ？」

見ると、コンビニの弁当とおにぎりが入っていた。

「おまえのぶんは」

「おれはもう、食った」

結局、そのコンビニの弁当を開けながら、おれは尋ねた。

「しかし、昨日の今日でよくそんな気軽にやってこれるな。テレビ局、ひまなのか？」

「あれ、言ってなかったっけ」源内はのんきそうに鼻毛を抜いた。「おれ、辞めたんだよ」

「なに？」

「だから辞めたんだよ。今年の六月にな」

「じゃあ、今は何やってるんだ」

「プー太郎」

この男の勤務態度は容易に想像できた。おそるおそる、おれは聞いた。

「クビに、なったのか」

「あ？」源内は笑った。「馬鹿にしてんのか、おれを」

「じゃあ、なんで？」

「自分から辞めたんだよ」

「他にやりたいことでも？」

「おい、おい」

源内は呆れたように、両足を投げ出した。

「忘れたのかよ。今年、いったいおれたちは何歳になる？」

「三十一、だな」

「で、十年前、おれはおまえにどんな話をしたよ？」

それで思い出した。うっかりしていた。こいつはもう無理して働く必要がないのだ。


源内は高校で知り合った時から、一人暮らしをしていた。母親は十歳の時に病死して、父親は遠洋漁業の船乗りだったため、年に一、二回しか陸に上がってこない。さすがに小学生、中学生の時は一人暮らしをさせるわけにもいかず、あちらに二年、こちらに一年と、親戚の家を転々としていたらしい。高校に入ると、学校の近くにアパートを借りた。詳しく聞いたことはなかったが、自分ひとりが他人の家族の中で暮らすのはしんどい部分もあったのだろう。

大学三年の時、源内の父親が死んだ。インド洋でのマグロ操業中の事故だった。両親とも亡くした源内は、結果的にその代償として、かなりの額の遺産を手にすることとなった。定額貯金に預けっぱなしになっていた母親の生命保険。船会社からの遺族金、退職金。船員保険。父親個人にかけられていた生命保険。そして父親が息子の将来のためにと積み立てていた貯金。彼の手元には、約二億五千万の金と、ローンの完済した一戸建の家が残った。

たまたま大学の休みで帰省したときに、その話を聞いた。葬儀は一週間前に終わったばかりだという。おれは源内の実家を訪ねた。多少しょげているようなら話し相手になってやろうと思っていた。つまり、それくらいの間柄ではあった。

夏だった。源内はパンツ一枚のまま、居間にいた。エアコンも入れずにタオルで汗を拭きながら、一心に法律関係の本を読んでいた。

その感じからして、あまりなぐさめの必要はなさそうだった。

「大変だったな」

「ああ」

源内はちらりとおれを見ると、再び本に視線を戻した。

「しかし、暑いな」

どうやら、遺産関係の法律書らしい。

「相続税、ごっそり持っていかれるのか？」

「そうならないように、今勉強しているところだ」と、源内。「親父がほとんど家族にも会えず、女も抱けずに航海で積んできた金だぞ。それをいいように国に持っていかれてたまるかってんだ」

実際、源内はその後も知り合いの弁護士に相談したり、税理士事務所に行ったりして、あの手この手を尽くしたようだ。そして十年後に、なるべく相続税を払わないですむような方法で、遺産を相続する手筈となった。

ビールがなくなっていたので、おれは戸棚の中からジャック・ダニエルを出して、源内にすすめた。

「いや、おれはいい」

源内は顔をしかめた。

「ウィスキーは、駄目なんだ」

「相変わらず関節に残るのか？」

「ああ」

おれは自分の分だけグラスに氷を浮かべた。

「じゃあ、今はもう悠々自適の生活か」

「当分はおれの退職金と貯金、あと実家の家賃収入だけで食っていける」

「うらやましい奴だ」

すると、源内は奇妙な笑いを浮かべた。

「心配のない毎日ってのも、けっこう退屈なもんだぜ」

「なぜ？」

「女のことしか、考えなくなってくる」

「それを普通、幸せな奴と言うんだ」

おれはグラスを飲み干すと、改めて源内を見た。

「ところでメッセージにも少し事情を入れておいたが、せっかく来てもらったついでだから、おまえもそのテープを見てみるか」

「そうだな」

おれはテープをデッキに入れ、ベンタン市場のシーンまで早送りした。市場の路地に分け入っていくシーンで再生画面に戻す。

「ずいぶんうるさい場所だな」

「言ってみれば年末のアメ横みたいなもんだ」

「なるほど」

その男のシーンで、おれは超スローのコマ送りに替えた。画面に近寄って、その魚屋の男を指で押さえた。

「この男だ」おれは源内を振り返った。「その少年は、この男が自分の父親に間違いないと言うんだ」

「あまり日本人には見えないが」と、源内は首をひねりながらもすんなりと、「だがまあ、肉親がそう言うんなら、そうなんだろうな」

すかさずおれは言った。

「頼めるか。この番組を作った人間を探しだす仕事」

「タダでか？」

「金持ちが何を言う」

源内は照れ笑いを浮かべた。

「しかしだな。なんで、おまえ、こんなことに首を突っ込んでるんだ」

そこでおれは、これまでの経緯——四年前に男がサイゴンで行方不明になったこと。息子がこれに気付いたものの家族には内緒にしていること。そうとは知らずに少年の祖父が、彼がベトナムに行くことを許可したこと。そして、その結果おれが添乗を依頼されたことをかいつまんで話した。

「うん？」源内はボリボリと頭を掻いた。「なんでその少年は家族に黙ってるんだ」

「再婚話が進んでるんだ、彼の母親のな。相手は、祖父の会社が業務提携を図ろうとしている取引先の二代目だ」

「一種の政略結婚か」源内は笑った。「まるで戦国大名だな」

「まあ、そうだ。で、この少年は自分なりに考えたらしい。家族に騒いでみたところで、もし父親をサイゴンで探しだせなかったら、かえってその話を潰してしまうことになる。そういうことだ」

するとと、源内はニヤリとした。

「見つけだせたにしても、本人に戻る気がなかったら、同じことだしな」

テレビの画面には、通常再生に戻ったベトナムの景色が流れていた。

5

源内から連絡が入ったのはそれから三日後、おれが一週間遅れで十二月のカレンダーをめくった木曜日だった。

相手とコンタクトが取れ、土曜日の夜に顔合わせをセッティングしたがいいか、とのことだった。

「それは別にかまわないが」おれはとまどいを感じながら言った。「でも、わざわざ撮影した時期を聞くためだけに、顔合わせをセッティングすることもなかったんじゃないか。相手にも手間だろう」

「いや、それがな……」と源内も意外そうな口調だった。「実を言うと、これは相手からの希望なんだ。それがまた、なんとも妙でな」

「なに」

「おれは、その局の目当ての相手が外出中だったんで、伝言を頼んでおいたんだ。〈NTB放送の源内と申しますが、御社が昨年の十月に放送された番組『ドキュメンタリー・ベトナム南北縦断2000キロ』の中の、市場で偶然映っていたある男の件で、個人的にお伺いしたいことがあります。つきましてはお手間ですが私の自宅までお電話頂けないでしょうか〉とな」

「おい、おい」おれは呆れた。「おまえはもうテレビ局を辞めた人間だろうがよ」

「いいじゃないか。どうせ六月まではいたんだし」源内はケロッとしたものだ。「まあそれはともかく、おれとしてもその問題のシーンを撮影した時期さえ確認できればよかったわけだから、電話で充分だと思っていた。なのにさっそくかかってきた電話で相手は、詳しい話はぜひ一度会ってからしましょう、ときた」

「ふむ……」

「ふつう、テレビ局関係の人間ってのはクソ忙しくてな。外部の人間が会いたいといってきても、実利に結びつかない限りはなかなかうんとは言わないもんだ。それが向こうから会いたいと言ってきた。しかもその下請けの制作プロダクションにも問い合わせを入れたら、こちらのほうからも同様の反応が返ってきた……。な、変だろ？」

「たしかにな」

「そんなわけで、わざわざセッティングをさせてもらったわけだ」

「分かった」

「あ、それからそいつらと会うことになっても、具体的な自己紹介はするなよ。単にその男の息子と、おまえは、その付き添いということにしておけ」

「そりゃ別に構わないが、でも何でだ？」

受話器のむこうで源内のかすかに笑う声が聞こえた。

「その少年のじいさんだって、会社のためなら実の娘を売っても平気なわけだろ？」

源内は言った。

「そんな奴が意外と多いんだよ。視聴率のためなら平気でパンツも下ろせる連中さ。そんな人間と一緒の空気を吸っている相手に、なにもこちらから突っ込まれる情報を教えてやる必要はない。今回の相手の反応の裏にはどうも何かあるような気がするし、特にその少年は家族にもこの話は黙っているわけだから、なおさらだ」

「てきびしいな」

おれは苦笑した。

「しかし、それでわざわざ会いにきた相手は納得するのか」

「勘違いするなよ」

源内は笑った。

「おれは相手に例のシーンのことで聞きたいことがあると探りを入れただけだ。それを受けて、ともかくもぜひ会いたいと言ってきたのは相手のほう——一体どっちが優位に立っていると思う？」

「なるほど」

「とにかくその少年の立場を第一に考えてやるんなら、黙っていて済むことは黙っていたほうがいい」

「分かった」


土曜日。

源内の指定した店は、原宿の表参道沿いにあるバー『リドル』。つまり日本語で「謎」あるいは「謎の人物」ということだが、別に「相手をさんざんにやり込める」という意味もある。源内もなかなか味なことをする。

夕刻に地元の駅前で少年を拾い、外環から首都高に乗った。表参道についたのが七時十五分前。路肩のパーキングメーター脇にクルマを停めると、源内の言った店へと歩をすすめた。少し遅れて少年がついてくる。

「源内に会ったら、まずこのお礼だけはしっかり伝えるんだよ」

「はい」

「ちょっと変わってるけど、決して悪気のある奴じゃないから」

「悪気なんて、そんな。感謝してます」

表参道の欅並木に巻かれた電飾の光が、そう答えた少年の髪をチカチカと照らしだしていた。都内では一足先にクリスマスシーズンが到来していた。


バー『リドル』は、参道に面したテナントビルの三階にあった。濃いブルーのネオンが、黒い看板の中でにじんで見えた。

エレベーターを上がり、バーのドアを開けた。照明を落とした店内に、微かな空調の音が響いている。客が混み合うには少し早い時間のようだ。まだBGMもかかっていなかった。カウンターの中でグラスを揃えていたバーテンが、入ってきたおれたちに目礼をする。濃いグレーで統一された店内は、椅子、テーブルなど全体にすべてが低い位置に配置されていた。源内にしては上出来なチョイスだった。

フロアーのいちばん奥のテーブルに、源内はいた。ナッツを前にぼんやりとビールを飲んでいたが、おれたちを認めると軽く手をあげてみせた。

「ちょうど五分前だな」

そう言ってチラリと少年に目を走らせ、もう一度おれを見て笑った。

「彼が、その戦国大名の跡取りか」

「は?」

さっそく礼を言おうと口を開きかけていた少年は、戸惑ったようにおれを見上げた。おれは源内をにらんだ。余計なことを言う奴。高校時代もこいつの軽口のせいで、アーケードでヤンキーにからまれたりと、随分と迷惑をこうむったものだ。

おれの視線に源内は軽く肩をすくめると、立ち上がって少年に手を伸ばした。

「よろしく。源内っていうんだ。変わった名前だろ？」

「はあ」

多少どぎまぎしながら少年も手を差し出した。

「この度はどうもお手数をかけまして、ありがとうございます」

「いいんだって、どうせヒマなプー太郎だしな。ええっと――？」

「慎一郎です。中西、慎一郎」

「慎《つつし》む、一郎？」

少年がうなずくと、

「それは、いい名前だ」と、源内は得々として言葉を続ける。「最近は、慎みとか恥って言葉を忘れてる連中が多すぎるからな」

少年はポカンとしている。

おれは内心、おかしさを堪えるのに一苦労だった。あつかましい奴。

ウェイターが注文を取りにきた。少年はオレンジジュース、源内はビールを追加した。

待ち人が来たのは、七時きっかりだった。音もなくドアを開けて二人組が入ってきた。一人はいかにも業界ふうの派手なスーツを着た小太りの男。もう一人は対照的にジーンズに革ジャンといういでたちの、上背のある男。

二人は奥にいたおれたちに目を止めると、まっすぐにこちらへやってきた。

最初に口を開いたのは、小太りのほうだった。

「源内さんとそのお連れの方ですか」

おれたち三人は立ち上がって、席をすすめた。

「テレビ関東の竹中と申します。あの番組の編集に携わっていた者の一人です」

派手なスーツのわりには物腰の丁重な男だった。年齢的にはおれたちより四、五歳年上といった感じか。眼鏡の奥に穏やかな眼差しがのぞいている。

次にノッポのほうが名刺を差し出した。

「スタジオ・トムスという制作会社でカメラマンをやってます、山本です。実際に現地でフィルムを廻してました」

こちらの革ジャンの男は、その口調から、わりとはっきりモノをいうタイプのように思えた。よく陽焼けした顔には口髭をたくわえ、髪は嫌味にならない程度の長さで両サイドに流していた。

おれたちの自己紹介のほうは、源内がうまくぼかしてやってくれた。

「ちょっと込み入った事情がありまして詳しくは説明できないんですが、あのシーンに映っている男が、この少年の父親である可能性がかなり高いのです」

すると、竹中は口を開いた。

「失礼ですが、その方は、以前どんな仕事をやってらっしゃったんでしょうか」

すかさず源内が答える。

「いわゆるアパレル関係です。この少年の祖父が創業した会社で、父親は将来は二代目の椅子を約束されていました。ベトナムに行ったのも、現地に縫製工場を作るための視察といったところです」

うまい言い方だった。相手になんら手がかりを与えることなく、その父親の置かれていた状況もほぼ正確に伝えられていた。

しかし、どういうわけかその説明を聞くと、竹中と山本カメラマンは互いに顔を見合わせた。といっても源内の話を疑っている様子ではなさそうだった。

再び口を開いたのは竹中だった。彼は少年を見ると、

「慎一郎クン、だったよね。きみ」

相手を安心させるためだろう、口元に笑みを浮かべている。

「きみは、あのシーンに映った男が自分の父親だと確信しているわけなの？」

少年はうなずいた。

「ただ顔が似ているというだけじゃなく、他に思い当る節も何点かありましたし」

「――と、いうと？」

少年は自分の父親が左利きだったことと、首の裏を手首で拭う癖を説明した。

「なるほどね」

と、一応は納得したかのように思えたが、

「じゃあ、くどいようだけど、やはり人違いということは考えられないんだね」

妙な念の押し方だった。少年はもう一度うなずきながらも、助けを求めるようにおれを見た。

「あの、すいませんが、なにかそう考えられないようなわけでも？」

おれは口を挟んだ。

「聞いたかぎりでは、わたしもこの少年の考えに間違いはないと思っているんですが」

「そうですか」

竹中はそうつぶやくと、再び横のカメラマンに視線を走らせた。カメラマンは相手を促すかのようにうなずいてみせた。

それを契機に、彼の口はほぐれ始めた。

「いや、どうか誤解しないで頂きたいのですが、決してあなたがたの言うことを信じていないわけではないのです。実を言うとわたしたちも、あの男が、日本の誰か、ないしは何かの組織と深い関わり合いのある人間ではないかと予想していました。というのも、現地で奇妙な出来事がありましてね」

「奇妙な出来事？」

「ええ、あのベンタン市場でです。もっともそれだけだったら、山本さんも数ヵ月も経てば忘れてしまうくらいの些細なことではあったのです。ただ、それだけでは済まなかった。その些細なことが原因で、山本さんや他のクルーは、危うく命を落としかねない事件に巻き込まれてしまったのです」

聞き手のおれたち三人は、思わず顔を見合わせた。

カラリ、と乾いた音をたてて、氷がグラスの中に沈んだ。

「もしよろしければ、話を続けてもらえませんか」

「じゃあ、ここから先は、わたしのほうから」

と、自己紹介をして以来、初めてカメラマンが口を開いた。

「実際のわたしの体験を話したほうが、手っ取りばやいでしょうからね」

おれたち三人がうなずくと、カメラマンはちょっと考えた後で一気に話し始めた。

「わたしたちクルーがこちらのテレビ関東さんからの依頼を受けてベトナムに赴いたのは、去年の夏、八月の第四週のことでした。二週間の予定で撮影に出掛け、ハノイ、ナムディンなどの北部の都市から取材をはじめ、フエ、ダナンと下りてきて、最後の目的地のサイゴンに入ったのはもう予定期間が残り三日になってからでした。というのも、その時同行したスタッフの中にサイゴンにはもう何回も来ている奴がいて、だいたいフィルムに押さえるべきポイントは分かっているから、それくらいの日数で十分間に合うだろうということになっていたんです」

「なるほど」

「サイゴンでの初日の予定がクチの地下トンネルや戦争博物館、ホー・チ・ミン記念館ならびに記念碑などの、ベトナム戦争がらみの撮影。二日目が旧大統領官邸や聖マリア教会、そしてベンタン市場の三箇所を押さえて、三日目の午前便で帰国の予定でした。

で、問題の二日目。午後のベンタン市場撮影に入ったときのことです。市場中心部の映像をフィルムに収め、とある路地の中へ分け入って五十メートルも進んだ時だったでしょうか、カメラを廻し続けていたわたしの肩をたたいた者がいました。振り返ってみると、粗末な身なりをした小男が一人、恐い顔をして立っていました」

「小男？」

「ええ」と、カメラマンはうなずいた。「おそらく身長は百二十センチもなかったでしょう、中年過ぎの、くたびれた感じの小男でした。

〝ここで何をしている《フワット・アー・ユー・ドゥーイン・ヒア》？〟

そう、正確な英語でわたしに聞いてきました。

〝テレビの取材のため、カメラを廻している〟

と、わたしは答えました。すると相手は一瞬考えたように黙って、

〝日本人か？〟

何故かいきなり、国籍を聞いてきました。

〝そうだ〟

戸惑いながらも、わたしは答えました。

〝日本のテレビ局だ〟

するると突然相手は顔をしかめました。

〝ここでの撮影は禁止されている。フィルムを寄越せ〟

周囲は人がうじゃうじゃ溢れ返っている天下の公道ですよ。そんなバカなとも思いましたし、それにどう見てもその男はそんなことを言える立場の人間ではない。ああ、こいつはタカリ屋だなと、わたしは思いました。ご存じでしょう？　海外に行くと、よくいますよね。こっちが外国人、しかも金満イメージの日本人なのをいいことに、無理難題ふっかけて小金を巻き上げようとする手合いですよ。で、逆にわたしは問い詰めました。

〝ここは誰でも出入りオーケイの自由市場のはずだぞ。それにおまえは一体なんなんだ、ポリスなのか？〟とね。

案の定、相手は困った顔をしてました。が、それでもしぶとく、

〝とにかく、そのフィルムをこっちへ寄越せ〟

そう重ねて言ってきました。むろんこちらとしてはそんな無茶苦茶な話を聞くわけにはいかないですし、そのしつこさにいい加減頭に血が上り始めていましたから、

〝NO！〟

と、大声で叫んでやりました。そして、

〝どうしてもって言うんなら、腕ずくで来い！〟

わざと、ケンカを売ってやりました。

周囲の買い物客が足を止めてザワザワとわたしたちを遠巻きにし始めました。こちらの思う壺です。彼らの視線も気になったのでしょう、ここで押問答してても仕方がないとでも思ったのか、小男は一瞬軽く唇を噛むと、

〝ひとつ、教えてくれ〟

そう言って、少し後方の十字路を指差しました。

〝おまえはさっき市場から歩いてきたとき、あちらから見て、あの角の右側、左側、いったいどっちをフォートしたんだ？〟

〝左だ〟

なんとなくですが、わたしはとっさに嘘をつきました。

〝それが、どうかしたか？〟

その答えに、小男は明らかに安堵した様子でした。

〝いや、別に〟

小男は言いました。

〝とにかく、早くここから出ていってくれ〟

〝撮影さえ終われば、すぐに出てゆくさ〟

そう言い返してわたしは小男を追い払いました。

撮影が一段落して来た道を戻ってゆくと、さっきの十字路まで来ました。ふと気になって目を向けると、来たときには右側に見えていた魚の露天商が、屋台から姿を消しているのに気が付きました。さっきレンズをのぞいていた時には、たしかにその屋台の奥に男が写っていたのです。無人の台の上には魚介類が山積みになったまま、ほったらかしにされていました。買い物客でごった返している路地ですよ。大事な商品を並べたまま、どこかへ行ってしまう露天商なんているでしょうか。そこに、なんとなく不自然さを感じました。それに少し冷静になって考えてみると、あの小男の質問もちょっと変でした。なぜ最初に、どこの国の人間かと聞かず、わたしを見るなり、日本人かと聞いてきたのか。別にちょっと裕福な国の海外の取材班なら、台湾人でも香港人でもシンガポール人でもありえる話です。それなのに何故あの小男は、まるでその点だけが気がかりでもあるかのように、最初から日本人かと聞いてきたのか……。

たぶんその時のわたしはそんな疑問を感じながら、じっとその無人の屋台に見入っていたのでしょうね。わたしの耳にスタッフの話し声が聞こえてきました。

〝おい、あれ、さっきの小男じゃないか？〟

〝なんか、こっち見てんな〟

はっとして、そのスタッフの視線の方向を追うと、件《くだん》の小男が、通りの向こうからじっとこちらを見ているじゃありませんか。腕組みをしたままわたしを睨んでいるその表情から、とっさに悟りました。

（嘘がバレたな）

しかし、別に悪いことをしていたわけじゃありませんからね。わざわざ歩いていって相手に謝ることもあるまいと思って、そのままホテルに戻りました」

そこまで話したカメラマンはさすがに喉が渇いたらしく、ビールの残りをぐいと飲み干すと、再び話を続けた。

「――そして、その夜のことです。遅い晩飯を取ってホテルに戻ったわたしたちは、翌日の帰国準備を始めました。とはいっても器材関係の整理はアシスタントの分担になってましたから、わたしは自分の身の回りの整理だけでよかったんですがね。まあ、そういうわけで準備もあらかた終わり、さあこれから寝ようかと思った矢先でした。

突然ドアのチャイムが鳴ったので魚眼レンズを通して外を窺ってみると、フルーツバスケットを片手に、ボーイにしては老けた男がかしこまって立っていました。

ホテルのマネージャーからの差し入れを持ってきたとのことでした。最終日の夜にいつもフルーツの差し入れをするのですが、八時ごろお伺いしたときには不在のようでしたので、再びお持ちさせて頂きました、と。

で、なんの気なしにチェーンを外してドアを開けてしまいました。後から考えるとうかつでしたね、わたしも。ふつうホテルからの差し入れなんて、初日にしか入れないものですからね。

　ドアを開けると、踏み込んで来たボーイにあっという間に羽交い締めにされ、首筋にナイフを突き付けられました。と同時に、おそらくドアの死角にでも隠れていたのでしょうが、数人の男が部屋の中になだれ込んできて、ベッドにいたアシスタントを押さえこみました。その上で一人が入り口のドアまで戻ると左右を確認し、廊下に放り出してあったフルーツバスケットを素早く拾いあげると、静かにドアを閉めました。ご丁寧にも外側のノブに、〝ドウント・ディスターブ〟の掛け札をしてね。わたしを羽交い締めにしていたボーイが、口をふさいでいる手を少しずらし、聞いてきました。

〝フィルムはどこだ？《フェアー・ザ・フィルム》〟

〝何のことだ？《ファッ・ドゥー・ユー・ミーン》〟

　苦し紛れにそう答えると、首筋にヒラリとした激痛が走りました。

〝ベンタン市場で撮ったやつだよ《アット・ベンタンマーケット》〟

　噴き出した鮮血が首筋を伝っていくのが、皮膚伝いに分かりました。

　黙っていると、ボーイは仲間にベトナム語でなにか言いました。相手もそれに言葉を返し、そんな会話のやりとりが数回つづきました。その仲間内のリーダーらしきボーイは、改めて他の人間にわたしを押さえこませると、わたしの鼻先に、サイドボードの上にあった一枚の便箋を突き出してみせました。そしてナイフを持ち直すと、その摘《つま》んだ紙の端にウェッジをあてがいました。ゆっくりとウェッジが斜めに滑ってゆくと、恐ろしいほどの切れ味で音もなく便箋はふたつに切断され、片方が床の上に落ちました。

〝次は、あんたの右耳《ネクスト・ユア・ライト・イアー》だな〟

そう言って、まばたきしない浅黒い顔がじっとわたしをのぞきこみました。

〝さあ、言うんだ《ドウ・テル・ミー》〟

しかしわたしがなおも口を開かずにいると、男は軽くため息をつきました。はったりのないその自然なため息に、かえってぞっとしましたね。

ああ、この男は本気だな――改めて、そう感じましたから。ゆっくりと男の腕がのびてきて、わたしの耳の上部を摘みあげました。フィルムのありかはアシスタントに任せてありましたから、実際わたしも知らなかったのです。正直なところ、思わず目をつむりましたよ。

耳の付け根に、チリッ、と熱い感触が走りました。チリ、チリとその熱さはしだいに鋭い痛みに変わってきました。じりじりとナイフが肉に食い込んできて、いやもう、その痛さといったら、その前の首筋の痛みなどものの数ではありませんでした。

もう、これ以上は耐えられない、そう思った瞬間でした。

ベッドの上に押さえ付けられていたアシスタントが猛烈にもがきはじめ、そのふさがれていた口が一瞬自由になると、叫ぶように言いました。

〝クローゼットの棚の上だ《オン・ザ・シェルフ・クローゼット》！〟

そう聞くや否や、男たちはクローゼットを開け、上の棚に収められていた金属の箱を取り出しました。蓋を外し中身を確認した男が、ボーイに向かってうなずいてみせました。

その後わたしたちは素早く縛り上げられ、口をテープでふさがれてベッドの上に転がされました。出てゆくとき、最後に残ったリーダー格のボーイは冷蔵庫の上にあったジンのミニボトルを手に取ると、キャップを外しながらわたしに近付いてきました。

〝我慢しろ《ビー・ペイシェント》〟

一言いうと、そのボトルの中身を耳にかけました。しみ込んでくる痛みに思わずわたしがうめき声をあげると、

〝我慢しろ〟

もう一度つぶやいて、ポケットから出したハンカチでボトルの指紋を拭き取ると、テーブルの上にあったキーを手に取り、静かに部屋を出てゆきました。カチッという、ドアの外側から施錠した音を残してね」

おれはごくりと唾を飲み込み、少年はというと呼吸を忘れたかのように固まっていた。

ふいに、カメラマンは苦笑した。

「化膿留めをしてくれたんですね、彼らなりのやり方で。改めてそのことに気付いたのは彼らが出ていってしばらく経ってからですよ。時間にすれば、わずか五分たらずの出来事だったと思います。落着き払った手際のよさ、無駄のなさ——昔、米軍の特殊部隊の取材をしたことがありますが、もしベトナムにもそういった手合いが存在するなら、間違いなく彼らはその道のプロですよ。

幸いにもわたしたちは三十分も経たないうちに、隣の部屋に泊まっていたクルーによって発見されました。アシスタントが縛られたままの状態でもがき続け、ついにはベッドから転げ落ちると、尺とり虫のように少しずつ反対側の壁に這っていったのです。反対側の壁の向こうは、同じクルーが泊まっている部屋でした。彼は壁まで這ってゆくと、なんとか上半身をもたせかけ、突然その壁に向かって頭突きを始めました。何度も、何度もです。時折わたしを振り返る視線は、必死に何かを訴えていました。その様子に、わたしはピンときました。何か理由があって、すぐにでも発見されたがっているのだ、と。

サイドテーブルの電話が鳴り出しました。ただならぬ物音に、隣のクルーたちが電話してきたのです。電話は長い間鳴り続けた後、切れました。しばらくして、ドンドンとわたしたちの部屋をノックする音。その頃には、わたしもアシスタントの元へ這っていって、同じように壁を鳴らしてました。続いて、ガチャガチャという、ノブを廻す音。

やがてクルーが呼んできたボーイのマスター・キーでドアが開き、わたしたちの姿に驚いて駆け込んできた仲間によって、縄を解かれました。

口からガムテープを外してもらうや否や、わたしはアシスタントに向かってわめきたてました。どうしてテープのありかを教えてしまったのか、と。仕方のない状況だったことは分かっていましたし、もしわたしがアシスタントの立場だったら同じことをしたとも思います。しかし手間暇かけて撮ったテープを盗まれて、どうしても言わずにはいられなかったのです。

すると、これまたテープを剝がされたアシスタントが負けずに言い返してきました。大丈夫です、あいつらに教えたのは予備テープのありかです、と。わたしが不在の間に、録画済みのテープはすべて不要になった照明器具と一緒にまとめあげ、出発の時にすぐに持ち出せるようホテルのストックルームに預けておいたのですね。それで、予備テープだと気づいた彼らが万が一にでも戻ってくるようなことがあったら大変だと思って、彼は必死に助けを呼んでいたのです。

ホテルの支配人が飛んできて、セキュリティに不備があったことをわたしたちに平謝りに謝りました。至急全ての警備員に呼び出しをかけたらしいのですが、裏口担当のガードマンだけがどうしても見つからない。探してみると、敷地内の植え込みの中に、手足を縛られ猿ぐつわをかまされたまま放り込まれていたそうです。

わたしたちは、その謝罪をいいことに、支配人に半ば強引に別のホテルの部屋をとらせました。すぐに荷作りを済ませ、逃げるようにして新しいホテルに移動しました。そして翌日、空港で出国手続きを済ませパスポートコントロールを通過して、ようやく一息ついたという次第でした」

　カメラマンはもう一度グラスを手に取ったが、中身をさっき飲み干していたことに気付き、その手を放した。おれがまだ口を付けていない自分のビールをすすめると、彼は礼をいってそのグラスを傾け、再び話し始めた。

「日本に帰る飛行機の中、わたしはもう一度今回の事件のことを反芻してみました。この一連の事件の発端を考えるにつけ、やはり気になったのが、あの小男の『日本人か？』という言葉でした。おそらく小男はあの場所を撮影されたこと自体もそうですが、その上、日本人に撮影されたのはもっと気に入らなかった。日本のテレビで放映されると困った羽目になる。だからあんな暴挙に出た。そう考えるのがもっとも理屈に合っているような気がしました。

　成田に到着すると、わたしはその足ですぐにテレビ局に向かい、竹中さんに会いました。一緒に編集室に行って、さっそく問題のテープをデッキにかけて再生してみました。もちろんあの市場での場面ですが、そこにはわたしの記憶通り、十字路の右角、屋台の上で魚をさばいている男がはっきりと写っていました。それまでの経緯を考えてみても、あの小男と例のグループが言っていたのは、このカットに違いないという確信を持っていました。現地でのいきさつを話したところ、竹中さんも同意見でした」

　そこでカメラマンは竹中を見た。今度は竹中が、その後を引き継いだ。

「ただ、いくら考えてもつかめないのが、動機でした。その小男の一味は、何故そんな強盗まがいのことをしてまでその男の写ったテープを取り上げなければならなかったのか？　いったいあの男にどんな謎が隠されているのか？」

「………」

「私たちは、この魚屋の男はいったいどんな背景を持った人間なのかということを話し合いました。この日本のどこかに、この男の顔を知っている人間、ないしは組織が存在するはずです。

たかがフィルム一本のためにあれだけの荒仕事をしてのけるベトナムの連中だって、とうていまともとは思えないですが、そんな彼らをそこまで警戒させるくらいですから、その日本の対象者もそれ相当の者と見てよいと思いました。スネークヘッド、密輸業者——そういう日本側の、非合法組織の可能性が高い。おそらくこの魚屋の男は以前は日本とベトナム間に跨がる非合法の組織に属しており、なんらかの理由で日本サイドの組織から追われる存在になり、ベトナム側の組織に庇護されている。当時、二人でそんな仮説を立ててみました」

「なるほど」

「ただ、そこまで考えてはみたものの、少し冷静になってみるにつけ、この件を突っ込んで調査してみようとは思いませんでした。たしかに特集番組で扱うにはおもしろい素材ですが、いかんせんあまりにも情報が不足していましたし、私たちの仮説も、あくまでも予想の域を出ていませんでしたからね。そんな状況で、とてもこの男の追跡調査の企画を立ち上げるわけにはいかない。ただ、とりあえずこのシーンは番組の中で放送してみよう、その上で、もし視聴者から何かしらの問い合わせがあったら、そしてその問い合わせの内容にスクープの匂いを感じたなら、その時にまた考えればいいじゃないか、と。当時の私たちの話は、結局はそこに落ち着きました」

「……………」

「そして、一年以上経って、今回の電話があったのです」

相手はそう結んで、おれたちの顔を順々に見廻した。

意識しないうちに、おれの口は開いていた。

「ひとつ、質問していいですか」

「どうぞ」

「そのあなたたちのお考えは、今も生きている話なのですか？」

「と、言いますと？」

「つまり、言葉は悪いですが、もしこの件にこの少年の父親が関わっていたとして、それがスクープとしての価値を持つものなら、今でもあなたがたはそれをネタとして取り上げるつもりがあるのかということです」

　すると、竹中はにっこりと笑った。

「もちろん、ありますよ。それが私たちの仕事ですからね」

「そうですか」

「ただ今回は、そうなる可能性はまずないと思いますけどね」

「それはまた、どうしてですか」

「人物の青写真が、当初予想していたものとは全く違うからですよ」

「どういうことですか」

　竹中は、かすかに苦笑した。

「源内さんからお電話を頂いたとき、あの魚屋の男のことだな、とすぐにピンときました。しかも、源内さんも業界人で、そんな方が個人的にでもあの男を撮影された時期を知りたいとおっしゃる。犯罪の匂いのぷんぷんするあの男を、です。絶対に何か裏があるなと思いました。源内さんは特にその理由は話されずに、電話で撮影された時期だけ教えてもらえればいいのだと言われました。しかし、それでは私たちは何の情報も得ることは出来ません。正直言いますと、こちらも源内さんから情報を頂きたかった。だから私たちは、半ば強引に顔合わせをセッティングしてもらったのです。その上で、何か面白そうな情報が引き出せたなら、再度この企画を立ち上げてみようと思っていました」

おれはそっと源内の顔を盗み見た。どうやら相手はこいつの指摘したとおりのことを考えていたわけだ。源内はなにくわぬ顔で相手に向き合ったままだ。

「ところがあなたがたの話ですと、この男性はアパレル会社の二代目として、ごくまっとうな人生を歩んできた人物だとおっしゃる。つまり、社会的地位も保障された、犯罪者タイプとはおよそかけ離れた存在なわけですよね。そんな人間がベトナムでは一変してあんな場末で魚をさばいている。それはそれで謎ではありますが、うちがスクープとして扱うネタとしてはどうもいただけません。日本でその方が置かれていた環境から考えて、最初から犯罪組織と付き合いがあったとは考えにくい。ベトナムの工場視察に行って、トラブルに巻き込まれ、そのまま現地に残らざるをえなくなった。あるいは自分の意志で残って、必要にせまられて組織と関わりを持って生活をしている。私たちが襲われたのも、この組織の連中が、彼の存在を日本の家族に知られたくなかったからだと考えるのが順当でしょう。どういうポジションを占めているのか分かりませんが、裏を返せば組織にとってそれほど彼の存在が重きをなしているとも考えられますけれどね」

「………」

「ただ、これでは単に、現地で犯罪組織に巻き込まれた失踪者の追跡調査ということになり、私たちの当初の想定だった日本とベトナムに跨がった非合法組織の暗部を暴くというモチーフからはほど遠くなってしまう。見方によっては興味のある題材ではありますが、とても視聴率を稼げるような企画ではない。失踪者本人を前面に押し出した企画の場合、プライバシーの問題も比重が大きくなってきます。慎一郎君の家族の社会的地位・立場から考えても、放映の許可を得ることはまず出来ないでしょう。つまりこの人物が彼の父親だった場合、当局として取り上げる理由がどこにもなくなる。先程あなたがたに人違いではないかということを念押しさせて頂いたのは、できればこの問題の人物が彼の父親でなければよいがという、私個人の希望も含めての質問だったのですよ」

そう言って、ちょっと諦めたような顔で笑った。

少年がほっとしたようにおれの顔を見た。彼らには気の毒だが、おれも内心胸を撫で下ろしていた。

きっかり一時間で会合は終わった。八時少し前になると、テレビ局の人間は時計を覗き込み、次の仕事の打ち合せがあるので、と腰を浮かせたからだ。これ以上一緒にいても、互いに何も得るところはなかった。

店の前で別れるとき、それまで黙っていたカメラマンが少年を見て不意に口を開いた。

「……ビッグ・フット」

「え？」

「いや、さっき部屋に押し入られたときの話をしましたよね」

「ええ」

「奴ら、その時になにか現地語でやりとりをしていたんです」

「ええ。それが？」

「その短い現地語に混ざって〝ビッグ・フット〟――そんな単語が数回聞こえたような気がしたのです」

「ビッグ・フット、ですか」

「ま、聞き違いかもしれないですから、あんまり気にされることもないとは思いますが、参考までに」

カメラマンは軽く頭を下げると、テレビ局の人間の後を追った。

黄色い117クーペは停めた時と同じように、欅並木の下でチカチカ瞬く電飾の光を受けていた。バックシートに少年が乗り込み、源内は助手席に座った。

246の信号待ちで停まったとき、おれは源内に言った。

「今日は、来てよかった」

「そうか」源内は一言で片付けた。「恩に着ろよ」

「分かってる」

「ビッグ・フット……」少年はつぶやき、おれに話し掛けてきた。「ベトナム人って、やっぱりベトナム語を話すんですよね」

「それは、そうだろうね」

「そうしたら、なんであの山本さんたちを襲った人間は、ビッグ・フットなんて英語を使ったんでしょう」

その点はおれも疑問に思っていた。

「何かの暗号でしょうか？」

「それはたぶん違うと思う」

「どうしてです」

少し考えておれは答えた。

「山本さんたちを襲った連中は、他の会話の部分はすべてベトナム語でやりとりしていた。となると、あえてそこだけ英語の暗号を使う必然性はどこにもない。その言葉もベトナム語で通せば、山本さんたち日本人には全く分からなかったはずだからね」

「ふむ？」と、源内は首をかしげた。「ってことは、どういうことだ」

「つまり、その連中はビッグ・フットという言葉を日常的に使っているとしか考えられない。だから、ついうっかりとその単語が出てきた。ビッグ・フット——直訳すると〈大足〉だ。ベトナムにそんな変な英語の地名はないだろうし、ましてや暗号とも考えられない」

「……ニックネーム、ですか？」少年は言った。「その場にいなかった連中の誰かの？」

それは、おれも最初に考えたのだが……。

「おい、おい」案の定、源内も笑った。「なんでベトナム人同士がわざわざ英語のニックネームなんかで呼び合わなくちゃいけないんだ？　普通に考えて、やっぱりそれもベトナム語で付けるのが自然じゃないのか」

「そうなんだ」と、おれも同調した。「おれもそれが引っ掛かる。仮にニックネームだとしても、何か特別な理由がないかぎり、彼らが仲間内の人間を、あえて英語で呼ぶ理由が分からない」

「でもですよ。もしも、その人間がベトナム人でなかったとしたら……」

と、少年はその考えにこだわった。

「それなら可能性はありますよね？」

「たとえば、欧米人ってことかい」

少年はうなずいた。

「彼らの仲間内に外国人がいて、同国人からビッグ・フットと呼ばれていたとしましょう。それをベトナム人たちも真似て呼び始めた、これなら理屈は通りますよ」

「ずいぶんと飛躍した話だけど」と、おれは苦笑した。「たしかに筋は通るな」

推理するにしても、いかんせん情報が少なすぎたので、その話題は自然にそこで打ち切りになった。

遠くに見え隠れしていた高層ビルの赤い飛行灯がずいぶんと近くなり、クルマは渋谷区から新宿区に入った。

助手席で源内が座り直す気配が伝わってきた。

「……しかし、あれだな。市場での小男といい、ホテルでの押し込み強盗といい、どうも話が穏やかじゃないよな」

おれはうなずいた。フィルム一本であの騒ぎだ。これで本格的に彼の父親を探しはじめたら、そしてそのことにもし相手が気付いたら、いったいどんな危害を加えられることになるのか……。

考えると、ベトナムに行く前から憂鬱になってきた。

源内はマルボロの封を切ると口にくわえ、後部座席を振り返った。

「正直なところ、心配だろう」

少年がうなずく気配が伝わってくる。

「なんなら、おれもついていってやろうか」

おれは驚いて源内のほうに顔を向けた。

「何を言う」

「だからさ、二人よりは三人のほうが何かと心強いだろ」

「遊びじゃないんだぞ」

おれは反射的に言い返した。

「おまえも、さっきの山本さんの話を聞いたろう。もしものことがあったら一体どうするつもりだ。おれと慎一郎君は当事者だから仕方がないとしても、おまえの責任まではおれも取れないぞ」

すると源内は奇妙な笑いを浮かべた。

「いったいおまえが、おれの何に対して責任を取るって言うんだ?」そう言って、かぶせてきた。

「将来を約束した女だっていない。親は揃って死んじまってる。別に世間に借りのある相手もいない。だったら仮に面倒に巻き込まれて最悪おれが死んだとしてもだ、おれがいいって言ってるんだから、それでいいじゃねえかよ」

まったく、とんだ〈みなしごハッチ〉だ。

さらに源内はたたみかけてくる。

「なあ、ウンて言えよ。自分の尻ぐらい自分で拭えるから心配すんなって」

「出発までもう一ヵ月を切ってる」おれは断言した。「ビザの申請が間に合わない」

「嘘だね」

源内は笑った。

「この前のビデオの空港のシーンで言っていたぜ。係官に申請すれば入国時にもビザが貰えるってな」

源内の言うとおりだった。大使館経由のビザの発給が間に合わない場合、ベトナムでは現地でビザを取ることが出来る。おれは救いを求めるように少年を振り返った。すかさず源内は少年に拝みこむ。

「なあ、慎一郎君。あんたがこの旅行のいわば主催者だ。お願いだから、このカタブツになんとか言ってやってくれよ。なにかトラブルに巻き込まれたときも、おれは役に立つと思うぜ。そうは見えないかもしれないが、いちおう空手三段の腕前だしな」

「そうなんですか」

少年がルームミラー越しにおれを見た。それは本当だった。しかも単に有段者というだけではなく、高校の時は県大会の個人戦で準優勝もしていた。実戦でも相当腕は立つのだろう。おれはしぶしぶうなずいた。

「ほら、な？」

源内は得意げに少年を見た。

少年はちょっと考えて、

「ぼくとしては頼もしい味方が増えて願ってもない話ですけど、でもなんでそんなに行きたいんですか」

「面白そうだ。だからさ」

「それだけ？」

「おれにはそれで充分だ」

「身の危険を感じても？」

源内は肩をすくめるような仕草をした。

「別に。テレクラかけて人妻相手の毎日も、そろそろ飽きてきたしな」

一瞬、少年は二の句が継げないようだった。

「源内さん、そんなことやってるんですか？」

「うん」源内は笑った。「情も何も絡まない、セックスという名の健全なスポーツだ。やってみるとこれがなかなか楽しい。気持ちもいい。だが、こっちの一件は、もっと面白そうだ」

少年はなにか理解不能な物体でも見るかのように相手を見つめたが、源内は一向に動じた様子がない。

直後、少年は笑いだした。この場合、笑うと負けだった。

おれはため息をついた。どうやら予約人数を変更する必要がありそうだった。

6

「おーい、こっちこっち」

成田空港の第二ターミナル。出発ロビーへと続くエスカレーターを昇り切った途端、聞き覚えのある声が聞こえた。

「あ、源内さん――」

横にいた少年がつぶやく。

Hカウンターのマルチビジョン前に源内は立っていた。どこで着替えてきたのか、十二月のこの季節に、ド派手な黄色いアロハに白いコットンパンツという出で立ちだ。

「遅かったな、二人とも」

源内は上機嫌である。

「おれなんぞ、予定より一時間も前に着いちまったよ」

おれたち二人の心配もよそに、頭の中はすっかりリゾート気分らしかった。

階下にある団体受け付けカウンターでチェックインを済ませて帰ってくると、源内はカメラを構えて、その前方に少年を立たせていた。

「はーい、こっち見てぇ」

少年がぎこちない笑みを浮かべている。無理やり被写体にさせられたらしい。

「本当にいいですよ」

迷惑そうに少年が言う。

「いいから、いいから」と源内はレンズを覗いたままだ。「記念になるって」

フラッシュが光り、源内はカメラを下ろした。よく見るとライカだった。ライカを持つ左手首には、年代物のロンジンの手巻をはめている。その時計には見覚えがあった。高校時代からの源内の愛用品だ。めったに手に入らない種類の時計だと自慢していた。

源内がまだ子供の頃、実家の隣が質屋で、源内は暇さえあればその家に上がり込んでいた。質倉にはさまざまな質流れの貴金属が大量に保管されており、源内はそれを見るのがお目当てだった。子供のいなかった質屋の夫婦は、源内をけっこう可愛がっていたらしく、その中をチョロチョロ動き回るのも大目に見ていた。そして折に触れては、それら中古貴金属の市場価格を教えてくれた。中古の古びた時計が、新品の時計の何倍もするのが子供の源内には驚きだった。こいつのアンティーク物への偏愛は、こんな幼児体験が元になっていた。

おれは用意してきたボーディングパスを二人に配った。35のＡＢＣ。窓側三席で、Ａを少年に、Ｂを源内に渡した。

「さて、と。別に機内預けする大荷物もなさそうだし、まだ搭乗まで時間もあるから軽く飯でも食べようか」

「そうですね」少年も同意した。「朝も、結局食べられなかったし」

「あ、おれはいいや」と、しかし源内は断った。「早く着きすぎたんでさっき軽く食っちまったんだよ。先に中に入っててていいか？　ちょうどＤＦＳで買いたいものもあるし」

「搭乗ゲートの場所、分かるか」

「日本語、通じるだろ」

そう言い残して源内は出国ゲートの中に消えた。

おれは少年を振り返り、

「じゃあ、おれたちはおれたちでゆっくりと飯でも食おう」

そう言って、踵を返そうとした時、突然インフォメーションセンターからのアナウンスが、少年の名前を呼び出した。

〝――埼玉県からお越しの中西慎一郎様、至急、館内中央のインフォメーションカウンターまでおいでください。お客さまがお待ちです〟

おれと少年は顔を見合わせた。

「誰か、見送りにくる予定でもあったのかい？」

「いえ」と、少年も不審げにつぶやいた。「誰だろう？」


中央のカウンターまで行ってみると、そこに一人の少女が立っていた。近寄ってくるおれたちの気配に気付いたのか、こちらを振り返った。年ごろは少年と同じくらいだろう、大人になりかけの娘といった感じだった。整ったきつめの顔立ちに、不満そうな瞳がきらきらと光を放っている。少女とはいえ、どことなく男好きのする雰囲気を持っていた。シャギイを入れたセミロングに、茶色のメッシュ。七〇年代風のベルボトムに、腕にはヒカリモノのブレスレットがじゃらじゃらと輝いている。おれの嫌いないわゆる渋谷系だが、それを差し引いてもなかなか魅力的な女の子だった。

「ひょっとして、彼女かい？」

おれは少年にささやいた。

少女を見たまま、少年は首を振った。

「そんなんじゃ、ないです」

少女はなおも黙ったままおれたちを睨むようにして立っていたが、やがて左右に視線を走らせると、吹き抜けの二階にある喫茶店のブースに目を止め、少年に向かって顎《あご》をしゃくってみせた。それから、おれたちに背を向けたかと思うとその店に向かってすたすたと階段を登りはじめた。ずいぶんと高圧的な態度だった。少し離れておれたちも後を追った。

「この前の話、覚えてます?」

「この前って?」

「母さんの再婚話ですよ」と、少年。「あの娘《こ》は、その相手側の連れ子です」

「………」

喫茶店に入った少女は、窓際の椅子に耳障りな音をたてて座った。おれたち二人もその対面に腰を下ろした。

少女は少年をにらんだまま、依然として口を開かない。

「ええっと、あの――」

と、少年は珍しく口籠もった様子で、

「とりあえず紹介するよ。この人が今回ぼくのお世話をしてくれる旅行会社の人で、長瀬さん――」

だが少女は、その少年の言葉にもジロリと一瞥をおれに投げただけだった。ウェイトレスが水を持ってきた。

「ホット、みっつ」

おれたちに選択の余地も与えず、少女は言った。つまり、これからのおれたちの扱いはそういうものらしい。

ウェイトレスが行ってしまうと、彼女は黒いポーチの中からメンソール煙草を取り出した。トン、トンとテーブルの上で中身を詰めると火を付け、一呼吸おくと、少年の顔に向かって煙をフーッと吹きかけた。その失礼な振る舞いについ口が出そうになったが、少年の平静な顔を見て思い止まった。
「よく、この便で出発するって分かったね」

少年が言った。

「今日の出発って、前にあなたのママが言ってた」と、少女。「バンコク経由のタイ航空午前便なんてそうそう飛んでないから、時刻表で調べれば誰にだって分かるわ」

性格はともかく、馬鹿ではないらしい。

「とにかく、わざわざ見送りに来てくれて――」

「なに寝呆けたこと言ってんの？」少女は少年の言葉をさえぎった。「なんであたしが、あんたなんかの見送りにわざわざこんなところまで来なくちゃいけないのよ」

いきなりの喧嘩腰だった。これにはさすがの少年もムッときた。

「じゃあ、いったい何しに来たっていうんだよ」

「そんなん、決まってんじゃん」女の子は鼻で笑う。「この際、ひとこと言っておいてやろうと思ってね。この期におよんでも、まだ腰の定まらないあんたに」

「へぇー」負けずに少年も言い返す。「だったら前置きはいいから言ってみなよ」

そんな会話を小耳に挟んだのだろう、ウェイトレスがコーヒーを置くと逃げるように持ち場へ帰っていった。その間、黙っていた少女は再び口火を切った。

「じゃあご希望どおり、思いっきり、言ってやるわよ」

怒りを押し殺した声で少女は言った。次に言葉の洪水が押し寄せた。

「だいいち、こんな時期にベトナムに行こうだなんて、あんた、いったいナニ考えてんの？　結納も済んで、式場も決まった、式次第まで打ち合せしているこの時期に、ホントどういうつもりなのよ？　せっかくの結婚にこんな水差すようなことして、いったい何が楽しいわけ？　いつまでも死んだ人間のことなんかイジイジ考えちゃってさ、あげくの果ては、なに？　あんたのおじいさんに、お願い、入学祝いにベトナムに行かせてよ？　ふざけんじゃないって。たとえ今度の結婚が決まる前からそんな約束があったとしてもよ、ここに来てもまだそれを実行しようとしている、あんたのその性根が許せないわよ。最初に見たときはもうちょっとマシな男かと思ってたけど、今となっちゃゲンメツもいいところ。とんだ腑抜けだったたってわけね」

「……………」

「――あんたさ、前から一度聞きたかったんだけどさ、あんたがおじいさんにそんなこと言い出したことで、あたしたち親子がどんな気分がするか考えたコトある？　あたしはともかくとしても、パパの立場はどうなんのよ。パパだって今度の結婚を決めるまでにはずいぶんと悩んだんだからね。連れ子になるあたしがあんたのママに対して肩身の狭い思いをしやしないかとか、あんたに対してどう接すればいいのかとか、そんなこと、いろいろと考えた上で、やっとの思いで踏み切ったんだから。分かる？　そんなパパが今みたいな話聞かされて、いったいどんな顔してあんたを見られるっていうのよ？　あんたのママに対してだってそうよ。あんたがこんな馬鹿げたこと言い出してさ、あんたのママがあたしのパパに申し訳なく思うんじゃないかとか、これっぽっちも考えなかったわけ？　それともこんなことも思いつかないほど、あんた、こども《ヽヽヽ》なの？」

そこまで一気にまくしたてると、彼女は再び煙草をくわえ、荒々しく煙を吐き出した。

おれはといえば、話の途中から半ば感心しながら彼女の話を聞いていた。なるほどその言い方は手厳しいし、少年の本当の目的も知らないとはいえ、彼女の言い分ももっともだった。

トン、とその灰を灰皿に落として、再び彼女は少年を見た。

「ねぇ、どうなのよ？」

そう、強い調子で詰め寄ってくる。

「それは」と、少年は言いにくそうに、「それは、考えたさ。もちろん」

ついに少女は爆発した。

「じゃあ、なんでよ！」彼女はわめいた。「なんでそれでも行こうって気になれるわけ？　あんたがベトナムに行ったって、あんたのパパは生き返りはしないのよ！」

その声に、周囲の客が驚いたようにこちらを振り返る。少年の顔がすこし歪んだ。

「きみには、分からない」

静かに、少年は言った。

「分かってないし、分からないほうがいい。分かってくれる必要も、ない」

一瞬、彼女が腰を浮かせたように思えた。と同時に、いきなりテーブル越しに右手が飛んできた。少年はあえてそれを避けようとはしなかった。

パーン！　と、頬の張られた、小気味よい音が店内に響きわたった。

「ふざけんな！」

その口調はさらに激烈さを増した。

「だったらベトナムでもどこでも勝手に行けばいいさ！」

そう啖呵を切るなり、興奮したまま前後の幅も見ずに立ち上がった。テーブルがガタンと傾いたかと思うとグラスが転がって床に落ち、派手な音をたてて割れた。

ざわざわと周囲のざわめきが聞こえる。彼女は激しく舌打ちすると財布の中から壱万円札を取り出し、

「これ、コーヒー代。それとグラスの弁償代。残りは、あんたへの餞別よ！」

そう言って、札をクシャと握り潰すと、少年に投げ付けた。

「じゃあね！　どっかでのたれ死んで二度と帰ってこなくていいから！」

そう捨て台詞を残すと、プイッと店から出ていった。

周囲の好奇の視線にさらされたまま、おれは少年を振り返った。その左頬に手形がじわじわと浮き出してきていた。少年はおてふきを口元に当てた。ほうきと塵取りを持ったウェイトレスがあわててやってくる。

少年はおてふきを口から外すと、その表面についた赤い血を見て顔をしかめた。口内を切ったのだ。ためらいながら、おれは口を開いた。

「わざとだね？」

「なにがです」

「あんな怒らせるような言い方したのは」

すると少年は、口元で笑った。

「いいコでしょ？　意外とああ見えて」

そう言って、くしゃくしゃになった壱万円札を手に取り、丁寧に広げた。

「だから、なおさら本当のことなんて言えるわけないじゃないですか」

少女の怒りと少年の憂鬱。誤解の上に成り立った剝き出しの憎しみ。

おれには言葉もなかった。

第二章　父のサイゴン

1

バンコク発のTG便は、午後三時にサイゴン・タムソンニャット空港へ到着した。パスポートコントロールを通過する前に源内の入国ビザを取り、入国審査を通過して空港前のロータリーに出た。とたんに南国特有の強い陽射しがおれたち三人を襲った。冷房で冷えていた体。まとわりつく熱気に、じっとりと汗が噴き出してくる。

ロータリーの植込にあるシュロの木が、赤い煉瓦を敷き詰めた歩道を通り越し、アスファルトの上に斜めの影を落としていた。シャツの内側にしみ込んでくる湿気と、バスの待合所に立つ人々のざわめき。路上に散らばった煙草の吸い殻。白いコンクリートの壁には、至る所でポスターの剝がされた跡が染みになって残っている。

にもかかわらず、この空港に降り立つ度に、不思議と爽快な印象を受ける。白い低層住宅の上に広がった濃いブルーの空と、入道雲のコントラスト。ロータリーから放射状に広がった街路樹はしたたるような緑に覆われ、太い幹の部分しか見えない。その木陰をゆっくりとした速度で進んでゆく自転車の群れ。歩道から一段降りた車道では、空港の車寄せに辿り着けないでいるイエローキャブがずらりと並んで客待ちの状態だった。

その多くは年式遅れの日本車だったが、その中に混じってシボレーやクライスラーといったオールドスタイルのバカでかいアメ車も見受けられた。一九七五年のサイゴン陥落でアメリカ軍が撤退してからも、ずっと現役で走り続けているのだろう。錆付いたグリルや旧式の丸いヘッドライトが西陽を受けて鈍く光っていた。

六〇年代フランス人は本国に引き上げ、七〇年代アメリカ軍は撤退、八〇年代ソ連の崩壊とともに共産主義も行き詰まり、そして九〇年代から本格化したドイモイによってベトナム人の活気だけが残った。そんな時代の変遷をくぐり抜けてきたベトナム最大の商業都市、ホー・チ・ミン。だが現地の人間は誰もこの街をそんな名前では呼ばない。今でもエアポートのスリーレターコードは、SGN（サイゴン）なのだ。

とはいえ、おれがひとりで感傷に浸っていられたのも、そう長いことではなかった。約束の時間を過ぎても一向に現地ガイドが姿を現さなかったのだ。空港前のロータリーで待ち合わせにしてあったのだが、三十分を過ぎてもまったく到着する気配がない。じりじりと過ぎてゆくだけの時間。ついにしびれを切らしたおれは公衆電話に駆け込んで、現地のエージェントに電話を掛けた。スリーコールで相手は出た。

「イエース、ディスイズ・サイゴントラベル・スピーキング」

女性の声だった。おれはツアーの予約コードを相手に伝え、ピックアップタイムを過ぎてもガイドがミートに来ないことを説明した。

「ウェイト、ミニッツ・プリーズ」

保留音がしばらく続いた後再び受話器に出た女性の返事は、意外といえばあまりに意外だった。ノー・リザベーション。念のためにここ数日前後の予約もすべて調べてみたが、そんな予約コード自体、どこにも存在しないとのことだった。

「じゃあ、そのコードで頼んでおいたはずのホテルの予約もガイドも、車も？」

「はい、申し訳ないですが、そちらの手配も存在してはおりません」

愕然として思わず受話器を握り締める手に力がこもった。ありえない話だった。十一月半ばに予約を入れ、出発の一週間前にもリコンファームの電話をしたばかりだったのだ。

コードナンバーの違いかもしれないと考えて、念のために今日到着の便でツー・プラ・ワン・ティーシー（客二人と添乗一人）のツアーがないか調べてもらったが、結果は同じだった。そんな少人数のツアーの予約は入っていないとのことだった。決定的だった。背中から冷や汗が滲み出してきた。いつのまにかおれが直接手配しておいた現地予約は消えていた。傍らのバッグの中には、この現地のエージェントからファックスされてきたファイナルの予約確認書もあるというのに、だ。

とにかくそちらのオフィスの責任者を出してくれというと、外出中で夕刻にならないと帰ってこないとの返事だった。ランドの再手配の要請をすると、当日中はおそらく無理だという。話にならなかった。おれは舌打ちしたい気分を飲み込んで、手間を取らせた礼を言い電話を切った。

こうなれば自分で動くより仕方がない。

バッグの中から旅行資料を取り出し、当初予定していたホテルに電話を入れて部屋の空き状況を確認した。幸いにもまだ何ルームか空きがあったので部屋を押さえた。これで寝床は確保できた。あと当座必要なものは、ホテルまでのアシだった。

その前に再び現地エージェントに電話して、ボスが帰ってきたらホテルまでコールバックをもらえるよう頼んでおいた。

ロータリー前まで戻り、待っていた二人に手早く事情を説明した。

「なんだ、それ？」源内は呆れた。「手配漏れってことか」

「そうだ。リコンファームしたのにもかかわらず、予約が消えている」

「現地受けのチョンボか」

おれはうなずいた。

「おそらくな」

「で、これから、どうする？」

「とりあえずホテルはじかに押さえた」

と、おれはむしろ源内より少年を安心させるつもりで、説明した。

「今からタクシーを拾ってホテルに向かう。エージェントからホテルの部屋あてに電話をもらうことになっている。そこで明日以降のことをもう一度話し合う。ドライバーとガイドの件がクリアできればそれでよし、もし駄目なら駄目で、おれにも他に考えがある。間違いなく明日の朝からは予定どおりの行動が取れるようにするつもりだから、あんまり心配しなくていい」

「まあ、おまえがそういうなら一安心だ」源内はボストンバッグを持ち上げた。「じゃあ、ひとまずホテルに移動だな」

そう言ってすぐ傍のタクシーに足を踏みだした。おれはあわてて源内の袖をつかんだ。

「まあ待てよ」

「どうした？」

「ここからあの街路樹沿いに、ざっと三十台くらいタクシーが並んでいるよな」

と、少年と源内にその通りの向こうを指差した。

「あそこの中でいちばん馬力がありそうで、かつ足廻りが良さそうな一台を選ぶ。で、ホテルに到着するまでの間、運転手の様子を見て、もし良さそうだったら明日からの保険として一日いくらで仮押さえしておく」

「クルマだったらなんでもいいんじゃないのか」

おれは首を振った。

「山本カメラマンの話を聞いた後、おれはこの現地で予約しておいた車をワンボックスから2リッタークラスのセダンに変更しておいた。もっともその予約がなくなっているから話にならないが、実際何が起こるか分からないからな。速そうなクルマを手配しておくにこしたことはない」

「しかし、もしそんな状況になったとして――」と、源内がにやっとした。「果たしてドライバーが納得するかな」

「その分、金は払う」

二人にそこで待ってくれるよう言い残すと、通りの向こうに渡り、数珠つなぎになったタクシーを一台一台見ていった。サニー、カローラ、ファミリア、ヒュンダイ――ほとんどが五年から十年ほど前の型の日本車だった。

おれは一台のタクシーの前を危うく素通りしかけて、少し後戻りした。

それは、一見なんてことのない古びたセダンだった。

三十年近く前の、ブルーバード５１０《ゴーイチマル》セダン。日本では昭和四〇年代によく走っていたクルマで、おれが子供の頃、その直線を基調としたスパルタンなデザインはスーパーソニックラインと言われ、もてはやされていたものだった。

だが、おれの目を引いたのはボディではなかった。その足廻りには、スチールホイールがほとんどのこのベトナムで、ワタナベのブラックホイールを装着している。さらにそのホイールの外側のタイヤは、アドバンの２０５／45Ｒ16という車格にしては極太《ごくぶと》・超扁平《ちょうへんぺい》のものを穿いていた。おれも以前このタイヤは使ったことがあったが、路面への喰いつきは抜群にいい反面、そのゴムの減り方も半端ではなかった。こんな値の張るスポーツ用のタイヤに、東南アジアの、しかもタクシーのホイールでお目にかかるとは思ってもいなかった。もし意図的に付けているとするなら、それ相応の必然性があってのことだと思い、ボディの後部に廻りこんだ。

案の定、明らかにノーマルのものとは似ても似つかない大口径《だいこうけい》のマフラーが、バンパーの下からにょっきりと突き出ていた。もしこれがハッタリでなければ、おそらくエンジン本体にも相当な手が加えられているはずだった。そしてこのタイヤはそのパワーに応えるために装着されている……。

「ヘイ・ミスター」

そう突然声をかけられて、後ろを振り返った。見ると、ベトナム人特有のすらりとした体付きの男がそこに立っていた。歳はおれより若干下だろう、理知的な黒い瞳がじっとおれを見ている。

「悪いけど、タクシーなら――」と、列の先頭を指差しながら、「あの先の順番待ちの奴から乗ってくれないか。そういう決まりなんだ」

タクシードライバーにしてはかなり流暢な英語だった。

「これ、あんたのクルマか」

「ああ、そうだけど――」と、相手は怪訝そうな表情を浮かべた。「それが、どうかしたか」

「いいタイヤを、穿いている」

「そりゃ、どうも」

「だが、このホイールとタイヤにブルのノーマルダンパーじゃ、ちと辛いな」

するとと相手はニッと笑った。前歯が一本欠けていた。

「強化サスを組んである」

「ほう？」と、おれは驚いてみせた。「そのサスに対するフレーム補強は？」

「前後のタワーバーに、サイド溶接１００箇所《スポット》増し」

「すると、あのマフラーも単なるハッタリじゃなさそうだな。もっともそれ以外はフルノーマルにしか見えないがね」

運転手の笑みはますます深くなった。

「一応、商売道具だからな。一目でそれと分かるようないじり方はしないよ。客が寄ってこなくなる」

「どんなチューンなんだ」

「見たいのか」

「ああ」

男はにやにやしながらサイドの窓から運転席の下へ手を入れた。パクッとボンネットのかかりがとれて、男はエンジンルームを開けてみせた。

「こいつは……」

一目見て、おれは唸った。

そのボンネットの下には、本来の５１０ブルのものとは似ても似つかぬ巨大なエンジンがでん、と納まり返っていた。男の言ったとおり、その上には極太のタワーバーが左右のダンパー上部に接続され、周囲には、この狭いエンジンルームに合わせて自分なりにアレンジしたのだろう、かなりの加工を施した跡がある。

そんなおれの反応を見て、男の顔が満足そうに輝いた。

「エンジンは２６００ccの直列6気筒《ストレート・シックス》、見てのとおり吸排気系を少しいじってＺ《ズィー》カーから乗せかえた」

「Ｚカー？」

すると男は不思議そうに、

「日本製だぜ、ＤＡＴＳＵＮ《ダッツン》の」

それで分かった。日産のフェアレディＺ《ゼット》（Ｓ３０《エスサンマル》）のことだ。六〇年代後半から七〇年代前半にかけて、Ｓ３０Ｚの国内仕様は２リッターと２・４リッター止まりだったが、純粋な北米仕様にだけ2・6リッターモデルをごくわずかに輸出していた時期があった。そのエンジン形式は通称L《エル》26。しかし東南アジアにも流れていたとは知らなかった。その点を男に聞いてみると、

「アメリカ軍将校の忘れ物だよ。サイゴンが陥落したときのな」

と、解説してくれた。

「おそらく本土《ステーツ》から持ってきたんだろうが、二年前おれが米軍のベース跡の廃屋で見つけた時にはもうボロボロだった。どうやら解放軍の奴らに遊び半分にブチ壊されたまま、二十年間放置されてたらしい。ガラスは全部割れてボディーはボコボコ、室内もひどいもんだった。上にはドラム缶や廃材が山と積まれてて、最初見たときはおれもZカーとは分からなかったくらいだ。ただ、幸いなことにエンジンは生きていた。それもまだ4000マイルしか走っていないエンジンがな。で、エンジンを全部バラして洗浄、ガスケット・パッキン類を交換後組み直し、さらにポート研磨・圧縮比変更を施して、このブルに乗せかえた」

「パワーはどれくらい出てるんだ？」

「シャシダイナモで、約220馬力」

二十年以上前のL26で単なるメカ・チューン（自然吸気・ターボなし）としては、ほぼ限界の値を叩きだしている。

「素晴らしいよ」素直におれは感心した。「しかし、こんな長いエンジンがよくこのブルのボンネットに納まったな？」

するとまた男は笑った。

「ちょっと離れて、横からこのブルをよく見てみな」

言われたとおりに、少し距離をとってブルの全体を見た。

「なにか、気付かないか？」

しばらくその車体を眺めていてようやく気付いた。ボンネットとフェンダーが妙に長いのだ。その旨を相手に伝えると、

「15インチだ。15インチぶん、ホイルベースを継ぎ足し、ボンネットとフェンダーを加工した。エンジンルームを長くしてエンジン本体を収め、かつボディ強度を保つためには、計算上これがギリギリのラインだった」

単にエンジンのみならず、ボディー全体に対する、この、こだわり。

「ウェイトは」

「約1トン」

頭の中で素早くパワーウェイトレシオ（車重÷馬力）を換算してみた。4・5Kg／PS。つまり単純計算でゆくと、このクルマは現在日本でも最強、世界でも有数と言われているスカイラインGT—RやマツダRX—7と同等の加速をすることになる。

「すごいな」

いったい誰がこのくたびれかけたブルのセダンがそんな性能《ポテンシャル》を秘めているなんて思うだろうか。

「ただ、シャシがな」と、男は少し不満そうに、指先でフェンダーを弾いた。「ホイルベースが長くなった分、ボディー剛性がもう少しほしい。まさか客商売で室内にロールバーを入れるわけにもいかないが、手製のタワーバーと100スポット増しくらいじゃ、パワーをかけた時に若干ヨレる」

「ちょっと待てよ」と、おれは改めて男を振り返った。「あんた、今、手製のタワーバーって言ったな？」

「ああ」

「じゃあ、ひょっとしてこのシャシの加工も？」

ことともなげに男はうなずく。

「エンジンのチューンも？」

「うん、全部おれがやったよ」

さっきからこの男には驚かされるばかりだ。

すると男はちょっと照れたようだ。

「サイゴン大で、機械工学を専攻してたんだ。ずいぶんと外国の専門誌も読まされた」

どうりで英語がうまいわけだった。

「卒業したら軍の車輛開発関係に就職するつもりだった。ところがドイモイの影響で、それもオジャンさ。で、見てのとおり、タクシーを転がしてる」

そう言って、男はボンネットを静かに閉じた。そして改めておれに向き直ると、ポンと肩をたたき、

「ま、そういうわけだ。話ができて楽しかったよ。このサイゴンにもあんたぐらいクルマが分かる人間がいればな。とにかくタクシー拾うんならいちばん前からだ。エアポートのトランスファーでぼる奴はいないから安心していいぜ」

そう言って再び木陰に戻りはじめた男を、おれはあわてて引き止めた。

「なあ、あんた、やっぱりホテルまで送ってもらうことはできないのかい」

「むずかしいな」

「だって、あんたご自慢の、こいつのエンジン音も聞いてないぜ」

「そりゃ、そうなんだが」と、さすがにこれにはグラリときたようだった。「どうも、そういう決まりなんでな」

「そこをなんとか頼むよ」

「どうしてもか」

「どうしても」

そうおれが言い切ると、相手は頭をぽりぽりと掻いた。

「……困ったな」

「もしなんなら、あの先頭のタクシーにチップ払ったっていいぜ」

「いや」と、男は首を振る。「それは、いいよ」

「じゃあ、オーケイか？」

こうなれば実力行使だった。相手に反応する隙を与えずに、おれはロータリーの方角を振り返り、興味深げにこちらのほうを見ていた源内と少年に向かって素早く手招きした。幸い、二人はすぐに気付き、小走りに近付いてくる。

男を振り返り、おれは言った。

「連れ、呼んじまったよ」

男は苦笑した。

「強引な客だ」

「すまん」

「まあ、じゃあいいさ」

そう言い残すと、先頭のタクシーに向かって歩きだした。途中、二人とすれ違うと、男は源内に向かって軽く右手の親指を突き出してみせた。

「あの男のタクシーに決めたのか」

荷物を下ろしながら、源内が聞いてきた。

「ああ」と、おれはうなずいた。「いい車に乗っている」

「いいって、このクルマが？」

と、源内は意外そうに、

「三十年も前の、ただのゴーイチマルじゃねえかよ」

「足廻りとマフラーをよく見てみな」

ぐるりとブルの周囲を廻った源内は、おや、という顔をした。大事に扱う事はしないが、こいつも意外とクルマにはうるさい。

おれは笑って言った。

「ボンネットの下には、チューンしたＬ２６が押し込まれていた」

「Ｌ２６？」

「北米仕様の、ゼットのエンジンだよ」

「冗談だろ」

呆れたように源内。

「いったいどうやってそんなもん手に入れたんだ？」

おれが簡単に経緯を話すと、源内は感心したように首を振った。

「どこにでもいるもんだな。このてのカーキチは」

例の男は先頭のタクシーの窓枠に腰をかがめ、中のドライバーとしばらく話をしていたが、やがて立ち上がるとおれたちに向かって手を上げてみせた。

「どうやら、話がまとまったみたいだ」

四人が車内に収まると、男はイグニッション・キーをひねった。一発でエンジンが目を覚まし、最初の轟音に続いて、くぐもった野太いアイドリング音を周囲に撒き散らした。ボディーが、ダッシュボードが、ミラーが小刻みに震えている。路肩を見ると、木陰で涼んでいる他のタクシーの運転手たちがニヤニヤしながらこちらを見ていた。物好きな連中だとでも思っているのだろう。

「フローティング・ホテルだな」

男は確認するとギアをローに入れた。走りだすとさらに大きくなったエギゾースト音が車内にこもった。

「まるで爆撃機だ」

源内が笑った。

クルマは空港からグエンバンチョイ通りを真っすぐ市街地に向かって南下していった。

道路の両脇には鮮やかに緑をつけた街路樹がこんもりと立ち並び、その下を人力三輪車《シクロ》や５０ccのバイク、自転車がゆっくりと進んでいる。

手に持ったタバコの煙が、ゆるゆると窓の外へ流れ出て、そのまま原色の風景の中に溶け込んでいっていた。

道路右手に見えたオムニ・サイゴン・ホテルを通過した。ここからサイゴン河のほとりにあるフローティング・ホテルまでは市街の中心部を抜けて約五キロの距離。

そろそろ話を切り出す頃合いだった。おれは横の運転手を見た。

「あんた、この商売で一日いくらぐらいになるんだ」

彼はちょっと首をひねった。

「日によっても違うが、だいたい五十ドル前後かな」

「ほとんどが、エアポートの送迎かい」

相手はうなずく。

「あと、稼ぎが足りないときは夜だ」

「夜？」

「分かるだろ」前方を見たまま、男は言った。「ホテルで待ち合わせした外国人ツーリストとこっちの女を、近くのモーテルまで運ぶ。一時間かそこら待って、またホテルまで送り届ける」

おれは黙ってうなずいた。

その一泊分の料金が、ベトナム人の平均月収に相当する外国人専用ホテル。保安上の問題ということで、そのほとんどが、パブリックスペース以外は現地人の出入りは禁止されている。当然、外国人観光客と現地の売春婦との行為は近隣のモーテルでなされることとなる。そこまでして、この男が一日に稼ぐ額が五十ドル前後。ガソリン代その他必要経費を差し引くと、一日二十から三十ドルが手元に残る計算だろう。

「たとえば一日二百ドル出すって言ったら――」と、おれは言葉を選びながら聞いた。「あんた、四日ほど、おれたちに雇われる気はないか」

ドライバーは少し驚いたようだ。

「時間は、朝から晩までのその日一日の仕事の区切りがつくまで。場合によってはもっと長くなるかもしれない。むろん、その間のガソリン代、食事代などはすべてこちらで持つ。だから、あんたにとっては丸々二百ドルの儲けということになる。どうだろう」

「そりゃ、おれにとっては願ってもない話だが――」と、運転手はやや不審げな表情をする。「そんな長時間クルマを貸し切りにして、いったいどんな仕事なんだ」

「人探しさ。四年前にここサイゴンで失踪した男の」

おれはこれまでの経緯を少年の話も絡めて簡単に説明した。そして、多少の危険が伴う可能性も。

「なるほどな」運転手はようやく納得した。「つまり、その上乗せ百五十ドル分と必要経費は、延長料金プラス危険料ってことか」

「最悪、あんたのこの商売道具に損害を与えた場合も、その修理代を実費で。それからその期間の休業保障も支払う」

「休業保障はいくらだ」

「一日五十ドルで、どうだ」

ナムキーコイギア通りに入ったクルマは、右手に旧大統領官邸の鉄柵を拝みながら、博物館の角をレロイ通りへと左折した。広い公園の青い芝とポプラ並木が途切れたかと思うと、突然ドライバーは笑いだした。

「どうもな」にやにやながらこちらを向いた。「あんた、ハナっからそのつもりだったんだな」

おれもつい笑った。

「ボンネットの下のエンジンを見たときには、こりゃ当たりだと思ったよ」

「ひどい日本人だ」

市民劇場の角を曲がりハイパーチュン通りにでると、もうフローティング・ホテルは目と鼻の先だった。交差点で停車した時、ゴム草履に青洟を垂らした少女がじっとこちらを見ていた。青洟という言葉自体、日本では死語になりつつある。

ドライバーが右手を差し出してきた。

「おれはビエンフー。ビエンって呼んでくれればいい」

「よろしく、ナガセだ」

と、その手を握り返す。

「で、後ろがゲンナイにシンイチロウ」

通りを真直ぐに下ってゆくと、不意に両側に密集していた建物が途切れ、前方の景色が開けた。河沿いに走るトンドクタン通りとこの通りが交わるロータリーの中央には、古い石造りの噴水がしつらえてあり、その外側の縁に、手持ち無沙汰の観光客や現地の売り子たちが腰を下ろしている。

その向こうに広がるサイゴン河のほとりに、巨大な白亜のホテルがぽっかりと浮いていた。文字通り、川面に浮いている《フローティング》のだ。もともと豪華客船だったものを甲板から上をよりホテル向きに造り替え、舷側と岸を桟橋と碇でがっちりと繋いである。いかにも高級な水上ホテルといった趣で、とても喫水線より下に本来の船底があるようには思えない。

おれは時計を見た。午後四時半ちょっと過ぎ。サイゴン河の遥か対岸から沸き上がった入道雲を背景に、ホテルは傾きかけた西陽を受けて淡いピンク色に染まっていた。

ロータリーを半周まわり、桟橋の入り口にクルマをつけてビエンは言った。

「どうする、今日はここまででいいのかい」

「とりあえず明日からの準備もあるし」

おれはビエンに十ドル札を渡した。

「じゃあ明日八時に、このロータリーで」

おつりを渡そうとするビエンにおれは首を振った。

「とっといてくれよ。エンジンの見物料だ」

ビエンは笑って、ギアを入れた。

「じゃあ、明日八時に」

５１０ブルは再びロータリーを廻ると、低い排気音を響かせながらトンドクタン通りの河向こうに消えていった。

2

　ロビーでチェック・インを済ませ、部屋に入った。ワンルームのトリプルユースでおれたち三人が同室になるよう手配しておいたのだ。

　窓を開けると、湿った空気とともに、眼下にサイゴン河が一望できた。ゆったりとした茶色の波間のいたるところに、木の枝や青い落葉が漂っている。その流れの中を掻き分けるように、木材を満載した貨物船や漁船が行き交っている。いくつもの支流を呑み込み、メコンデルタ一帯の中を緩やかに流れているこの巨大な河は、南ベトナムの経済活動を根底から支えている大動脈でもある。遥か対岸には、マングローブの熱帯林がうっそうと生い茂り、沸き上がった雲と地平線の向こうで接していた。

「原始的な風景ですね」

　気付くと少年が横に立っていた。

「みんな、この水を飲んでるんでしょうか」

　おれは笑った。

「汚れた水だと思っているのかい」

「ええ、ちょっと」

「この濁流の中には、日本の清流なんかとは比べものにならないほどの種類の魚が生息している。栄養分が濃いってわけだ。それが結果としてこのサイゴン周辺の人々の食生活を支えている」

「はあ」

「水は澄んでさえいればいいというわけでもない。日本で毎日カルキ臭い水道水を使っているおれたちにくらべたら、この河の水はよほど彼らの生活に密着している」

「なるほど」

バスルームから源内の鼻歌がかすかに聞こえていた。三人交替でシャワーを浴び、新しいシャツに着替えた。それから一服して明日からの予定を組み直そうとテーブルに座ったとき、入口のベルが鳴った。

ドアを開けると、そこに若い女性が立っていた。

「長瀬さんでいらっしゃいますか？」女は名刺を差し出してきた。「サイゴン・トラベル・エージェンシーの現地スタッフの佐々木と申します」

澱みない口調、服装の隙のなさ。リムレスの眼鏡の奥からのぞく瞳から、気の強そうな印象を受ける。

「今日、わたしが電話を入れた件ですか」

彼女はうなずいた。おれはソファへと彼女を通し、さっそく用件を切り出した。

「で、どうでした。やはりわたしの予約は存在してなかったんでしょうか」

「結論から申しますと」と彼女はソファに座り直しながら、口を開いた。「もともと入ってなかったのではなく、キャンセルされてました」

「キャンセル？」

彼女はうなずいた。

「たしかに長瀬さんが先程うちのスタッフにおっしゃられた通り、予約自体は十一月十四日に、そしてそのリコンファームも一週間前に日本の事務所に入っていることが確認できました」

「なら、どうして」

「ただ問題は、そのリコンファームの三日後に、現地スタッフがキャンセルの電話を受けているのです」

三日後というと、ちょうど出発の四日前のことだ。

「うちの会社からですか？」

「ええ」

「それはおかしいな。会社でこの旅行にタッチしているのはわたし一人だし、第一会社の人間が電話をするなら、必ずそちらの日本事務所を通してで、直接現地のスタッフに電話することはないと思うんですが」

「ええ、それはもちろん、おっしゃるとおりです。それで、スタッフも奇妙に思い、一応キャンセルを申し込んできた方の名前を書き留めておいたそうです」

「誰なんです、その人間とは？」

するとと彼女は、じっとおれの顔を見つめた。

「じゃあ、本当に御存じないのですね」

「どういう意味です？」

「メモ書きには、こう書いてありました。日鉄ツーリスト・首都圏営業部の長瀬氏キャンセル確認オーケイと」

「なんですって!?」

おれはあやうく腰を浮かしかけた。

「でも、そうなんです。間違いなく長瀬さん、キャンセルしたのはあなたご本人ということになっているのですよ」

「でも、わたしはキャンセルなんかしてませんよ。失礼ですがそのスタッフの手違いではないのですか」

「お言葉を返すようですが、この件に関してはまず考えられません」

彼女は断言した。

「と申しますのも、念のためにスタッフがキャンセルの確認書を送付しようかと聞いてみたところ、相手は、間違いなくキャンセルできたのなら事後連絡は不要だ、と返事したそうです。普通、こちらの確認書をはっきり不要だと言い切る日本のエージェントの方はあまりいらっしゃいませんからね。それでスタッフはその時のことをよく覚えていて、繰り返しになりますが、万が一のことも考えて名前を控えておいたのです」

「同姓の人間が、別のツアーのつもりでキャンセルしたとは考えられないですか？」

彼女はかすかに笑った。

「同じ会社の長瀬さんという人が、同日のツー・プラ・ワン・ティーシーの予約をですか」

たしかにそういわれると、返す言葉もなかった。

脇で黙ってそのやりとりを聞いていた少年が、ポツリと口を開いた。

「仕組まれたんだ……」

彼女は怪訝そうな顔をして少年を見つめた。おれはあわてて言葉をつないだ。

「とにかくキャンセルの件は仕方がないです。でも、今からでもなんとか手配ができないでしょうか。クルマはまだしも、現地ガイドだけでも」

「申し訳ありませんが」と、彼女は首を振った。「今はちょうど学生の休暇とクリスマス・シーズンが重なってまして。もともとこちらのほうもオーバーブッキング気味だったものですから、車もガイドもすぐに他のウェイティングのツアーに廻してしまったのですよ」

「他の、現地エージェントは？」

「おそらく、似たような状況です」

彼女は続けて状況を述べた。

「どの会社にしても、今抱えているガイドと車をフル回転させてもまだ足りないような忙しさで、とても新規の手配までは手が廻らないと思います。この時期は、本来事務職の私でさえ、こうやってエアポートの送迎に駆り出される有様ですから。本日ここにお伺いできたのも、たまたまこのホテルにお送りするお客さまがいたからなのです」

そう言って、軽くため息をついた。ため息をつきたいのはおれも同様だったが、とにかく礼を言って彼女を部屋から送りだした。


入り口から部屋のほうを振り返ると、少年が口を開いた。

「ビッグ・フット……」少年はつぶやいた。「やっぱり、あの山本さんが言っていたグループが、絡んでるんでしょうか？」

「どうかな？」

「でも、ぼくらを邪魔しそうな人たちなんて、他に心当たりがないですよ」

「それは、そうだ」と同意しながらも、おれは首を傾げた。「ただ、問題は彼らが、どうやっておれたちのベトナム行きを嗅ぎ付けたのか、それ以前に、なんでおれたちの存在を知っているのかってことだ。さっきも彼女に話したとおり、今回のベトナム行きを知っている人間は、おれの会社にすらほとんどいない。部外者の人間が知るのは不可能に近いと思う。ましてやビッグ・フットの連中はベトナムの人間だろう。ここに居ながらにしてその情報を掴む可能性はまずありえない」

「じゃあ、彼らではない、と？」

「彼らが日本にいくつもの拠点を持っているような大組織で、しかも、絶えずおれと君の動向を見張っていることが可能なら、話は別かもしれないがね。ただ現実問題として、ちょっと考えられないだろう」

「じゃあ、いったい誰が」

そう言って少年はおれの顔を、次に源内の顔を見た。

おれたち二人に見つめられた源内は、肩をすくめてみせた。

「おい、おい。おれの知恵に、期待なんかするなよ」源内は言った。「それに、現におれたちはここに来ちまってるんだ。誰のトラップかは知らんが、いまさらジタバタしたって、始まるまい？」

3

その夜、近くのレストランでベトナム料理をつついたおれたちは、ぶらぶらとホテルへの道を戻っていた。日本の表参道もそうだったが、ここサイゴンも、陽が落ちるとクリスマス・ムード一色だった。街路樹に張り巡らされた電飾がまたたき、その下の歩道では軒先に裸電球をぶら下げた露天商、原色の服を着たくどい化粧の売春婦、そしておれたちのような観光客でごった返している。大通りは小型バイクの騒音とタクシーのクラクション、そしてヘッドライトの海。暖かく湿った風が、襟元から入って、半袖の袖口へと抜けていく。

ホテルに戻るとフロントでキーを受け取り、時計を見た。午後九時。ちょうどよい時間帯だった。キーを二人に手渡して、先に部屋に戻ってくれるよう頼んだ。

「なにか用なのか?」

おれはうなずいた。

「今から、ガイドを決めてくる」

源内は驚いたようだ。

「こんな時間からか」

「ああ」

「あては、あるのかよ」

「なんとなくな」

「あのドライバーだけじゃ駄目なのか。けっこう英語も使えるみたいだし、ガイド兼ドライバーでいいんじゃないのか」

おれは首を振った。

「途中で、もしクルマで入り込めないような場所を探す羽目になったら、どうする？　タクシーをほったらかしにして戻ったら、タイヤが四輪ともないなんてことも考えられる土地柄なんだぜ。それに、危険な状況になりそうなときには、ビエンにはクルマがすぐ出発できるようにあらかじめ待機しておいてもらいたい」

源内は納得した様子だった。

「おれも、手伝おうか？」

「いや。ありがたいが、これはむしろおれ一人のほうがいいと思う」

エレベーターに二人を乗せると、ロビーの奥にある狭い螺旋階段を伝って地下の船底へと降りていった。その場所はホテルにチェック・インする際にあらかじめ確認しておいたのだ。地下一階のフロアーに近付くにつれ、ビートの効いたリズムが鼓膜に響いてくる。フローティング・ホテルの船底はディスコになっていた。入り口からざわざわとした人の雰囲気が伝わってくる。受け付けで入場料の十ドルを払い、中に入った。途端に、頭上から降り注いでくる原色の光線と音響の嵐。堪えきれず思わず目を細めた。

入り口の手前がカウンターとテーブル席、奥には二段になったホールがあり、天井からの突き刺すようなライトの中で、若い女たちが踊り狂っている。

空いたテーブルに腰を下ろすと、ボーイにビールを注文した。フロアーの男性客はほとんどが白人だった。隣の席の男に聞いてみると、一階のレストランで夕刻ベルギー大使館のレセプションがあり、その流れでここにやってきたのだという。うち半数ほどが、女の子と一緒にホールでステップを踏んでいる。

ここ「マキシム」は、サイゴンでも有数の高級ディスコということになっている。入場料だけで、平均的なベトナム人の数日分の給料に相当するのだ。当然、その客層は外国人と、ベトナム人でもドイモイによって小金を持った富裕層、政府高官の子息ということになる。それと、自分の財布のなかから十ドル払っても、今夜のお客を捕まえる自信のあるフリーの売春婦で、このテのディスコで派手に着飾った若い現地の女は、まずほとんどがコールガールと考えていい。もちろん共産主義国家であるベトナムでは、売春はご法度ということになっている。法律上は、女を買った外国人は見つかれば即国外追放である。ただ、それはあくまでも表向きの話で、実際もし現場をポリスに押さえられたとしても、いくばくかの金を払えばまず見逃してもらえる。

サイゴンの売春婦は、大きく分けて三つに分類される。まずは街娼、つまり立ちんぼだ。彼女たちは基本的にはフリーで、場合によってはその地区の顔役に一日いくらかのショバ代を払って営業している。次に、カラオケクラブやパブなどに所属するいわゆるコンパニオン・コールガール。入場料は店の取り分で、飲んで歌ってその晩の契約が成立すれば、彼女たちはその額の規定料を店から受け取る。そして最後が外国人専用ホテルのナイトクラブにたむろしている売春婦たちだ。

聞いたところによると、どうやら後者になればなるほど稼ぎは多くなるらしいが、そのグレードを決めるのは必ずしも彼女たちの容姿だけではない。同様に必要となるのが語学力だ。特にフリーでホテルのナイトクラブにやってくるコールガールは、自腹で入場料を払った上での客との交渉となるので、かなりのレベルで英語が話せ、日本語もそこそこ出来る女の子が多い。

おれの目的は、そういった語学力に優れた女の子を明日からの即席ガイドとして見つけることだった。しかしまさか一人一人に質問して廻るわけにもいかない。必要なのはこの場でおれが一人で来ていることが分かるように振る舞い、彼女たちの興味を引くことだった。その後でおれのところに寄ってくる女の子と個別に話してみれば、おのずと語学力は分かるというものだ。

選曲はユーロビート系に統一されていた。十年も前に流行ったバナナラマのメドレーが終わると、これもまたずいぶん前のエース・オブ・ベースの「ザ・サイン」がフルボリュームで流れはじめた。気恥ずかしさを感じながらも、ホールの上に立った。踊りだしてみると、なんとかリズムについていけた。続けて数曲踊り、娼婦たちの視線が自分に集まりだした頃合を見計らってテーブルに戻った。

二杯目のビールを飲んでいると、果たして何人もの娼婦が、入れ代わり立ち代わりテーブルにやってきた。皆、隣のテーブルにちょっと腰を下ろし、軽く腕をつかんだり、ふとともに手を置いたりしながら話し掛けてくる。

「百二十ドル」

「九十ドル」

「百ドル」

それぞれこぼれんばかりの笑みを浮かべて、会話を少しかわした後で自分の値段を耳打ちしてくる。が、いずれの誘いもおれは丁重にお断りした。彼女たちの会話能力はおれが期待していたほどではなかったし、また、多少はうまい娘も、そのしゃべり方や視線の動かし方にどことなく信用できないものを感じたからだ。

やはりおれの見込み違いだったのだろうか。うんざりした気分を味わいながらも再びホールのほうに目を転じたとき、ホールを挟んで反対側のテーブルに座っていた、一人の女と視線が合った。どうやら先程からそれとなくこちらを見ていたらしく、おれと視線が合っても動じる気配がなかった。隣に座っている中年の白人が、しつこそうな手つきで女の手を握りしめたたましきりに話し掛けている。彼女はそれに軽く応じているが、その目はやはりこちらをチラチラとうかがっている。二人の会話はおそらく英語でなされているのだろうが、その受け答えを見てとるに、言葉には不自由していない印象を受けた。カタコトの言葉で会話をしていると、どうしても身振り手振りが大げさになるものだ。

女は二十代半ばくらいか、ラメ入りの深紅のチャイナドレスを身につけていたが、全体の肉付きといい顔立ちといい、ベトナム人というよりフィリピン人に近い印象を受けた。つまり、肉感的でどことなく愛敬のあるくっきりとした卵形の顔立ち。顔全体がワッと笑みくずれるタイプだろう。その性格が見た目どおりなら、今回のガイド役にはうってつけのような気がした。

おれは視線で自分の隣の空いた席を示し、合図を送った。分かった、というように彼女はほほえんだ。

しばらくして女は自分の手を握っている男の手を軽くたたいた。楽しい会話はこれで終わりというわけだ。中年の白人は肩をすくめ、女は立ち上がっておれの方へやってきた。おれは隣にやってきた彼女を見上げて口を開いた。

「ユー・スピーク・イングリッシュ?」

するとと女はニコリとした。

「アズ・ウェル・アズ・ユアダンス」

これにには笑った。おれは彼女のために隣の椅子を引いた。

「アンド・ユー・ジャパニーズ?」

即座に彼女はカタコトの日本語に切り替えた。

「ニホンゴ、スコシ」

そう言って隣に腰掛けた。

「デモ、チョット、チョット」

再び英語に切り替えておれは聞いた。

「英語はどこで習ったんだい？」

「ジュニア・ハイ・スクール、アンド、バイ・マイ・セルフ」と、彼女。「——そして、この仕事を始めてからは、お客さんから直接ね。それでけっこう上達したわ」

「そのようだね」

彼女は笑った。

「商売道具のひとつだもの。必死よ」

そのあけすけな言い方に好感を持った。

「名前、聞いてもいいかな」

「リリィ、アンド・ユー？」

「ナガセ」

おれは答えながら自分のビールを示してみせた。

「で、リリィ。なにか飲むかい？」

彼女は首を振り、小さなペットボトルをバッグの中から取り出してみせた。ミネラルウォーターだった。

「実をいうと、お酒、飲めないのよ」と、こめかみの近くで人差し指を回してみせた。「飲むと、かならず頭が痛くなる」

「じゃあ、踊るのは好きかい」

「それも、あんまり」

おれは笑った。

「じゃあおれたち、こんなうるさい所にこれ以上いる必要は、どこにもないわけだ？」

彼女も苦笑した。

「それも、そうね」

「出よう」

ビールを飲み干し、ディスコを出た。

ロビーへと続く階段を上りながら、ふと大事なことを聞いてないのに思い当たった。

「ところで、あの白人は君に一体いくら払うつもりでいたんだ？」

「ショートで百ドル」彼女はちらりとおれを見た。「でも、あなたなら、ショートで五十、ワン・ナイト七十でいいわ」

すると入場料を差し引くと、純粋な彼女の取り分は四十の六十。本当におれに対する好意のつもりなのか。いずれにしても、最近のサイゴンの相場としてはかなり安目の額を提示してくれている。

「ありがとう」階段を登り切ったロビーで、おれは彼女を促した。「とりあえず、カフェでソフトドリンクでも飲もう」

ホテルの一階にあるカフェは、十時近くということもあり、人影も疎らだった。奥の窓はサイゴン河に面しているが、むろんその対岸は真っ暗で、ただ汽船の灯りが寂しげに見えるだけだった。デッキの手摺りに絡み付けられている赤と緑の豆電球が点滅していた。窓際のブースに腰を下ろし、彼女はオレンジジュースを注文した。

彼女はテーブル越しに白い歯を見せた。

「ここには、仕事で？」

「なんで、そうだと思う」

「ツーリストにしては浮かれた雰囲気がないし――」と、彼女は考えながら、「それに、さっきの彼女たちのあしらい方といい、ずいぶんと場慣れしているように見えたから」

「そうかな」

「仕事、何してるの」

「トラベル・エージェントに勤めている。ツアー・ガイドとして来てるんだ」

「トラベル・エージェント！」

と、彼女は大きくうなずいた。

「いいわねぇ！」

その後はお決まりの質問だった。今までどんな国に行ったのか？　どんな国がよかったか？　年に何回ぐらい外国にいくのか？……などなどだ。そんな質問に失敗談も交えて答えたりしながら、彼女が充分にリラックスするのを待って二十分ほど話し込んだ。彼女の気分がほぐれてきたところを見計らって、用件を切り出した。

「ところで」と、おれは改めて彼女に向き直った。「気を悪くされると困るんだけど、ちょっと変なこと聞いてもいいかな？」

「どんな？」

彼女は明るい表情で、こちらを見る。

「要は、そのなんていうか、きみの、必要経費を除いた毎日の収入の平均はどれくらいなのかな、と思ってね」

「この仕事の？」

おれはうなずいた。

「でも、いやなら無理に答えなくていいよ」

「いいのよ気にしなくて」と笑いながら、すんなりと答えた。「――そうね。だいたい一晩で百ドルくらいかしら。でも、お休みの日とか観光客が少なくて仕事のない日もけっこうあるから、平均すると四十から五十ドルってとこかな？　そこからクラブへの入場料、帰りのタクシー代、その他雑費なんか考えると、手元に残るのは日に二十ドルもないと思うわ」

さらにそこから化粧代、衣装代などがでてゆくのだろう。そんなことを考えながらおれは口を開いた。

「もし、おれが一日二百ドル払うと言ったら」と、話をもちかけた。「きみは四日間ぐらい、おれたちのガイドを引き受けてくれる気はあるかい？」

きょとん、とした顔で彼女はおれを見た。

「いや、実をいうと今回おれは、お客というか知り合いみたいな人間を二人連れてこのサイゴンに来ている。観光旅行じゃない。ある人を探しにきたんだが、日本から予約しておいたはずの肝心のガイドがいなくて困っている」

そう言って、ここにいたる経緯を簡単に説明した。相手が女性であるだけに、この仕事が危険を伴う可能性も強調して話した。そして、早くもその予兆が見られていることも。彼女はしばらくあっけに取られた顔でおれの話に聞き入っていた。

「で、つまりは、その代わりのガイド役をあたしにやってくれ、と？」

「できれば」

「じゃあ、下のディスコに来たのも最初からそのつもりで？」

「むろん、そうだ」

ぷっと彼女は噴き出した。

「ひどい」そう言って、笑った。「騙されたわ」

「すまないがこういう方法しか思いつかなかった」おれは頭を下げた。「あんなうるさい場所じゃこんな話も出来なかったしな」

「でも、どうしてわたしを選んだの」

「英語で不自由なく話せるし、その言い回しも非常に分かりやすい」

おれは言った。

「それに、どことなく信用できると思った」

彼女は目を丸くした。

「あたしが？」

「そう、あんたが」と、おれはほほえんだ。「あんたは商売上とはいえ、さっきまで多少なりともおれに好意を持ってくれていたと思う。おれも、そうだ。だからあんたを選んだ。ふつう、そんな相手のことはお互いに裏切れないものだ」

彼女は少し照れたようだ。

「それは、どうも」

「で、どうだろう？　このガイドの仕事を考えてもらえる余地はあるだろうか？」

「……その二百ドルの中には、危険料も含まれているってことね」

おれはうなずいた。

「おれたちにはこのサイゴンであまり捜索の時間がない。一日でも無駄にしたくないというのが正直な気持ちだ。とは言っても、こんなきな臭い仕事を女性のあんたに頼むのは今も気が引けているし、予約がキャンセルされていたことを考えても、これから危険に遭遇する可能性は高い。だから、おれに多少でも気兼ねして、引き受けるという考えは捨てたほうがいい」

そう言って、財布のなかから百ドル札を取り出し、彼女の前に置いた。

「一晩考えて結論をくれないか」おれは言った。「もし明日の朝八時にホテルのロビーに姿を見せないようなら、おれたちは断られたものだと判断する。その時は、この百ドルはあんたへの手間賃ということでそのまま貰ってくれればいい。来てくれるのなら、手付金として受け取ってくれ」

「いえ――」と、彼女は百ドルをおれに押し返した。「結論なら、今ここで出すわ」

彼女はしばらく考え込んだ。おれは煙草に火をつけ、彼女の返事を待った。

煙草が半分ほどなくなったところで、彼女は顔を上げた。

「オーケイ。受けさせてもらうわ」

はっきりと、そう言った。おれはほっと胸を撫で下ろした。

「どうも、ありがとう」

「それはお互い様よ。あたしにとっては、まとまった八百ドル分のバイトにもなるんだし」

おれは手を差し出した。

「じゃ、契約成立だね」

にこにこしながら彼女もおれの手を握り返してきた。

気のせいか、彼女の手のひらからザラついた感触が伝わってきたような気がした。握手していた手を放したとき、それと気付かれないように彼女の手を盗み見た。そこに見たのは、ささくれ、ごつごつと節くれ立った肉体労働者に特有の手だった。その上に、全体がまるでグローブのようにむくんで見える。幼少の頃から成長期にかけてよほど苛酷な労働をしなければ、普通こんなむくみかたはしない。

以前、南米ボリビアの鉱山の視察旅行に行ったとき、その坑の中で働いていた年端もゆかぬ少年たちが、こんな手をしていたことを思い出した。長年にわたって周囲の筋肉が凝り固まったせいで、骨の成長がストップしてしまい、結果的にこのような不自然なむくみを引き起こすのだ。そこに、この女の過去の一端を垣間見たような気がした。

一杯目が空になり、彼女のために再びオレンジジュースを注文した。

腕時計を見ると、十時半近くになっていた。

「さて、時間も押してきたことだし」と、おれは彼女に向き直った。「そろそろ本当の名前、教えてもらってもいいかな」

「と言うと？」

「リリィってのは源氏名《げんじな》だろう」おれは聞いた。「ガイド役としておれの連れに紹介するにはバタ臭すぎる」

彼女は照れ笑いを浮かべた。

「メイ、よ」

「メイ――」おれはつぶやいた。「リリィより、うんと洒落てる」

「ありがとう」

ウェイターが注文の飲み物をテーブルの上に置き、カウンターの方へ戻っていった。

「ところで、じゃあ今夜は、いいの？」

「いいのって？」

「だから、その……アレよ」

ああ、とおれは悟った。

「うん、それは、いいよ。でももちろん今日のその分のお金は払うから」

「そんなことを心配してるんじゃないわ」と、彼女は口を尖らせた。「それに仕事をしてもいないのに、お金なんかもらえないわよ」

「そうか」

「じゃあ、いいのね」

「ああ」

少し間があり、彼女はちょっと複雑そうな顔をした。

「……そういう面では、あまりあたしに魅力を感じない？」

そう言って、ジュースの中の氷をストローでつっ突いた。

おれはほほえんだ。

「そうじゃない」おれは言った。「ただ、時と場合によっては、遠慮することも必要だと思っているだけだ」

「どういうこと？」

「例えば、もしあんたとこれから寝たとする。たぶん楽しいし気持ちもいいだろう。だが、そうしたとして、明日おれは連れにあんたのことをどんな顔をして紹介すればいい？　あと、あんたと同じベトナム人のドライバーにもだ」

「……それも、そうね」

「だろう？」と、おれは締め括った。「だから、それは出来ない相談だ」

彼女はじっとおれを見た。

「案外、マジメ《アネクスペクテイドリイ、ア・シリオウス》なのね」

おれは笑った。

「みんな、自分なりの節度を持っていて、できればそれに従いたいと思ってる。おれもそうだ。マジメとは、ちょっと違うよ《ソー、アイ・セイ、ユー・アー・ライト》」

「じゃあ、マトモとでも言えばいい？」

「まあ、どうとってくれてもいいよ」

ふと人が近付いてくる気配を感じて、おれは顔を上げた。

源内だった。入り口からテーブルの間をこちらに歩いてきた。次いで、彼女をニコリと見た。

「ひょっとして、明日からの？」

ああ、とおれは腰を上げて彼女を紹介した。

「メイだ。おれたち三人のガイド役を引き受けてくれることになった。——アンド・ディス・イズ・ゲンナイ、フェロウ・トラベラー」

メイは立ち上がって手を差し出した。

「よろしくね、ミスタ・ゲンナイ」

「こちらこそ」と、それくらいの語学力はあったのだろう。「ユー・ルック・ソー・ナイス。こりゃ、明日からの市内巡りが楽しみだよ」

こういう台詞を初対面でもヌケヌケと言えるのが、いかにも源内らしかった。

メイは笑った。

「ありがとう」

しばらくしてメイは席を立った。聞けば最終のバスの時刻がもうすぐだという。彼女がレストランを出てゆくと、源内はおれに視線を戻した。

「こってりした、いい女だな」と、源内。「どこで、見つけた？」

「ディスコだ。このホテルの地下の」

「コールガールか」

「そうだ」おれはうなずいた。「英語は不自由ないし、気立ても良さそうだ」

「なるほど」

「明日から四日間はガイドとしての彼女だ。そういう目では見るなよ」

「分かった」

「それから慎一郎君には、彼女はガイド役で押し通してくれ」と、付け足した。「知らなくていいことだ」

「しかしあのドライバーにはなんて紹介するんだ？　やっこさん、たぶん一目見て彼女の商売に気付く。ホテルのそういった送迎もやっているんなら、顔見知りだって可能性もある。おまえがどう思っているにしろ、奴にしたらいい気持ちはしねぇぜ」

「自分と同じ現地人を金で買う。結局こいつらも同じかってわけか」

「まあ、ちょっと見には、そうとられるな」

「それはおれが事情を説明する」おれはいらだって言葉を続けた。あの手を見たのが失敗だったのかもしれない。「とにかくメイはおれたちのガイドになったんだ。少なくとも明日から彼女がそんな目で見られるいわれはどこにもない」

するとと、源内はにやりとした。気に障る笑い方だった。

「なんでそういう顔をする？」

「いや」源内は、顎を撫でた。「ずいぶんと肩入れしたセリフだな、と思って」

「おれが、か？」

「ああ」と、源内。「早くも情が移ったか」

今度はおれが鼻で笑う番だった。

「じゃあ、おまえはどうなんだよ」

おや、という顔を源内はした。

「そりゃ、どういう意味だ」

「分かってるんだぜ。たとえ素振りに出さなくたって、おまえがわざわざこんなベトナムくんだりまで粋狂だけで来たんじゃないってことは」

「ほう」源内は声を上げる。「なんのことか、分からんな」

「ったく、とぼけやがって」おれは軽く舌打ちした。「じゃあ、言ってやるよ。いいか、おまえがあの少年の立場に無関心でいられるわけがない。父親はいない、母親は頼りにならない、祖父は彼とは違う方向にベクトルが向いている。彼にはこんな大事な旅行の目的を相談する家族さえいない。父親の存在を知ってからのここ一年というもの、精神的にはいつも一人ぼっちだったはずだ」

「だから？」

「彼の苦悩は、昔の誰かさんにそっくりだろうからさ」何故かこいつにはとことんまで残酷になれた。「おまえがそんな彼に無関心でいられるわけがない」

とたんに源内はゲラゲラ笑った。おれは黙ってその様子をながめていた。

笑い声は始まった時と同様、唐突に終わった。

「――そうかよ」

そして両腕を首の後ろで組むと、まじまじとおれを見た。

「つくづく、ヤな野郎だ」

「それは、お互い様だろうが」

しばらく睨み合いが続いた。やがて源内は、視線を逸らした。

「まあ、とにかく明日はうまくやってくれよ」

おれもため息をついて、窓を見つめた。

窓の外、サイゴン河には先程と変わらず漆黒の闇が広がっていた。

……おれたちの予約をキャンセルした謎の人物。あの闇の向こうからこちらを見るのと同じように、その人物におれたちの存在は知られていても、おれたちには相手を窺い知る手がかりさえない。

到着一日目。嫌な夜だった。

4

翌朝八時。ロビーに降りてみると、すでにメイは玄関前のソファに腰を下ろしていた。

「グッモーニング、ボーイ」

そういって少年にほほえんだ。スカイブルーのジーンズに白のデッキシューズ、薄いグリーンのサファリシャツと、昨夜とはうって変わった出で立ちだった。眉と口紅以外は特に化粧気もなく、ディスコで逢ったときは肩に垂らしていた長い髪を、イエローのバンダナで軽く束ねていた。動き回るのにふさわしい格好だった。

外に出てみると、ホテル前のロータリーに黄色いブルーバードが待っていた。おれたちが近づいていくと、ビエンはクルマを降り、くわえ煙草のまま軽く手を上げてみせた。

「モーニング」

「モーニング、メン」

そう返しながらも、ビエンの視線がちらりとメイを捕らえたのをおれは見逃さなかった。おれはメイを振り返り聞いた。

「メイ、地図はあったほうがいいかな？」

「あるにこしたことはない《モア・ベター》わ」

おれはメイに財布を渡した。

「すまないが、ホテルの売店でいちばん詳しい市内の地図を買ってきてくれないか」

「オール、ライト」

すると源内が、

「慎一郎君よ、おれらも一緒に見に行こうぜ」

おそらく気をきかせてくれたのだろう、後にはおれとビエンが残った。

おれはビエンに向き直った。

「彼女、知ってるのか」

「ああ」ビエンは煙草を足元に落とした。「夜、このホテルから何度か運んだことがある」

「なら知っているよな、彼女の仕事は？」

ビエンは下を向いたまま、煙草を念入りにもみ消している。相変わらずおれの顔を見ようとしない。

「――ああ」

「おれも知っている上で語学力を見て彼女を雇った」

「だから？」

「だから少なくともこれから四日間は、おれたちのガイド役として彼女を見てくれってことだ」

と、おれ。「おれたちは、そうするつもりだ」

「あの少年も、知っているのか」

おれは首を振った。

「知らなくていいことだ」

「じゃあ、なんでおれにはそのことを言う？」

「誤解のないようにしときたいと思ってな」

「誤解？」

「むかし、おれの親父がナガサキのサセボという街にいた」

「サセボ？」

おれはうなずいた。

「大戦直後のことだ。米軍のベースがある港町で、水兵が日本人の女を買っているのをよく見かけたそうだ」

「……」

「その時、ああ、おれはこいつらとは一生友達にはなれんな——そう思ったそうだ。これから一緒に仕事をするあんたに、そんな目で見られたくはない。だからさ」

その眼差しに、やわらかな光が戻り始めた。

「気を遣う男だ」と、ビエン。「なら、おれも知らんぷりしてやるよ」

「そうしてもらえると、ありがたい」

「あんたが礼を言うことはない」

「しかし、メイはあんたに見覚えはなさそうだな」

「そりゃ、そうさ」ようやくビエンは笑った。「ドライバーは何度か乗せた客はけっこう覚えているもんだ。支払いにからんでどういう客かっていう関心も働くし、ルームミラーで相手の顔も拝める。特に彼女みたいに特定の場所からしか乗らない相手はなおさらだ。その場所の雰囲気も含めて、イメージとして覚えている。ところが相手は意外と覚えていない。ま、タクシーなんて希望の場所まで運んでくれればそれでいいわけだし、だいいち前を向いているドライバーの顔なんてそうそう見えるもんじゃないだろ」

「たしかに」

三人がホテルから出てきた。メイが片手に地図を持っていた。ベトナム語でビエンが一言話し掛けた。とたんに何故かメイは笑いだした。

源内が言った。

「じゃあ、出発しようぜ」

おれは助手席に座り、残る三人はバックシートに並んで座った。源内はともかくとして残る二人は大人の男と比べるとまだ細身だったのでそれほど窮屈には見えなかった。

「とりあえず、ベンタン市場に行ってくれ」

おれはビエンとメイの二人に、ベンタン市場で少年の父親がテレビに映っていた事を話し、少年から預かっていた父親の写真を取り出した。

「四年前に撮られた写真だ」

ビエンは片手で運転しながら、もう片方の手に取った写真をちらりと見た。

「いい男だ《ナイス・ルッキン》」

そして信号待ちで他の数枚に目を通すと、バックシートのメイに廻した。メイはしばらくその写真に見入った後、顔を上げた。

「市場の中のどのあたりか、具体的にその場所の見当はついているの？」

「以前、何度か行ったことのある場所だった」

メイはうなずいた。

「いずれにしても用心して行動するに越したことはないわね。そのカメラマンみたいな目に遭わないとも限らないし」

「そうだな」

彼女は少年の方を向いた。

「この写真の当時、お父さんは何歳だったの？」

「三十八歳です」

「もっと若く見えるわね」と、彼女は写真を見比べた。「今、どれくらい変わってるのかしら」

「少なくともビデオで見たときは色がもっと黒くなって、頬の肉が削げてました。髭も生えてましたし」

「そう」

彼女は写真の中から一枚を選び出した。

「これ、一枚だけ預かっといていい？」

「いいですよ」

少年がうなずくと、メイはもう一度その写真をよく見て、自分の胸ポケットにしまいこんだ。

ドンコイ通りから市民劇場の角を曲がり、レロイ通りに入った。ホテルからベンタン市場までは一キロちょっとの道程だ。市場に近付くにつれ、観光客よりも市民の比率が高くなってくる。南ベトナムでも最大級のこの市場は、生鮮食料品から香辛料、衣料、化粧品と生活に密着した一とおりのものはなんでも揃う。その中心はコンクリートで出来た巨大な平屋の建物からなる。吹き抜けの屋根の下に雑多な小売店が集まり、それがひとつの大きなマーケットを形成しているのだ。そしてその建物から放射状に広がる狭い路地にも露天商が軒をつらねていた。

ペプシ・コーラやトヨタ、サンヨーなど極彩色の看板に彩られたその建物の、ちょうど正面中央の屋根に、古い時計台が突き出している。時計は八時二十五分を指していた。ビエンはその時計台のある広場にクルマを乗り入れると、やや奥の路肩でパーキングブレーキを引いた。

「ここらあたりはスリや掻っ払いが多い。分かってるとは思うが気をつけろよ」ビエンはおれたちを向いて言った。「あと、おれはここでクルマに乗ったまま待機しているから、もし万が一ヤバくなったら一目散に戻ってくることだ」

おれたちはクルマを降りると辺りを見廻した。どこを向いてもあふれんばかりの人の渦だった。たえまなく行き交うベトナム語、バイクの騒音、シナモン、マンゴの香り。青果屋の前に立っている太った女が、バナナ一房と引き替えに輪ゴムで止めた札束を出していた。ドイモイとともに自国通貨ドンの貨幣価値は崩れ去り、今やただの紙屑に等しい。代わって昔のようにドルが幅をきかせはじめていた。ここにもひとつの時代の終焉がある。

「行こう」

ライカを片手にした源内が促した。おれはうなずき、広場中央の大きな建物を迂回すると旧市場の方へ三人を誘導しながら歩いていった。ずらりと並んだ露天商の果物屋の角を曲がり、細い路地に分け入っていくと、さらに人込みはひどくなり、ほとんど通行人の間を擦り抜けながら歩いてゆく状態となった。シャツからにじみ出る汗の臭いと、魚の生臭さ、路肩から漂うすえたような臭気。今の日本では忘れ去られたものが、ここにはあった。

しばらく路地を進んでゆくと、やがて見覚えのある景色が見えはじめた。番組の中に映っていた風景だ。路地は緩やかに右にカーブしながら、やや上り坂になっている。そのカーブを抜けた場所からほんの目と鼻の先に、あの十字路が見えた。

「あった……」

少年がおれより一歩先に出て、その十字路の一点を見つめた。

それは、たしかに存在していた。ビデオで見た同じ場所に、寸分違わない屋台があった。薄汚いキャンバス地の屋根もそのままに、木枠の台の上には山と積み上げられた魚介類。間違いない。あの屋台だった。拳を固めて立っている少年の背中から、痛いほどの緊張が伝わってきた。

その屋根を支える支柱の間から、魚をさばいている男の顔がのぞいた。一瞬、ハッとしておれたちはその顔を凝視した。

――が。

少年の肩からいっぺんに力が抜けた。そこに見えたのはこの旧市場のどこにでもいそうな、典型的な痩せたベトナム人の顔だった。

おれはため息をついた少年の肩をたたいた。

「とにかく、行ってみよう」

そして後ろにいたメイを振り返ると、彼女のポケットに入っている写真の男を見たことがあるか、聞いてもらうように頼んだ。

メイを先頭におれたち三人は魚屋に近寄った。やせぎすのベトナム人は黙々と魚に包丁を入れている。メイがさらに一歩近寄り声をかけると、男は顔を上げた。これといった特徴のない、どんよりと曇った目つきの男だった。メイが再度話しかけると、男は面倒臭そうにそれに答えた。メイは自分の胸から先程の写真を取り出すと、男の前に突き出してみせた。彼女の口元からさかんに〝グォイ・ニャット〟という言葉が漏れる。〝日本人〟という意味だ。魚屋はその写真に目を遣ると、あらためて屋台から身を乗り出し、まるでうるさい蠅でも見るようにおれたちをジロリと一瞥した。そしてメイに言葉を返した。メイは肩をすくめると、おれたちのほうに向き直った。

「行きましょう」メイは明らかに気分を害した表情を浮かべている。「彼、最近ここにきたばかりで本当に何も知らないみたい」

「それはおかしいな」と、おれは疑問を口にした。「だって、この屋台は前からここにあったものだと思うぜ」

「どうして？」

「特番のビデオに映っていたのと全く同じ形で、くたびれ方もそっくりだ」

おれの言葉に、少年も強くうなずいた。

メイは魚屋を振り返ってもう一度口を開いた。男が二、三言、それに返した。

「ここの営業権と一緒にこの屋台も貰い受けたんだって言ってるわ」

「誰から？」

「この市場の組合からよ」と、彼女。「だから、前の持ち主のことなんか知らないって」

居抜きということらしい。ちょっと考えておれは言った。

「その組合は、どこにあるんだろう」

「たぶん、さっきの建物の中じゃないかしら」

「市場中央の？」

「そうよ。行ってみる？」

「いや」と、おれは首を振った。「もう少しこの付近の店に聞き込みをしてもらってからでも遅くはない。手間で申し訳ないが、それで収穫がないようなら、その組合にあたってみよう」

メイはおれの言葉に従って、その魚屋の両側から聞き込みを始め、十字路近辺の主立った店に探りを入れた。だが、結果は同じだった。

「もともと出入りの多いところみたい」額ににじんできた汗を拭きながら、メイは言った。「一、二年もするとけっこう店も移動したり無くなったりするんですって」

しかし彼女はもう少しあたってみると言い残して、さらに奥の通りへと足を延ばしていった。その後ろを少年が追う。

しばらくすると源内が傍らに寄ってきた。意味ありげに横目でおれを見ている。

「どうした」

「後ろを見ないで聞けよ」と、源内は前方の路地を見たまま声をおとす。「あの魚屋、やっぱりどうも様子がおかしい」

「どうしてだ」

「やつのはめていた時計、見たか」

「いや」

「オメガのシーマスターだ」

「まさか」

「間違いない」源内は断言した。「それも七〇年前後モデルのシーマスター600だ。おまえは知らんだろうが、日本でもめったにお目にかかることはない。プロのダイバー用でな。恐ろしく精密で耐久性も抜群だが、値段もいい。中古市場じゃかなりのプレミアがついて、何百万円もする。この物価の安いベトナムで、それも一介の露天商が身につけるような代物じゃない」

おれは後ろを向きたい気持ちを押さえながら、念押しした。

「たしかか」

源内はニヤリと笑った。

「おいおい、おれの目を疑うのかよ。それにな、さっきからチラチラあいつの様子を窺うに、あの魚屋、ずっと彼女の行動を目で追ってた。面と向かったときにはあんなに無関心を装ってたのによ」

「ふむ……」

「こりゃ、絶対何かあるぜ」

前方の雑踏の中に、こちらへ戻ってきているメイと少年の失望した顔が見え隠れしていた。

「よし、じゃあ、こうしよう」おれは素早く切り出した。「おまえ、一足先にここから離れて死角になる場所であの魚屋を見張ってくれ。おまえが考えているとおりなら、おれたちが立ち去ったあとにおそらく奴はなんらかの行動を起こすだろう。あとでその行く先を教えてくれ」

「奴がそのままおまえたちをクルマまで尾けていったら、どうする」

おれはちょっと考えた。

「どちらにしてもあいつは誰かに連絡を取るはずだ。たとえ最初にクルマまで尾けてきたとしてもな。だからおまえにはそこまで確認してもらう。クルマは三十分停車させておく。それまでに戻れないようなら、あとでホテルで落ち合おう」

「ひでえ奴だ」と、源内は顔をしかめた。「ここはベトナムなんだぜ。土地勘もなし、言葉も駄目な尾行役なんて聞いたことがない」

おれは笑って地図を手渡した。

「これで少なくとも一方はだいじょうぶだろ？」

ぶつぶつ言いながらも源内は通りの向こうに姿を消した。

それと入れ違いに二人は戻ってきた。

「あれ、源内さんは？」

「うん、ちょっと用事を頼んだんでな」と日本語で答え、メイに向かって今度は英語で言った。

「ところでメイ、明日は夜まで付き合ってもらっていいかな」

「それはもちろんだけど……」と、いぶかしげに小首をかしげる。「でも、急にどうして」

「明日の夜七時に、レックス・ホテルに行かなくちゃならない用ができたんだ」

と、背後で聞き耳をたてていると思われる魚屋にも充分聞こえるような声で言った。

「どんな、用？」

「それはあとで話す」と、おれ。「エニイウェイ、トゥモロウナイト、セブンピーエム、アット、レックス・ホテル。ユーゲリット？」

とくに時刻と場所は聞き取りやすいように、はっきりと発音した。

変な顔をしながらもメイはうなずく。

「アイ、ゲリット」

「じゃあ、いったんクルマに戻ろう」

果たしてあの魚屋に動きはあるのか、動きがあるとするなら最初におれたちを尾けてくるのか、それとも……。後ろを振り向きたい気持ちを押さえ、人込みを掻き分けるようにして来た道を戻りはじめた。

市場前の広場まで戻ると、先程と同じ場所にブル510は停まっていた。ビエンはフェンダーに腰をもたせ掛けたまま立っていたが、おれたちを認めると時計を見て笑った。

「思ったより早かったな。収穫なし、か」

それから、おや、と言う顔をして「ゲンナイはどうしたんだ」

「それはクルマに乗ってから話す」

メイと少年は後部座席に、おれとビエンは前に座ってドアを閉めた。

「魚屋はいた」と、おれはビエンに言った。「残念ながら日本人じゃなかったがね。ただ、ちょっと気になることがあって、源内は今そいつを見張っている。なにか動きがあれば尾けていく手筈になっている」

えっ、という声が後部座席からあがった。おれはバックシートを振り返り、「すまん。あの場所じゃ魚屋がいて口に出せなかったんだが……」

そう前置きして、源内が見た前後の事情を説明した。

二人はポカンとしておれの話を聞いていた。

「じゃあひょっとして、あのレックス・ホテルの件は？」

「もちろんトラップさ」と、おれ。「奴らをおびき寄せるためのな。源内の推察どおりなら間違いなく奴らはノコノコとやってくるだろう。おれたちは逆にそいつらをじっくりと観察して、必要とあればその後を尾ける」

「じゃあ、まるっきりのでまかせ？」

「ああ」

弾けたようにメイが笑いだした。

「ったく、あなたって人は！」そう言って、なおも肩を揺らしながら言葉を続ける。「あたしの場合といいビエンの時といい、ホントいつも人を騙してばっかりね」

「ビエンの場合？」

「朝、あいさつ代わりにビエンが言ったわ」と、おかしそうにメイは言う。「おれはビエン、よろしく。ところであんたもナガセにうまく乗せられたクチかい？」

ビエンに視線を戻すと、彼はにやりとしてルームミラーに手をやった。

「そう、たしかにおれたちはナガセにはやられっぱなしだ」と、ビエン。「だからおれもひとつ、あんたが驚く情報を提供してやろう」

「え？」

「みんなもだが、これからおれの言うことを、そのまま後ろを振り返らずに聞いてくれ。このブルの二十メートルほど後方に、ダーク・グリーンのダッジが停まっている」

「ダッジ？」と、メイがおうむ返しに尋ねる。

「アメ車の名前だよ」

サイドミラーで確認すると、たしかにその言葉どおり、数台のシクロの後に、一台のアメ車が路肩に寄って停まっていた。排気ガス規制前の、六〇年代後半から七〇年代初頭にかけての巨大な代物だった。

「おれの見込み違いだといいんだが、おそらくあのクルマ、おれたちを見張っている」

「どうしてそう思う」

「ここに来るときに、レロイ通り辺りから後にくっついて来ているのに気付いてはいた」と、ビエン。「その時は気にもしなかったし、このベンタン市場に一緒に着いた時もまさかと思ってた。ところがあんたらが降りた後、それを待っていたように数人の男がドアを開けて同じように市場の中へ消えていった」

「………」

「で、あんたらが戻ってきてさっきの話をしている最中、もしやと思ってサイドミラーを覗き込んでいると、案の定だ。あいつらも戻ってきてクルマに乗り込んだままだ」

ビエンの言うとおりだった。この騒々しい市場にはおよそ場違いな、濃いスモークを貼ったそのダッジは、ドアを締め切ったまま相変わらず動きだす気配がない。

「たしかに、妙だな」

「どうする、出発するか」ビエンは指示を求める。「それとも、ここでゲンナイを待つか」

おれはふと気づいた。

「それより、源内がヤバいな」

「なぜ？」

「もし奴らの仲間から別れて源内の尾行役がついたとしたら、源内はそれを知らないで魚屋を見張っていることになる」

「それは大丈夫だ」ビエンに抜け目はなかった。「やつら、出ていった時も四人で、帰ってきたときも四人だ。尾行がついた可能性はない」

「だとすれば、助かった」

「で、どうする」

「約束どおり、待とう」おれは言った。「その間に、おれとメイでこの市場の組合に行ってくる」

もともとこの三十分の間に、先程の魚屋の言葉の裏を取るつもりでいた。しかし結果から言うと、さきほどの魚屋の言葉はまったくのでたらめだった。中央市場の建物に入って管理事務所を訪ねたところ、この建物の敷地以外のテナントはまったく管理していないということで、むろん、そんな路地にある営業権の売買など取り扱ったことがないという。

メイはその太った事務所の男と話し終えると、おれを振り返った。

「あの周辺の露天商は違法出店の屋台ばかりだから、だいいちそんな営業権なんか存在しないって言ってるわ」

「じゃあ、単なる言い逃れだったたってことか」

「そういうことね」

クルマに戻り、ビエンと少年に事情を話した。

「なるほどな」と、ビエンはうなずいた。「これから戻って、その魚屋を問い詰めるつもりか」

「いや」と、おれは首を振った。「しらを切る相手に何を言ったって無駄だろう。どうせまた躱《かわ》されるのがオチだ」

「源内さん、大丈夫でしょうか」と、少年は時計を覗き込んだ。「もうそろそろ三十分経ちますよ」

おれは笑った。

「あのダッジの奴らに逆に見張られてないかぎり、心配はない。相手が魚屋だけならこちらが観察者だ。それに、ヤバいと見れば昔から逃げ足だけは早い」

「逃げ足の早い空手の有段者、ですか」

そうつぶやいて、少年もくすりと笑った。

「なんか、らしいですね」

依然としてダッジは後方に停車したままだ。

「とりあえずクルマを出してくれ」

「どこへ」

「どこでもいい。あいつらがこのあとも尾けてくるのかを、もう一度確認したい」

ビエンはギアをローに入れるとブルをスタートさせた。移動中のシクロやバイクを避けながらゆっくりと広場を横切り、レロイ通りに出た。

「どうだ、尾いてくるか？」

「ああ」ビエンはルームミラーに目を遣りながら答えた。「いま、相手もレロイ通りへ出てきたところだ」

「いったい何者なのかしら？」メイが後ろからおれのシートに両手をかけ、身を乗り出してきた。「やっぱり、そのビッグ・フットの仲間となにか関係があると思う？」

「分からない」おれは言った。「ただ朝から尾けられていたことを考えても、おれたちのこのサイゴン行きをあらかじめ知っていたとしか考えられない。となると、予約を取り消した奴とも無関係じゃないと思ってはいるが……」

「ひょっとして、昨日からずっと見張られていたってこと？」

「たぶん、そうだと思う」

「じゃあ、あたしのことも、このビエンの存在も、当然もう知っている？」

「昨夜の時点では奴らもあんたたちのことは単なるゆきずりとしか考えてなかったろうから、それぞれ家まで尾けられたとは思わない。当然そのままホテルに張りついていただろう」と、おれ。

「だが、今日は奴らもはっきりとおれたちがチームになったと気付いたはずだ」

「……そう」と、メイはため息をついた。次いで、その顔が緊張で少し引き締まった。

グエンフエ通りと交わるロータリーを左へ曲がると、前方にサイゴン大教会が見えてきた。ブルは周囲の流れにあわせてゆっくりと通りを走っている。サイドミラーで確認するとダッジは二台後方を付いてきている。

「悪いが、どこかでスピードをあげられないか」と、ビエンに聞いた。「あのダッジがどれくらい本気か試してみたいんだが」

「市内じゃ無理だ」ビエンは少し首を傾げた。「南へ下って五区からサイゴン河の対岸に渡ろう。ちょっと奥へ入れば両側はジャングルでほとんど人家もない。交通量もグッと少なくなるはずだ」

旧大統領官邸を迂回するようにしてグエンティミンカイ通りに入り、そのまま五区（チョロン地区）まで南下した。ひとつめのロータリーを半周廻って、さらに南に下る道に入る。

「あと一キロも走ればこの五区と八区、それと対岸を結ぶ橋にぶつかる。スピードを上げるのはそこからだ」

次第に交通量が少なくなり、その橋の手前まで来たときには後方のダッジとの間にはすでに一台のクルマも挟まっていなかった。ある程度の間隔を保ち、同じスピードでぴたりと付いてきている。

橋を渡りはじめたとき、ビエンがつぶやいた。

「そろそろ、振り切るか」

「出来れば」と、サイドミラーに映る相手を見ながら、「だが相手は排ガス規制前のアメ車だ。

油断するとやられるぞ」

するとビエンは鼻で笑った。

「おいおい、本気で言ってんのかよ」

橋を渡り切ったところで、前方はオールクリアになった。はるか先の緩やかなカーブまで一台のクルマも見えない。

「しっかり、つかまってろよ」

そう言うなりビエンはギアをセコに落とすと、アクセルを目一杯踏み込んだ。と同時にボンネットの下のＬ２６エンジンがすさまじい轟音をあげ、シートに体をめり込ませるほどの急激な加速Ｇがおれたちを襲った。

「うっ」

後部シートから少年のくぐもった声が聞こえたが、ビエンはおかまいなしにレッドゾーンぎりぎりまで車体を引っ張り、さらにサードに放りこむ。ふたたびガクリと首がのけぞるほどのＧがかかった。路面が良くないせいか、車速がのるにつれて絶え間ないピッチングがボディを襲う。

「来たぜ」

エンジン音のこもった車内でビエンが叫んだ。振り返ると橋を渡り切ったグリーンの巨体が猛然とダッシュし始めていた。リアタイヤがホイルスピンで白煙を巻き上げ、フロントをやや浮かせ気味の体勢のまま、さらにスピードをのせてくる。その暴力的な加速からしても、当然Ｖ８・５リッタークラスの巨大なエンジンを積んでいるはずだった。

「いい加速だ」

ビエンの頬にうっすらと笑みが浮かんでいた。

「あの重い車体をよくあそこまで引っ張れるもんだ」

「ずいぶんと、余裕のコメントだな」

ルーフの手摺りをしっかり摑んだままおれは歯を食いしばった。そうでもしないと断続的な路面からの突き上げに体がシートから投げ出されそうだった。

「そりゃそうさ」なおも加速を続けながらビエンは言う。「一般道、それも特にこんな荒れた路面で必要なのは絶対的なパワーじゃない」

そう言いながらも容赦なく四速にギアを叩き込む。ふたたび強烈な力で首がヘッドレストに押し付けられる。

「今、時速100マイル。足廻り、直進性とフレームの剛性——大切なのはエンジンに見合ったボディ・バランスだ」

たしかにそういう意味ではよく分かっている男だった。

ふたたび後方を見ると、この路面状態に有り余るパワーが足を取られ、ダッジは右へ左へと大きくその車体が傾ぎはじめていた。

「見てみろよ」と、ビエンはルームミラーを見遣った。「やっこさん、ついにロールしはじめたぜ」

エンジンと車重に対して、足廻りとボディ剛性がヤワ過ぎるのだ。

「あれが、限界だろう」

ギアをトップに入れ、スピードを維持したままビエンが言った。ビエンの言葉通り、直進もままならぬダッジはみるみるリアウィンドウから遠ざかっていった。バックシートから少年とメイの歓声があがった。

しばらくすると前方にゆるやかなカーブが近付いてきて、ビエンはエンジンの回転数を一定のレベルで維持したままギアでスピードを殺していった。その時点で後方のクルマは完全に視界から消えていた。そのまま原生林の中に続く連続したゆるいカーブを、三速と四速をチョイスしながらかなりの速度で抜けてゆく。再び長い直線に出ると、再度ギアをトップに入れ少し車速を上げた。しばらく同じスピードで巡行を続けたが、その直線ももうすぐ半ばすぎという地点まで来て、ビエンはアクセルを緩めた。

「おかしい」と、ビエンは怪訝そうにつぶやいた。「いくらなんでも現れてもいい頃だ」

おれも後ろを振り返った。

「たしかにな」

ビエンはうなずいた。

「ずっと後方の、カーブの出口にすら出てこない」

「あきらめて引き返したんじゃない？」と、メイは楽天的だ。が、ビエンは首をひねった。

「でもそれくらいの覚悟しかなかったんなら、さっきみたいに必死に食い付いてこようとしただろうか？」

とはいえさらにアクセルを緩めた。わけもなくスピードを維持するには路面からの突き上げが多すぎたのだ。クルマは時速25マイルほどでゆっくりと直線を進んでゆく。

「……やっぱり姿を見せない」と、ビエン。「適当なところで引き返すか」

そう言い終わった瞬間だった。突如、大排気量車特有のエンジンの咆哮が聞こえたかと思うと、右手の林の中から激しくバウンドしながら巨大なボディが飛び出してきた。

ベトナム語でビエンが何か叫び、次いで早口の英語でまくしたてた。

「林道をショートカットしてきやがった！」

おそらくこの舗装路以上に荒れた林道をかなりの速度で突っ切って来たのだろう、フェンダーからは被った泥水をしたたらせ、ワイパーには折れた木の枝が絡み付いている。ブルーバードのすぐ後方に躍り出てきたダッジは体勢を立てなおしながらも多少のスリップはおかまいなしに猛然とスパートをかけてくる。

「ヤバい」めいっぱいサードで引っ張りながらも、ビエンは激しく舌打ちする。「初速が乗っているぶん、奴らの方が有利だ」

すさまじいV8の唸りとともに、ダッジのノーズがじわじわとブルのサイドへ滑り出てくる。至近距離で見るとさらにボディの損傷はひどかった。四ッ目のヘッドライトのひとつが割れ、バンパーは妙な方向に捩れ、片方のサイドミラーは根元から折れてボディにぶら下っている。それら破損箇所すべてが、彼らの執念を雄弁に物語っているようで、思わず鳥肌がたった。

グリーンのボディは完全にサイドに並んだ。

「ハリイ・アップ！」ヒステリックにメイが叫ぶ。「このままだと前に出られるわ！」

「分かってる！」

エンジンがレブリミット限界まで吹け上がり、L26は悲鳴をあげる。ビエンはすかさずギアを四速に放りこんだ。

直後、グググッという加速Gが身体を襲い、再び息を吹き返したエンジンは二次曲線的な加速をはじめた。一瞬前に出かかったダッジのノーズを、再度ブルのそれが押さえこみ、そのままじりじりと引き離しにかかる。

ブルがノーズ半分ほどリードしたときだった。不意にダッジのサイドウィンドウが半分ほど下がり、中からヌッと円筒状の細長いものが顔をのぞかせた。そしてその銃身の延長線上にあるものは——。

「ガンだ！」おれは叫んだ。「フロント・ホイール！」

直後だった。タイヤの悲鳴とともにつんのめるようなGの衝撃がおれたちを襲った。ビエンが急ブレーキをかけたのだ。時速90マイルからのホイールロックに、たまらずバックシートからは叫び声があがり、おれは物が転げるように前方に投げ出されて、上半身をその硬いダッシュボードにしたたかに打ち付けた。

一瞬暗くなった視界に火花が飛び散り、胸部にハンマーで殴られたような鈍い痛みが走った。

「う……」

再び気が付いてなんとか周囲を見廻した時には、クルマは進行方向に対して斜めに停まっていた。妙に静かだった。小鳥のさえずりでも聞こえそうなほど静まり返った車内には、ブレーキパッドとタイヤのただれた匂いが充満していた。

静か──？　おれはエンジンが停まっていることにようやく気付き、愕然として車内を見廻した。ビエン──こいつは大丈夫そうだった。両手でハンドルを握りしめたまま首を落としてはいるが、目はしっかりとしばたたいていた。バックシートを振り返ると、二人ともシートとシートの隙間に放り出されて呻いているが、特に外傷はなさそうだった。

「大丈夫か？」

後部座席に身を乗り出して二人を助け起こした。

「大丈夫よ」メイはおれの手を押さえながら、気丈に答える。「アイム・オーケイ」

次は少年だった。おれが彼の脇の下に手を差し入れた瞬間、少年の表情が歪んだ。

「痛むのか？」

「ええ……」と、そう答える間にも、みるみる顔が蒼白になってゆく。「少しだけ」

骨折か、脱臼か？　少なくとも尋常な痛みではなさそうだった。改めて前方を見ると、五十メートルほど先に停まっていたダッジのリバースランプが点滅するのが分かった。荒くギアの噛み合う音が響き、猛烈な勢いでバックを開始した。

「ビエン！」と、おれは横を向いた。「エンジンをかけろ！」

弾かれたようにビエンはイグニッションを捻る。

――が、
キュル、キュ、キュルルルル……。虚しくセルが空回りを続ける。

「駄目だ！」絶望的な面持ちでおれを振り向く。「ストールしちまってる！」

そうしている間にもダッジはみるみる差をつめてくる。

「セルを回しつづけろ！」

ついにダッジは目と鼻の先まで来て停車した。バラバラとドアが開き、車内から男たちが降り始める。

「同時にもっとアクセルをポンピングするんだ！」

「さっきからやってるさ！」

負けずにビエンがおれに喚き返したとたん、ボウォ！　と野太い音がしてエンジンに火が入った。

ボウッ！　ボボォーン！

完全に息を吹き返したエンジンに、間髪を入れずビエンは反応した。ギアをローに叩き込むと、そのエンジン音に気付いてあわてて走り寄ってくる男たちを尻目に、ホイルスピンさせながら見事なターンを決めた。続け様にギアをセコに入れ、そのまま逆方向に猛ダッシュをかける。サイドミラーで確認すると、置き去りにされた男たちがクルマに駆け戻るのが見えた。セコでエンジンが吹けきり、ギアはサードに入った。

ダッジがUターンしてこちらを向き、再び後輪から派手な白煙を巻き上げた。が、既に充分な距離が開きつつあった。

「ひとまずは大丈夫だ」ビエンが汗を拭った。「あいつらのタイヤがグリップした時には、こっちはもうトップギアに入っている」

その言葉どおりミラーに映るダッジはみるみる離れてゆき、最後には小さな豆粒となって視界から消えた。ホッと胸を撫で下ろし、改めてバックシートを振り返った。

メイの肩にもたれた少年が苦しそうに息をしている。顔が青白く、額には脂汗が浮いていた。

「けっこう痛むみたい」メイは不安げにおれを見上げた。「ちょっと気になるわね」

かなりのスピードで荒れた路面を走っているため、絶えずフロアからの突き上げが来て、その振動でさらに痛むのだろう。実際おれもゴッ、ゴッというサスからの突き上げが来るたびにひどく胸部がうずいていた。

「悪いが、スピードは落とせない」気の毒そうに、だが毅然としてビエンは言った。「今の二の舞はごめんだ。とりあえず完全に安全圏に入るまではな」

5

　メイの知っているその診療所は、十区の裏通りにあった。自分がもの心ついたときからこの路地で細々と開業している漢方医だが、腕はたしかだと彼女は言った。

　旧い雑居ビルの二階に続く狭い階段を上り、奥のドアでメイは立ち止まった。じっとそのドアにかかった吊り看板を見る。

「外出中だわ」と、おれを振り返った。「でも、すぐに戻ると思う。いつもそうだから」

　彼女がノブに手を掛けただけで、ガチャリとドアが開いた。

「不用心だな」彼女に続いて室内に入りながら、思わずつぶやいた。「泥棒が恐くないらしい」

　メイは笑った。

「金目のものなんて一つもないもの」

　なるほどその言葉通り、小さな診療室はごくごく質素なものだった。入ってドアのすぐ内側に、中身のはみ出た待ち合い用の小さな長椅子が一つ。おれはその長椅子に少年を横たわらせて、部屋の中を見廻した。この待ち合い場所と奥の診療室を分けるほんの申し訳程度のパーテーションが一つ。診療室には、古びた木製のデスクと椅子、患者用の腰高の丸椅子が一つ。奥の壁には様々な漢方薬の壜が入っている大きな棚が一つ。窓際の壁に人体図が貼ってある。およそ設備と言えるものはそれだけだった。

　しかし不思議と貧相な印象を受けないのは、この部屋の持ち主の性格によるものだろうか。備品の一つ一つがよく手入れされ、すっきりとあるべきところに納まっている気がする。ビエンは通りに面した窓際に立ち、陽光の中で煙草をくゆらし始めた。メイは丸椅子に腰掛けて、意味もなく足をぶらぶらさせている。

鈍い胸の痛みは相変わらず続いている。肋骨が折れているかひびが入っていることに、経験上気付いていた。

「二人とも、本当に怪我はないか」

おれはもう一度確認した。

「大丈夫よ」

最初にメイが返事をし、ビエンを見た。

「おれも、別に変なところはない」

ビエンもうなずいた。

おれは安心しながらも、改めて憂鬱な気分になった。

おれ自身、昨日の時点でまさか二日目からこれほどの妨害を受けるとは思っていなかった。まして二人はそうだろう。おれと少年は仕方がないとしても、彼らを予想以上の危険な目に遭わせてしまった事実は否めない。しかも、飛び道具まで出てくる始末だった。おれは少し冷静になって状況を考えてみた。

結果、昨日の約束は約束として、本来なら何の関係もない二人をこれ以上面倒に巻き込むのは、やはり筋違いのような気がした。

「ちょっと聞いてくれないか」おれは口を開いた。「いまさら言っても仕方ないが、あんたたちをいきなりこんな目に遭わせてしまって、非常にすまなく思っている」

そんなおれの言葉に、二人は互いに顔を見合わせた。

「おれの読みが甘かったと言えばそれまでだが、おそらく今後も妨害は続くことを覚悟しなければならないだろう」

「……」

「そこで相談だが、こんな目に遭っても、まだあんたたちはおれたちに付き合ってくれるつもりなんだろうか。いや、おれたちとしてはむろんあんたたちにこれからもサポートしてもらったほうが助かるに決まっている。だが、もしこれ以上付き合いたくないと考えるのなら、それはそれで仕方のないことだとも思う。……だから、気兼ねしないで答えてくれ。どうだろう？」

再び二人は顔を見合わせた。メイが二、三言、ビエンに話しかけた。ビエンもうなずきながら、それに言葉を返す。やりとりがしばらく続いた。

話し合いが終わり、最初におれを見たのは、ビエンだった。

「結論から言うと」と、彼は口を開いた。「やっぱり、基本的には最後まで続けさせてもらうよ」

「今日みたいな危険があっても？」

二人はうなずいた。

「ただし、多少の条件がつく」と、ビエン。「そこで、あんたには、これからどうやってあのダッジの連中の追跡を逃れながらこのボーイの父親探しを考えているかを聞きたい」

「なるほど」

「むろん、その考えの中には、おれたちの安全をあんたがどうやって確保してくれるのかという問題もはいる。おれなりの考えがないこともないが、リーダーはあんただ。その答えを聞いてから、おれたちは判断させてもらう」

しばらく考えてから、おれは口を開いた。

「まず第一は、おれたちが泊まっているあのホテルだ。やつらはおそらく今、あそこを根城に見張りを続けている。裏を返せば、おれたちが尾行を巻いても、ホテルに戻ればまた最初から同じことの繰り返しということだ」

「で？」

「ホテルを出て姿を晦ませば、彼らにそれ以上追跡することは出来ない。そこで今のホテルを出て、市街中心部から離れた人目につかないホテルに移る。外国人専用のホテルは駄目だ。市内にもある程度の数はあるが、しらみつぶしに探されたらひとたまりもない。失礼な言い方だが、あんたたち現地人が泊まるような、無数にある安宿がいい」

「しかし、ホテルを替えるとき、あの連中からどうやって姿を晦ます？」ビエンは問い掛ける。

「次の宿まで追跡されたら、元も子もないぞ」

「さっきみたいに、あんたのクルマの性能勝負で相手を引き離してもらおうとは思っていない。またガンでも出されたら物騒だし、再度あんたたちを危険に巻き込むことにもなる。奴らにはあのホテルへの出入りの時、あんたたちとおれたちとが、今日の出来事で完全に縁切りになったということを印象づけたい。まだ思いついてはいないが、何かいい方法があるはずだ。後で考える。とにかくホテルを出て、あんたたちの手を借りずになんとか姿を晦ます」

「うん」

「二つ目は、そのホテルに今日からあんたたちも泊まってほしいということだ」おれは言葉を続けた。「今日みたいなことがこれからも続くとなると、むやみに離れないほうがお互いの安全のためだと思うし、一人では無理でも、何人かなら対処できることもある。それに本当にこれは万が一の可能性だが、もし今後、あんたたちとおれたちが一緒のところを見られたとして、その上であんたたちがそれぞれ自分の家に戻る途中を尾けられたら、即アウトだ。ホテルはいくらでも替えられるが、あんたたちの家は替えようがない。逃れようがない。あんたたちの家族に迷惑をかけないためにも、これはお願いしたい」

「それはおれたちも願ったりだ」ビエンはうなずいた。「少し気にはなってたんでな」

「すまない」

「そこまで考えてもらえるのなら、あまり気に病むことはない」ビエンは笑った。「こっちはそれだけの危険手当てはもらっている。要はその中で、どう危険を回避して捜索を続けるかということだ」

その言葉に、メイもうなずいた。

話は再びまとまった。おれはほっとして長椅子に横たわったままの少年を振り返った。少年は痛みを堪えながらもメイとビエンに笑いかけた。その二人を見る眼差しに、精一杯の感謝の気持ちが湛えられていた。たとえ口には出さなくても、いちばん肩身の狭い思いをしていたのはこの少年のはずだった。

カチャリと軽い音がしてドアノブが廻った。椅子に腰掛けていたメイがハッと立ち上がった。ドアを開けて姿を現したのは、半袖の白い開襟シャツを着た小柄な老人だった。片手には今晩の買物だろうか、パクチーのはみ出た袋をぶら下げていた。

白い眉の下にある穏やかな瞳がおれたちを見廻した。最初に長椅子に横たわっている少年、次に窓際にいるビエン、おれ、そして最後に丸椅子から立ち上がったメイを捉えると、不意にその目を細めて笑った。老人はメイとベトナム語でなにか会話を交わしながら奥の椅子に腰を下ろすと、傍らに買物袋を置き、おれと少年を手招きした。少年を助け起こして、老人の前の丸椅子に腰掛けさせた。老人は静かな表情でおれと少年の顔を交互に見比べていたが、やがてメイを振り返った。

「日本人《ヴォイ・ニャット》か？」

メイはうなずいた。

「はい《ヴァン》、ヴォイ・ニャット」

続いて事情を説明しようとするメイを軽く手で制し、再びこちらを見た。

「わたしはワンチャイ、という」驚いたことにその口から出てきた言葉は日本語だった。「随分とひどい目にあったみたいだが、まずは上着を取ってごらん」

これにはおれも少年も目を丸くした。まさかこんなところで日本語を話せる人間に会うとは思ってもいなかった。メイとビエンも同様らしく、一様に驚いた表情を浮かべている。

「日本語、話せるんですか」

「ああ」老人は笑った。笑うと、顔中がしわだらけになった。「もう長い間、使っておらなかったがね」

「しかし、いったいどこで」

「わたしはもともと台湾人だ」と、老人は早くも少年のシャツに手をのばしながら、「旧日本軍の統治時代、国民学校から中学と一貫して日本語教育を受けた。忘れようにも、もう記憶にしみついてしまっておる」

やや古くさい言い廻しはあるものの、発音といい助詞の使い方といい、それはほぼ完璧な日本語だった。ふっと後ろめたい感情が心をよぎった。東南アジア——特に台湾や韓国、グアム、サイパンなどの老人に会うと、彼らはまず一様にカタコトでも日本語を話すことができる。五十年以上も昔の戦争の影響が、今もひっそりと息づいているのを感じる。

「気にすることはない」老人はそんなおれの思いを察したようだった。「あんたがた若い人たちのせいじゃない。単に国同士の不幸な歴史が過ぎ去っていっただけの話だ」

それから老人は黙って診察に集中した。老齢にしては驚くほど若い指先が、少年の左肩の周囲を押さえたりさすったりした。そのたびに少年は小さなうめき声を洩らした。

「脱臼だ」老人は少年から手を引くと宣告した。「肩の関節から二の腕の骨がすっぽり外れておる。それに伴う周辺部の炎症」

それからおれを見上げると、入口の方を指し示した。

「きみ、すまんが、あの長椅子を持ってきてくれ」

言われたとおりにその小さな長椅子に手を掛けて抱え上げた。一瞬、焼けるような痛みが胸部に走って思わずよろけそうになったが、それでもなんとか老人の前まで運ぶことができた。老人はなぜかそんなおれの動きの一部始終を見守っていたが、

「よし、じゃあさっきみたいに、この上に横になるんだ」

少年を促し、左半身を上にして寝かせると、その上に老人は腰を浮かせたまま馬乗りになった。少年の左腕を摑み上げると、そのままその半身に対して垂直になるように腕を吊り上げてゆく。老人はもう片方の手でその左肩の付け根の部分をしっかりと押さえ込んだ。少年が苦痛に顔を歪める。

「少し、痛いぞ」

そうつぶやいた直後だった。不意に老人の身体が天井に向かって伸び上がったかと思うと、次の瞬間にはその全体重を少年の左肩に向けてダン！　と落とした。

グキッという鈍い音が室内に響き、一瞬悲鳴を上げた少年は、そのままぐったりと静かになった。

「やれやれ……気を失わせてしまった」軽い溜息をつきながら老人は長椅子の上から半身を外した。「しばらくは痛みも残るだろうが、まずは一安心じゃ」

戸棚から薬剤を取り出すと、二人のベトナム人になにか話し掛けながらも器用な手つきで少年の左肩にペタペタと塗ってゆき、その上から包帯を巻き付けた。

「まあ、これで大丈夫じゃろ」そう言って、おれを振り向いた。「さて、次はあんただ」

思わず口が開いた。

「おれは、大丈夫ですよ」

「そうかな」

躱す間も与えず、その指先で素早くおれの右胸部を突いた。

「痛っ！」

反射的に身を引いたおれを見て、老人は軽く笑った。

「から元気もたいがいにせんとな」

ポカンと口を開けてメイがおれを見ている。老人は二人に向けてベトナム語で何か聞き、それにビエンが答えた。

「ダッシュボードでしこたま身体を打ったそうじゃの」老人はおれをじっと見た。「その様子からしておそらく肋骨が折れとるよ」

「なんで、分かったんです」

「さっきからあんた、どうも身体を動かすときに右半身を庇いがちだった」と老人。「もしやと思って、ホレ、その長椅子を運ばせてみると、思ったとおりだ。右腕に負荷がかかると決まって顔をしかめておった」

なかなかどうして食えない爺さんだった。

すかさずメイがおれの顔を覗き込んでくる。

「どうして？　どうして、あたしたちに一言も言わなかったのよ」

「いや」と、おれはメイの視線を外した。「肋骨は折れてもこれといった治療法がないんだよ。呼吸するたびに動くところだからギプスで固定もできないし、それに前にも肋骨は折ったことがあるから、このままほっとけばいいかなと思って……」

「でも、だからってあたしたちにまで黙っていることはないでしょう」

情けなさそうな顔をしながら、メイはおれの二の腕をそっとつかんだ。

「……うん」

南国人特有のひんやりとした手のひらの冷たさが、心地よかった。

ふと視線を感じて顔を上げると、窓際に立っているビエンが、そんなメイの様子をじっと見ていた。

「まあ、とにかく」と、おれはメイの手を戻しながら言った。「大丈夫さ。別に死ぬわけじゃないんだし」

「とりあえずあんたにも痛み止めの軟膏を貼っといてやろう」老人はおれを手招きした。「わずかなりとも効果はあるだろう」

再び戸棚から大きなビンを取り出すと、中から半透明の黄色い軟膏をへらで掬《すく》い取り、テーブルの上に広げた薄い和紙のようなものに塗り付けてゆく。

「ところで」と、作業を続けながら老人は再び口を開いた。「わたしなんかが立ち入ることじゃないかも知れんが、なんであんたがたこんな目に遭ったのかね」

おれは事情をかいつまんで話した。

この少年の父親を探しにサイゴンへ来たこと。その父親がどうやら怪しげな組織と関係を持っているらしいこと。そして、おそらくそれに絡んだ正体不明の集団に尾け廻されていること——。

「なるほど」

老人はようやく塗り終わったその紙片をおれの胸部にぺたりと貼りつけた。そしてその上から一まわり大きな布を被せると、周囲をテープで止め始めた。

「で、おまえさんがたは、その組織の中からなんとかして父親を探し出そうとしている。そういうことか」

「まあ、そうです」

「承知の上だったら、どうする」

「え？」

「だから、もしその父親が今の立場を承知の上で生きていたとすれば、どうするつもりかね」

「それは……」と、おれは口籠もった。「でも、仮にそうでも、その真意を聞き出すことはできるはずです」

うっすらと老人は笑った。

「無駄なことだ」と、気を失ったままの少年を見遣った。「あんたも、この少年も詮無いことに時間を費やしている。もしその男が自分の意志でここにとどまっているのなら、いまさらこの少年に何を言える？　月日が経てば経つほど、すべてが言い訳になるだけだ」

「……」

「新しい生き方のために、過去を放り出し、自ら死ぬことを選んだ人間の墓を暴いたところでどうなる？　中には前の世界で生きていた時の残骸が残っているだけの話だ。以前とは違ってしまった者を、元の世界に連れ戻すことなど、できんよ」

「……」

最後のテープを貼り終えた老人は、少年に近寄ると、首の付け根をぐっと押した。

「う……」

低くうめいて少年は目を覚ました。そして自分の左肩に包帯が巻かれているのに気付くと、ゆっくりと身を起こした。

「どうだね、気分は」

老人が話し掛ける。

「まだ、かなり痛むかね」

「……いや」と、不思議そうに少年。「さっきまでのような痛みは、ないです」

「すこし肩をゆするようにして動かしてごらん」

少年は恐る恐る言うとおりにした。思っていたほどの痛みが感じられなかったのか、いくぶんホッとしたように老人を見上げた。

「ふむ」と、満足そうに老人は言った。「あとは次第に痛みが引いてゆくのを待つだけでいい」

その状況を見て取ったメイも、嬉しそうに口を開いた。

「よかったわね。大事に至らなくて」

少年も彼女に笑みを返した。


老人はおれがこれぐらいかと思って差し出した治療費を、どうしても全額受け取ろうとはしなかった。

「こんなには、いらんよ」

そう言って十ドル札一枚受け取ると、残りを強い調子でおれに押し返す。

「この身ひとつ、毎日食えるだけの収入があれば、それでわたしはいい」

おれは重ねて礼を言った。

「これが、あんたとその少年の痛み止めの薬だ」老人は小さな紙袋を差し出した。「一日一回は、患部に塗るように」

部屋を出てゆこうとしたとき、しんがりのおれの背中に老人の声がかかった。

「さっき話したこと、分かっているな」老人は念を押した。「いいね。眠りについた者の墓を暴いてはならんぞ」

その言葉を耳に留めた少年がけげんそうにおれを振り返った。おれは黙って頭を下げると、そっとドアを閉めた。


「ねぇ――」

木陰の疎らに続く歩道には、ベンチに腰掛けた老人がパイプタバコをくゆらしていた。その雑居ビルからクルマを止めたところまでは若干の距離があった。前方をビエンと少年が肩を並べて歩いている。

「ねぇってば」

隣にメイが寄ってきて、おれに歩調を合わせる。

「さっき、先生と真剣になにを話し込んでいたの？」

「……ん、ちょっとね」

とたんにプッと彼女は頰を膨らませた。

「また、だんまり！」唇を尖らす。「ホント、秘密が好きな人ね」

おれは苦笑した。

「実際、そんなたいした話じゃないんだよ」それからふと思いついて尋ねた。「それよりあの先生、さっき独り身らしいこと言っていたけど、家族はいないのかい？」

メイは思案顔になった。

「いないことも、ないみたい」

「と、言うと？」

「ママに聞いた話なんだけど、もともとは家族と一緒にこの街へやってきて立派な診療所を開いていたみたいよ。むろんあたしが生まれた頃の話なんだけどね。でもやがて南と北の戦争が始まってこのサイゴンが陥落する直前に、家族は一族のいる台湾に避難した——そうママは言ってたわ」

「じゃあ、今もその家族は台湾に？」

「たぶんそうだと思う」メイは真面目な口調で、「陥落以降、この国は共産主義国家へと生まれ変わったわ。分かっているとは思うけど、ソ連とチャイナの後押しでね。地主、資本家、医者みたいな金持ちは財産を剝奪され、一般の市民は長い間海外渡航が禁止された。特に台湾とチャイナに関しては今も仮想敵国の間柄にあるわけだしね。もちろん統制がゆるくなってからも、ドイモイが軌道に乗るつい数年前までは度重なるインフレと経済の破綻で、誰もそんな外国に行けるお金を貯められるような状況じゃなかったけど……」

「陥落から二十年、か」思わず、つぶやいた。「長いな」

「そうね」メイもうなずいた。「人の気持ちを疲れさせ、枯れさせるには、充分な年月だわ」

6

フローティング・ホテルの近くまで戻ってきたのは、午後も遅くになってからだった。

午前中おれたちを見失った連中が、再びホテル周辺に戻ってきて見張りを続けていることは確実だった。それを思うと、源内にホテルから三人分の荷物を運びだしてもらい、どこかで合流するほうがおれたちにとっても安全なような気がした。しかし、ビエンは首を振った。

「ゲンナイが合流するところまで尾けられたら同じことだ」ビエンは言う。「そしたら、またこのクルマともども、おれたちは尾け廻されることになる」

「しかし、このまま戻るよりは、まだ安全だと思うが」

少し考えてから、ビエンはメイに何か話し掛けた。メイがそれに答え、やりとりが数度続いた。最後にビエンはうなずくと、再びおれを見た。

「もっとうまい方法がある」と、少しこちらに身を寄せた。「連中をまくと同時に、おれのタクシーとあんたたちが縁切りになったように思わせることも出来る」

「どんな方法だ」

「まず、フローティングから数ブロック離れたところであんたたちを降ろす。あんたたちは別のタクシーに乗り換え、ホテルに到着する。それをどこからか見ている連中は、あんたたちがおれにこれ以上の同行を断られ、しかたなく別のタクシーで帰ってきたと思うだろう」

「なるほど」

「ホテルに帰ったら荷造りをして、すぐにでも出発できる準備を整えておいてくれ。その間におれたちは、それぞれの家に帰って数日分家を離れる身仕度を整えて戻ってくる。ただし、ある地点までだ」

「ふむ」

「あんたたちは四時半過ぎにフローティングをチェックアウトする。ホテル前の適当なタクシーに乗り込み、出発してくれ。これで連中は、おれとあんたたちの縁が間違いなく切れたと思う」

「しかし、いずれにしてもどこかでこのクルマと合流するわけだろう。そこまで尾けられたら、どうする」

「まあ、最後まで聞けよ」ビエンは笑った。「あんたたちはタクシーの運転手にチップをはずんで、大急ぎで車を飛ばしてもらうように頼む。適当な理由をつけてな。連中から本気で逃げていることを印象づけるためだ。奴ら、今度はそのタクシーを目印に後を尾けてくるだろう。で、途中でその後続車をまければよし、まけなくても心配することはない。間に、ワン・クッション入れる」

「ワン・クッション？」

「そうだ。それを今メイに確認した」

そう言って、彼女を振り返った。

「三区に、センチュリー・パレスというホテルがあるわ」メイが後を引き継いだ。「まずはそこに行くの。ホテルのフロントでいかにもチェックインをしているような素振りをして、その後エレベーターに乗ってちょうだい。ベトナム人は入れないホテルだから大丈夫。彼らはホテルの外側から見て、ホテルを替えたんだと考えるはずだから、その時すぐにはフロントには入ってこないはずよ。ホテルの前でしばらく待機すると思うわ。それで適当な階でエレベーターを降りたら、右手に廊下を進んで行くのよ。そうすると、途中にもう一つエレベーターがあるわ。それに乗ってもう一度一階まで下りるの。着いたところは、ホテルの反対側にある裏口のすぐ脇よ。そこにも当然セキュリティが立っているけど、外国人が出てゆくことに関してはノー・チェックのはずだから」

おそらくメイはその裏口で、仕事がらみか団体で来た外国人の客とこっそり待ち合わせしたことがあるのだろう。

一瞬、少年が不思議そうな顔でおれを見た。なんで彼女はそんなことに詳しいんですか——そう、視線がおれに問い掛けていた。だが、かまわずおれはビエンを振り返った。

「そこで、五時ジャストにおれたちは待っている」ビエンが話をまとめた。「そこから、あらためて郊外のホテルに連れてゆく。これで、どうだ」

おれはうなずいた。

「完璧だ」

ひとまずフローティング・ホテルに着いたおれと少年は、部屋へと急いだ。四時半までにはまだ充分間があったが、源内が首を長くして待っているだろうと思ったからだ。

ドアを開けると、奥のソファに座っていた源内がちょうど煙草に火を付けようとしているところだった。少年は源内を一目見るなり驚いた声をだした。

「どうしたんですか、その顔？」

「よう」

源内は口からマルボロを外すと、にやりと笑ってみせた。その左頬に殴られたような青あざができ、右目の眉の上が大きく腫れ上がっていた。源内もおれの胸元に見える湿布と、少年の半袖から覗いている包帯に目を止めた。

「どうやらそっちも、一波乱あったみたいだな」

「お互いにな」

それからベンタン市場からの経緯を簡単に源内に話した。おれの話に聞き入っていた源内だったが、

「じゃあなにか、怪我したのは結局おまえと慎一郎君だけか」

「メイはともかく、ビエンはピンピンしている」

「ベトナム人ってのは、もともと身体が丈夫なのかな？」

「どうかな」と、軽く流した。「で、そっちは、どうだったんだ」

源内の話によると、こうだった。おれたちが去ったあと、さっそく例の魚屋は動きをみせた。簡単に店仕舞いをすると、おれたちが去った方向とは逆へと足早に歩き始めた。人込みを掻き分けながらその跡を尾けてゆくと、男は市場を抜けてバスターミナルのあるロータリーを横切り、とある裏通りへと入っていった。そこはいわゆる骨董屋通りとでも呼べる場所で、狭い通りの両側には陶器や掛け軸、中古カメラや貴金属類の古物商が軒を連ねていた。

男はその通りの一軒にふっと姿を消した。源内は用心しながら反対側の歩道に廻り込み、店内の様子を通りを挟んで覗き込んでみた。カウンターのショウケース越しに、男が誰かに話し掛けている。そのカウンターの中を覗き込むために、立ち位置を移動させてみると――、

「中に、誰がいたと思う？」と、源内はマルボロの煙を吐き出しながら、「身長――そうだな、せいぜい百二十センチ。なにせ、あの魚屋の肩の辺りまでしか頭がなかったからな――例の小男だよ」

「あの、山本さんの言っていた？」そう問い返す少年の声がややうわずっていた。「あの小男で

すか」

「まず、間違いない」と、源内はうなずく。「あの怪しげな魚屋が会いに行く小男なんて、このサイゴンにもそうそういるもんじゃないだろ」

「やったな」

興奮気味におれも言った。このサイゴンに入ってから初めての具体的な手がかりだった。思わず、源内の肩をたたいた。

「その線を探ってゆけば、もう少し何か摑めるかも知れないぞ」

「そうですよ」少年も同調する。「さっそく明日にでも行ってみましょう」

「いや、それがな……」と、今度は言いにくそうに源内。「その店な、今も開いているとは限らんぜ」

「と言うと？」

続きはこうだった。二人はカウンター越しに話を続けていたが、やがて小男の方が店の奥へと顎をしゃくった。二人は店内の奥へと消えた。奇妙に思った源内は、そっと軒先に近付いた。二人は奥の部屋へ入ったらしく、店内はがらんとしている。他に、商品を見張っている人間もいない。

見つかったらヤバいな——そう思いながらも、源内は思い切って店内に一歩足を踏み入れた。店が繁盛していないことは一目で分かった。ショウケースの中に飾ってある時計やカメラはうっすらと埃をかぶったまま、しばらくの間手に取られた形跡すらない。年末だというのに、壁面に吊されたカレンダーは八月で止まったままだ。

「じっさい、ロクなものがなかった」目利きの源内が言うからには間違いないだろう。「こんなガラクタでよく商売する気になるもんだと思ったよ」

さらに進んでゆくと、奥の部屋のドアが少し開いていた。その中から話し声は聞こえた。十二月とはいえ、サイゴンのこの日中の暑さだ。おそらく通風のためだろうが、その隙間から、慎重に中の様子を窺った。テーブル越しに魚屋と小男が座り、何事かを熱心に話し合っている。なおも様子を観察していると、何かのきっかけで急に小男が怒り出した。拳でテーブルを叩きながら、押し殺した声でさかんにベトナム語でまくしたてる。魚屋はその剣幕を見て両手を上げ、なだめ始めた。

「これはあくまでもおれの勘だが、たぶん小男は、魚屋がおまえたちの跡を尾けなかったことを怒っていたんだと思う」

「どうしてそう思う」

「さっき、おまえ、魚屋にわざと聞こえるように嘘をついたって言ったよな」と、源内は言葉を続ける。「あの魚屋、さかんにレックス・ホテルって繰り返してたんだよ。そこだけは英語だったからなんとなく聞き取れたんだが、すると小男は少しずつ怒りを和らげたように、おれには見えた」

その話はとりあえずそれでけりがついたらしく、二人はまたぼそぼそと会話を始めた。しばらくして小男は立ち上がると壁面に貼ってあった地図を示した。小男は魚屋の言葉にうなずきながら地図のある一点に赤いペンで何かを書き込むと、そこから別の方向へラインを引っ張った。その先の動作をよく見るために、さらに源内がドアの陰に近付いた時だった。

「なにしてやがる《ファッチュードゥーイン》！」

源内の背中に、いきなり怒声が飛んだ。驚いて振り返ると、ベトナム人にしてはかなりの大男が軒先から源内を睨みつけていた。片目に眼帯のはまった髭面の巨漢で、仁王立ちになったまま、太い両腕を腰に当てている。奥の部屋の会話がぴたりと止み、次いであわてて席を立つ椅子の音。

ずかずかと大股で店内に入ってきた大男は、有無を言わせぬ力でいきなり源内の襟元を鷲摑みにした。

「ヘイ、ユー！」その声は至近距離の源内の鼓膜にビリビリと響いた。「アンサ・マイ・クェスチョン！」

奥の部屋から二人が出てきて源内を見た。小男は一目見て外国人だと分かる源内の格好に明らかにほっとした様子だったが、魚屋の方はそうはうまくいかなかった。いぶかしげな表情をして源内をじっと見ていたが、次の瞬間には改めて源内を指差し、鋭く叫んだ。

バレた！　そう直感した源内はその場を逃れようと必死にもがいた。直後、大男の拳が源内の顔をしたたかに殴り付けた。

「いや、もう痛かったのなんのって――」と、その殴られた跡を示しながら「頬骨が砕けたかと思ったぜ」

男は返す手の甲でもう一度源内の顔を張った。たまらず源内は床に崩れ落ちる――と見せかけて、相手の股間を思い切り蹴り上げた。襟元を摑んでいた男の手が一瞬ゆるんだ。その隙をついてさらに鳩尾《みぞおち》に一発見舞うと、店内から転がり出た。

「おかげで自慢のライカまで失う始末だ」と、源内はため息をついた。「あのビア樽に殴られたとき、床に落としてきたままだ」

おれは笑った。

どうやらこれが話の顚末らしかった。源内もなかなか頑張っていた。

「――ところで」と、おれは源内の話の途中から気になっていた室内のあるものに目を転じた。

窓際に寄せてルームサービス用のワゴンが置いてあり、その上に真鍮製の半球の蓋が被せられたトレーがあった。フランス料理などで、料理を冷まさぬようによく使われる食器だった。

「これ、おまえが頼んだのか」

「こんな大層なもん、おれに頼めるかよ」

「じゃあ、誰が」

するとと、源内はニヤリと笑った。

「いいから開けてみろよ」

少なからず好奇心に駆られてその蓋を開けてみた。

「うわっ！」

悲鳴に近い少年の声が響き、おれもその中に入っていた物を一目見るなり思わずたじろいだ。そのプレートの上にちょこんと載っていたのは、首を切られ、両眼をカッと見開いたままの鶏の生首だった。生首が置かれている受皿の表面には、その切断部から流れ出た血がどす黒く固まり始めていた。

「ご丁寧にもそいつのくちばしにはな」と、源内は胸ポケットからカードを取り出した。「こんなもんが挟まっていた」

少年が恐る恐るそのカードを手に取って開いた。おれもその見開きを覗き込む。

「ネクストイズ・ユー」少年はおれを見上げた。「次は、おまえらだ？」

おれはうなずいた。

「でも、どうして」震える声で少年は訴える。「なんでぼくたちがこんなことされなくちゃいけないんです？」

「気にくわないんだろ」

「なにがです」

「きみの父親を探していることがさ」

「でも、卑怯ですよ。こんなやり方は」

それに対して、おれは肩をすくめてみせるよりなかった。

プレートに蓋をしながら、一人平然と源内が言った。

「出発まで、あとどれくらいだ？」

おれは時計を見た。四時二十分過ぎ。源内の話を聞いている間に、予想外に長い時間がたっていた。

「もうあまり時間がない」おれは言った。「十五分後には出発だ」

まだ呆然としている少年を促し、素早く仕度にかかった。

十五分後、慌ただしく部屋を出たおれたちはフロントに鍵を預け、チェックアウトしないまま外に出た。ホテルは最初に四泊分で予約をとった。しかも料金は前払い。どうせ今から数日分のキャンセル料は、年末のこの時期は百パーセントなのだ。何かに使えるかもしれないと思い、部屋はキープしておくことにした。

ホテル前のロータリーにあのダッジは停まっていなかったが、油断は禁物だった。車を替えたとも考えられるし、替えていないにしても隠れたところから見張っているはずだった。四時四十分に、エントランス前のタクシーに乗り込んだ。

「距離金額の二倍出す」乗り込むなり、おれは運転手に言った。「だから頼む。三区のセンチュリー・パレス・ホテルまで大急ぎだ」

太った中年の運転手はにやりとこちらを振り向くと、コラムシフトを手前にひっぱった。キュッというタイヤの音をたてて、タクシーは出発した。

ホテルからツー・ブロックほど走ったところで、おれは後部座席の源内を振り返った。源内はホテルを出たときからずっと後ろを見ていた。

「どうだ、付いてくる車はいるか」

「まだ、分からん」後ろを見たまま、源内は言う。「もう少し走ってみないと、なんとも言えんな」

おれたちの乗ったタクシーは、ハイパーチュン通りを北上し、サイゴン大教会の角を左折してレズアン通りに入った。ゆっくりと走る車を何度も追い越しながら五百メートルほど進み、今度はナムキーコイギア通りへと右折した。四時四十七分。ここから三区に入る橋まで、約三キロの距離。

「どうだ、分かったか」

「三台後にいる、白いカローラが怪しい」源内の顔は変わらず後方に向いている。「この車の追越しにあわせて、カローラも車の間を抜けてきている」

おれは横の運転手を見た。

「悪いが、もう少しスピードをあげられないか」

運転手はちらりとおれを横目で見て、含み笑いを浮かべた。

「日本人ってのは、いつ乗せても忙しいねぇ」そう、つぶやくように言った。「仕事に追われ、遊びに追われ、挙げ句には人間にも追われている」

だが、そうは言いつつも、前方の交通量が少なくなりはじめると、さらにスピードを上げてくれた。もう少しで前方右手にビエンギム寺が見えてくるはずだった。後方の白いカローラは、脇道から出てきたダンプカーに行く手を阻まれ、今ではこのタクシーとの間に数百メートルの距離が出来ている。

ビエンギム寺を通り越し、三区に入る橋をかなりのスピードで渡った。四時五十二分。この橋からセンチュリー・パレス・ホテルまで約一・五キロ。このままの速度だと、一、二分でつく計算だ。おれは再び後ろを振り返った。ダンプカーを追い越してきたカローラが、先程より近くに迫っていた。

　四時五十四分。タクシーは目的のホテルの玄関前ロータリーに到着した。四ドル七十五セント。倍の九ドル五十。おれはドアを開けながら運転手に十ドル札を手渡した。

「釣りの五十セントは、日本人についての講釈料金だ」

　再び運転手は笑った。

「ハブ・ア・ナイス・トリップ、ビジー・メン」

　そう言い残すと、タクシーはロータリーを出ていった。源内におれの荷物を担がせ、急いでホテルに入った直後だった。エントランスの窓越しに、ロータリーに侵入してくるカローラが見えた。少年が怯えたような目付きでおれを見上げた。

「大丈夫だ。奴らは、外からおれたちの様子を窺うだけだ」

　そう言って安心させ、フロントに歩いていった。歩きながら源内に尋ねた。

「奴ら、おれたちのことを見ているか」

　源内はそれとなく後ろを振り返った。

「車廻しの正面に停まったまま、こっちを見てるぜ」

　館内の案内板を素早く横目で確認すると、海外用の名刺を取り出した。フロントの係員に名刺を渡しながら自己紹介をした。

　たまたま近くを通り掛かったのだが、参考までに最上階にあるラウンジを見せてもらえないかと頼んでみた。今後の送客の参考にしたいのだが、と。

　おれたちの風体もあるし、一瞬で考えた口実がどこまで通じるかとも思ったが、フロントの人間はすんなりとうなずいた。内心ほっとした。

カウンターの陰にあるマッチの小箱に気づき、わざとそれを取ってもらった。カローラからの視線を背中に意識しながら、おれは聞いた。

「奴らからなら、キーを受け取ったようにも見えたかな」

源内は苦笑した。

「たぶんな」

横のエレベーターに乗り、適当な階を押した。十秒もたたないうちにドアが開き、右手に廊下を進んでゆくと、そこにはメイの言葉通り、もう一つエレベーターがあった。再びエレベーターに乗り込み、一階まで下りた。

裏口を出ると、すでに黄色いブルがアイドリング状態のまま停まっていた。再び時計を見た。四時五十九分。

「ジャスト一分前」ブルの窓から顔を出し、ビエンが笑った。「さすがトラベル・エージェント。集合時間には正確だな」


ブル510は、ビエンの薦めるホテルへと向かった。サイゴンの市街地からレバンダム公園をなおも北東方面へ進み、ビンタイン区に入った。

「ゲンナイ？」途中で、メイが改めて源内の傷に目を止めた。「いったいどうしたの、その顔」

待ってましたとばかりに源内は口を開いた。大げさな身振り手振りを交えながらの熱演が始まり、古物店での出来事を説明した。魚屋が例の小男と会ったこと、奥の部屋での二人の様子、そして源内を殴り付けた大男の風体を話していると、

「片目にアイ・パッチの大男？」

鸚鵡《おうむ》返《がえ》しにメイが反応した。

「しかも、髭面の？」

その硬い口調に、おれは思わずメイの顔を見返した。

「なにか心当たりがあるのか？」

「うん――」メイはけげんそうに、もう一度源内を見る。「その人、現れたときは誰か取り巻きを連れてなかった？」

「いや、一人だった……」と、源内は首を傾げた。「それが、どうかしたか」

「いえ」と、メイは珍しく口籠もった。「ただ、その人相があまりにもあたしの知っている男に似ていたものだから……」

「なんだって」

みんなの視線がメイに集まると、彼女はあわてて言葉を続けた。

「でも、他人の空似みたい」

「どうして」おれは疑問を口にした。「このサイゴンがいくら大都会でも、それだけ特徴のある人間は、そうザラにはいないだろ」

「でも、あたしの知っているその男は、一人じゃ絶対に町中を歩いたりしないから」

「絶対に？」

「そう」と、メイは力強くうなずいた。「絶対によ」

ホテルは、ビンタイン区でも相当に外れの、林の点在する田園風景の中にあった。聞けばビエンの遠縁の者が経営しているホテルだという。部屋数十ルームにも満たない小さなホテルだったが、嬉しいことに傍らにクルマ一台分のガレージが付いており、観音開きの木製の扉を閉じると内側から閂が落とせるようになっていた。

「電動シャッターとはいかないけどな」と、ビエンは笑った。「外側から見えなくするのにはこれで充分だろ？」

フロントで受け付けを済ませ、部屋割りを決めた。おれとビエン、源内と少年、そしてメイという三ルームの組合せになった。ビエンを通じてホテルのオーナーに食事を用意してもらい、空いている部屋にテーブルと椅子を持ち込んで即席の食堂兼会議室を作った。

ビールを注文して春巻や魚料理をつつきながら明日以降の予定を打ち合わせ、九時すぎに解散した。

シャワーを浴びた後、一人で涼みに外へ出た。まだ胸の痛みは続いていたが、今日一日の出来事を、気持ちを落ち着けて考えてみたい気分でもあった。

ぶらぶらと夜の田舎道を歩いてゆき、水田の中に映る月を見ながら煙草を一服すると、同じ道をまた戻ってきた。

ホテルの下まで来ると、どこからか鼻歌が聞こえてきた。

二階の窓が開いていて、カーテンの隙間から外に明かりが漏れていた。ゆっくりとしたテンポの曲を、女性の声が口ずさんでいた。メイだ。

道路脇の草地に腰を下ろし、再び煙草を取り出して火を付けた。いい声だった。

と、突然、その鼻歌をかき消すワッという驚いた声が、隣の部屋から起こった。思わず腰を浮かしかけたおれの耳に、続けて源内のワハハハという馬鹿笑いが聞こえてきた。

「源内さん、どうしてこんな大人げないことするんです！」

少年の怒った声のあとに、再び源内の高笑いが響いた。おそらく、つまらないイタズラでも仕掛けたのだろう。腹を抱えて笑っている源内の姿が目に浮かぶようだった。

しかし、おれにはその二人の関係が、ちょっぴりうらやましく感じられた。少年を見るとき、おれは心の中に、どうしてもあの社長の存在を感じてしまう。結果的に裏切っているとはいえ、やはり社長がおれの大事なお客さんであることに今も変わりはない。そう考えれば、当然その孫の少年も、おれにとっては顧客側の一人ということになる。その事実が、無意識のうちに、これ以上フランクな態度で少年に接することを妨げていた。もっとも、それがおれの社交性の限界ということなのだろうが……。

いつのまにか、メイの鼻歌は止んでいた。

ふとガレージの扉の隙間から、明かりが漏れているのに気がついた。

裏口からガレージに入ると、ビエンがブルのボンネットを開けたまま、エンジンルームに首を突っ込んでいた。

「プラグか」

「ああ」と、顔も上げずにビエンは答えた。「あと、キャブの具合をちょっとな」

おれは壁に身をもたせ掛けると煙草をくわえ、しばらくその整備の様子をぼんやりと見ていた。

「今日はすまなかった」

「なにが」

「あんたとメイを、危ない目に遭わせてしまった」

「そのことか……」と、ビエンは布で手の油を拭き取ると顔を上げた。「昼間も言ったが、その分の危険手当ては貰っている。気にしないことだ」

「しかし後で、あんたらに災難がふりかかってくる心配はないだろうか」

ちょっと考えてビエンは答えた。

「たぶんおれに関するかぎり、その心配はない」

「だが、ナンバープレートから割り出される心配もあるだろう？」

ビエンは笑った。

「安心しな。ナンバーから持ち主を割り出すのには、かなりの時間がかかる。役所に依頼をあげたところで、もともと二十年も怠惰な仕事に慣れ切っていた連中が探すんだ。ポリスとか、よっぽど強制力がないかぎり、何だかんだと言い訳を付けてすぐには取り合ってくれない。まず申請用紙が実質的に受理されるまでに、数日間から一週間はかかるとみていい。受理されたところで、山のような資料の中から登録証を探すのには、また相当の時間がかかる。尾け廻していた奴らにしてみれば、一日で縁切りになったと思われる車を、そこまでして探すと思うか」

「それは、たしかに」

「……それに仮にナンバーを割り出したとしても、その頃にはおれはもうサイゴンにはいない」

「え？」

驚いてビエンを見ると、彼は一瞬、言おうか言うまいか迷ったような素振りをしたが、やがて口を開いた。

「もともと来年早々には、この街を出てゆくつもりだった。ハノイで自動車の修理工場をやるんだ。伯父がバイク屋をやっているが、そこの敷地を半分買い取って共同経営者になる予定だ」

「そうなのか」

「この数年で資金も貯まったし、北部ではまだまだそのての工場が不足しているらしい。どこもかしこも自動車は増え続けているっていうのにな」

「このブルも持ってか」

ビエンはうなずいた。

「そうなりゃ正真正銘おれのプライベート・カーになるわけだから、だれに遠慮することなくボディも補強できる」

「なるほど」

「まあ、そんなわけでおれに対する心配は無用だ」と、ビエン。「あと、メイのこともそんなに心配いらないと思うぜ。こと彼女に関して奴らが知りえる情報はその容姿以外になにもない。それも車窓からちょっと拝んだだけだ。おれの場合と違ってクルマのナンバーから探し出す方法もとれない。人口五百万の都市の中からどうやって探し出せる？」

「ふむ」

「それにこれはあくまでもおれの勘だが」と、ビエンはにやりとした。「彼女、どちらかというとあんたと一緒にいたいようだ」

「なに？」

「今日、医者のところでおれとメイが相談してたの、覚えてるだろ？」

「ああ」

「正直言って、あの時おれは、あんたがそう言ってくれるなら、仕事を降りようかなと思ってた。いくら休業保障も出してくれるとはいえ、あんな目に遭ったことを考えると、やっぱり自分の車は大事にしたかったしな」

「……そうか」

「でも、メイが言ったんだ。この人だって別に自分の家族のことじゃないのに、懸命に頑張ってるわ。だから、もう少しやり方を考えて安全に出来るようなら、わたしたちも力を貸してあげましょうよ、ってな」

ビエンはかすかに笑った。

「むろん彼女があんたにどれくらいの好意を持っているのかは知らないし、だからってなにをやれと言うわけじゃない。が、今みたいにおれたちのことを心配してくれるのなら、少なくともその彼女の気持ちは大切に思ってやった方がいい」

「……………」

「あんた、今朝、おれに言ったよな。あんたの親父の話」

「ああ」

「この国じゃ今がその状態だ。だれも好きこのんで娼婦になる奴なんていやしない」

ビエンはつぶやき、ドライバーを手に取った。

「それは、彼女たちを毎晩運んできたおれが、一番よく知っている」

そう言って、再びボンネットの下に頭を突っ込んだ。

金を稼いでゆく中で、その代償として心のどこかをスポイルされてゆくこともある。そして、報酬以上のやりきれなさと虚しさが、心のひだにこびりつき、沈澱してゆく。そんな夜を過ごしてきた者にしか、分からない気持ちがある。

7

三日目の朝を迎えた。

ビンタイン区の中心部、シェンドン・バスターミナルで朝食を終えたおれたちは、サイゴンの中心街に向かった。フォングラーオ通りに着いてみると、源内の言っていた骨董屋のシャッターは閉まっていた。そして錆の浮いたシャッターの表には、一枚の貼り紙があった。

「〈都合により、当分の間休業します〉、か」ベトナム語を読んで、ビエンが振り返った。「どうする？　裏から入ってみるか」

「その必要はないだろう」おれは言った。

「どうして？」と、源内は早くもその建物の側面を窺っている。「せっかくここまで来たんだから、とりあえず中に入ってみようぜ。なにかめっけもんがあるかも知れねえし」

「それはないな。この休業通知は、おそらくおれたちから姿を晦ますためのものだと思う。となると、中に入ったところで手がかりになるものを彼らが残しているとは考えにくい」

「それに、白昼堂々っていうのも、ちょっとね」と、メイもうなずいた。

次の予定に進むことにした。

一区を抜け、ベトナム銀行の角を右に折れてサイゴン河支流に架かる橋を渡ると、そこが四区になる。四区は地区自体がサイゴン河の支流に囲まれた大きな三角洲であり、普段は観光客はあまり寄り付かない場所である。と言うのも、サイゴンの市街中心部を網の目のように走っているバスの路線もここまでは延びていないし、治安の部分でもかなりの不安が残るからだ。もともとが物流中心の港湾地帯として発展したせいか、地区の雰囲気もサイゴン中心街と比べるとどこか荒っぽさが漂っている。その四区の目抜き通りであるヴェンタットタイン通りを南下して裏通りに入った。そこに、ビエンの言っていた自動車修理工場があった。

「この前歯はな」朝食の時、ビエンは自分の歯の欠けた部分を見せた。「実をいうと、その工場の連中に折られたものなんだよ」

おれたちは顔を見合わせた。

「どうして」

「オーナーは、金貸しが本業の野郎だ。当面金の持ち合わせのない奴のクルマも修理代を前貸しして直してくれるんだが、それがとんでもない高利なのさ。まあそれでもおれたちみたいなタクシードライバーや個人の運送屋なんてのは、クルマが使いものにならなくては日銭が入らないから、仕方なしに持っていく場合がある。それで、おれのほかにも泣きをみた奴は大勢いるというわけだ」

そしてニッと、欠けた前歯をもう一度見せた。

「エグい取り立てをやってくれるんでな」

「しかし、その修理工場とあのダッジの持ち主と、どういう関係があるんだ」

ビエンはおれを見て笑うと、みんなを見廻した。

「昨日ナガセには説明したが、サイゴンの車は、ナンバープレートから持ち主を探し出すのには時間がかかる。いろんな理由でな。しかもあのダッジは年式からして、相当昔の登録と見ていい。

さらに一苦労だ。しかし、当然クルマは古くなればなるほど壊れるわけだから、どこかの修理工場に出さなくちゃならない。で、このサイゴンでも古いアメ車の部品を揃えている工場は、この金貸しのガレージしかない。これで、どうだ？」

「オーケイ。つながった」


通りを挟んで見えるその修理工場は、港への積出用の倉庫かなにかだったのを改築したのだろう、古ぼけてはいるが、かなり大きい修理工場だった。その感想をビエンに伝えると、

「儲けてやがんのさ」と、吐き捨てた。「なにせ稼ぎは工場と金貸しの二本立てだ。払いの遅れた客はクルマを差し押さえりゃいい。金利がかさんできたところで、そのクルマを売り飛ばす。取りっぱぐれのない担保だ。これじゃ儲からないほうがどうかしている」

「あんたは差し押さえられなかったのか」

「そんなことさせるかよ」憤然とビエンは返した。「命の次に大事な商売道具だ。歯が欠けたくらいで、はいそうですかって諦められるもんか」

おれは笑った。

工場の脇にある屋外に剝出しの階段が、二階の事務所への入り口だった。年季の入った鉄の階段を登りながらビエンは言った。

「今から会うオーナーは、陥落前には米軍のベースでジープやトラックの整備工をしていた奴だ。おそらくその時のコネが今も生きていて古いアメ車の部品が手に入るんじゃないかと思うが、そんなわけだから英語もできる」

「ふむ？」

「だから、最初のとっかかりはおれが付けるが、あとの情報引き出しの交渉はあんたがやったほ

うがいいと思う」

「なんでだ」

階段を音をたてて登りながらビエンは笑った。

「高利貸しがタダで情報をくれると思っちゃいけない。ましてやそんなヤバそうな連中のクルマならなおさらだ。懐具合に応じてその額はあんたが判断したほうがいいだろ」

「なるほど」

ドアを開けると、コンクリートの床が剝出しの、殺風景な事務所だった。床の上にスチール製のデスクが乱雑に置かれ、その上に足を投げ出して椅子に背中をもたせ掛けている男たち。吸い殻が山盛りになった灰皿。薄汚れたシャツをまくり上げた二の腕からは稚拙な刺青がのぞいている。どうもあまり程度の高そうな人種ではなかった。

男の中の一人がビエンの顔を認めると、座ったままにやっと笑いかけ、ベトナム語でなにかを言った。とたんにビエンは顔をしかめた。

「〝なんだ、また修理代がないのか〟って」

小声でメイが囁いた。現地の言葉が分からないのは不自由なものだ。

ビエンは憮然とした表情で奥のドアに向かって顎をしゃくった。相手の男もうなずくと、親指で奥を示してみせた。

社長室らしきその部屋のドアをノックすると、中からくぐもった返事が聞こえた。部屋に入ると、奥の皮張りのチェアに腰を下ろした男がテーブル越しにこちらを見上げた。デブは汗っかきだというが、それはこの男にもよく当てはまっていた。部屋には冷房が効いているというのに、見事に禿げあがったその額からは汗が噴き出していた。見ると腋の下も黒く染まっている。男はようやくビエンの顔を思い出したらしく、にたりとして彼に話し掛けた。ビエンは首を振り、言葉を返しておれのほうに手を向けてみせた。だが男はそれを無視してさらにビエンに何かを言い、再びビエンがそれに答えた。ダッジという単語が一度、聞こえた。そんなやりとりが数度続いたあと、初めてその太っちょの顔がこちらを向いた。その半眼の視線には、にじむ汗とは対照的に何の感情もこもっていなかった。

「悪いけどな、ミスター。ウチの店じゃ顧客情報は他人に洩らさない決まりになってるんだ。いちおうカタい商売をやってるつもりなんでな」使い慣れた英語だった。「そんなわけだからあんたの力にはなれん。来ただけ無駄ってもんだ」

ビエンは軽く肩をすくめておれを見た。

「別にその持ち主を調べてどうこうしようっていうんじゃない」おれは言った。「理由もなく尾け廻されてむしろこっちが困っている。予防線を張りたいだけだ」

「それがおれに何の関係がある？」太っちょは鼻で笑った。「出所《でどころ》でも知られてあとあとトラブルに巻き込まれるなんざ、愚の骨頂だ」

ビエンと再び視線が合った。

「べつにタダでとは言わん」おれは切り出した。「当然それに見合った額を支払うつもりだ」

「ほう」細い男の眼がさらに細くなった。「いくらだ」

「百ドル」

「三百ドルだ」すかさず太っちょは吊り上げる。「あのダーク・グリーンのダッジには、それくらいの価値はあるはずだ」

「やっぱり知ってるんだな」

太っちょは笑った。

「どうだ、出すのか」

「あんたにはそこに座ったまま、わずか数分で済む用件だ」おれは返した。「百五十がいいところだ」

「二百」

「百五十だ」繰り返した。「もう一度言うが、それ以上は出せん」

太っちょは値踏みするようにおれを見た。

「……万が一奴らに捕まっても、絶対出所をバラさないか」

「あんたに迷惑はかけないさ。手間さえかければ調べる方法なんていくらでもある。問い詰められるような状況になったら、その違う方法をしゃべればいいだけの話だ」

「絶対だな」

「くどい」

太っちょはため息をついた。

「……オーケイ。それで手を打とう」

「じゃあ、さっそくだが答えてくれ」おれは身を乗り出した。「あのダッジの持ち主は誰だ。いったいどんな奴なんだ」

「せっかちな男だ」男は舌打ちしながらも、意外と素直に口を開いた。「持ち主の名はトニー・チャン。チャイニーズだ」

「トニー・チャン？」

太っちょはうなずいた。

「と言っても一般の、しかも外国人には分からないだろうがな。このサイゴンにも、他国の例に漏れずチャイナ・タウンがある。チャンは、そのチャイナ・タウンに根を張ったいわゆるチャイニーズマフィアの元締めだ。むろん規模は香港やマカオ、あるいは米国本土《ステーツ》のそれと比べれば可愛いもんだ」

「マフィアか」おれはため息をついた。「サイゴンでの資金源は何だ」

「外国人観光客向けのカラオケクラブと売春宿の経営。それと麻薬だ」

「麻薬？」初耳の話だった。「ベトナムのブラックマーケットでも、麻薬を扱っているのか」

「仲介業だけだ。タイやラオスの山岳国境から流れてくる麻薬をサイゴン《ここ》で船に乗せ、それを日本や香港に輸出する。原産国からの密輸と違ってベトナムからの輸入品だと税関も安心する」

「なるほどな」

「チャンの事務所はチョロンのチャンフンダオ通りにある。〈Chinese・Art・Trader（中華美術交易）〉――それが表向きの会社の名前だ。よくは知らんが二束三文にもならん絵画とか骨董品に忍ばせて密輸をやってるんだろう。こいつらが経営しているカラオケクラブ兼売春宿の看板も、その頭文字を取ってC・A・T――つまりキャッツクラブという名前になっている」

瞬間、横にいたメイがその最後の言葉にぴくりと反応した。太っちょはそれを見逃さなかった。しばらくメイの様子を舐めるようにして観察していたが、やがてそのたるんだ頬に嘲るような笑いを浮かべた。

「なるほどな」太っちょは頭の後ろに両手をまわした。「ガイドらしくない女だとは思っていたが……そうか、そういうたぐいの女か」

メイはうつむいたまま黙っている。太っちょはおれたちに視線を戻した。

「だったら、ここから先はおれが説明するまでもあるまい」

「どういうことだ」

「あとの詳しい情報はこの女にでも聞いたらどうだってことだ。一晩いくらで客を取っているのかは知らないが、このテの女なら五十ドルも出せば喜んで事務所まで案内までしてくれるさ。いや、もっとも商売敵だったらそれは無理か。大事な客を逃しちまうわけだからな」

そう言って、独りくっくっと笑った。

視界の隅に、拳を握り締めた少年の真っ青な顔が映った。

おれは財布の中から五十ドル札を三枚抜き取り、わざとテーブルの手前に置いた。それを取ろうと身を乗り出してきた太っちょの胸ぐらを摑み、脇にあった水差しを逆さにして頭の上から静かに水を掛けてやった。

「な、なにをする！」

あわてて身を捩ろうとする太っちょを、さらに引き寄せた。いつの間にかおれの口は勝手に動いていた。

「殴られないだけ、ありがたく思え」

そう言って、軽く突き飛ばすようにして手を放した。太っちょがドスンと腰を下ろし、おれはメイと視線を合わせないようにしながらみんなに言った。

「出よう」

ビエンがうなずいてメイを促す。部屋を出ようとしたおれたちの背中に、太っちょの怒りに震えた声が飛んだ。

「……ジャップめが」

源内が笑った。

「すっぱいブドウだ」

車に戻りドアを閉めると、屋外の雑音が聞こえなくなった。車内には気まずい沈黙が漂った。

ビエンは黙ったままセルを廻すと、クルマをゆっくりとスタートさせた。

裏道を抜けて大通りへと出る。ビエンは半分ほど窓を開けると煙草に火を付けた。メイの隣に座っている少年は、じっと自分の膝に乗せた両手を見つめたままだった。しばらくして、おれは口を開いた。

「メイ、キャッツクラブのことで別に知っていることがあったら、教えてくれないか」

メイはルームミラー越しにちらりとおれの顔を見た。

「昔、あたしの友達がそのクラブにいたのよ。ザライ族の娘で、知り合った頃はまだ二十そこそこだったと思うわ。奥地の中部高原から売られてきて、働かされていたの」

「――――」

「ホテルのロビーで客待ちをしているときによく見かけたわ。お互い待っている間は別にやることもなかったから次第に口を利くようになって、それで知り合いになったのよ。ついでにその彼女が働いている組織のこともね。組織については大体あの男の言ったとおりよ。キャッツクラブは表向きは観光客相手のカラオケクラブとモーテルの経営だけど、実質は売春の斡旋と麻薬の売買で成り立っているの」

「その彼女に、会えないかな」

「それは無理よ」と、彼女はため息をついた。「二年前に死んだわ。というより、殺されたって言うほうが近いかも……」

「殺された？」

「そうよ。毎晩くたくたになるまで客を取らされて、ついに体がいうことをきかなくなると覚醒剤を打たれる。その繰り返しよ。あたしが出会った頃も一見元気そうには見えてたけど、もう完全に中毒症状だったわ。いつも二の腕に針の痕が残っていたから……。最後にはボロボロになって、あげくエイズで死んだわ」

「……」

「しかし」と、そこで初めてビエンが口を挟んだ。「途中でなんとかして逃げ出すことはできなかったのか」

「不可能よ」と、メイは首を振る。「観光バスでやってくる外国人は一通り彼女たちの品定めをすると、代金を前払いで直接クラブの人間に渡す。一時的にも彼女たちにその金が渡って逃亡資金にされないようにね。その後、団体客の宿泊しているホテルへ組織のドライバーが彼女たちを運んでゆき、彼らはエントランスの車廻しで彼女たちの監視を続ける。知っているでしょ？ 外国人専用のホテルで、あたしたちベトナム人が出入りを許されているのはロビーとその他のパブリックスペースだけだってこと。要所要所にしっかりガードマンが立っているのよ。だからホテルの裏口からも逃げ出せない。客と落ち合うと、すぐに彼らの息のかかったモーテルに直行。出入口のひとつしかない、窓に鉄柵のはめこまれたモーテルへね。事が済めばお客をホテルへ送り返し、クラブへ帰る。閉店後は同じビルの別の階に連れていかれるって言っていたわ。大部屋に入れられ、外側から鍵を閉められて、次の日の朝まで当直の監視の下に置かれるのよ」

「……まるで奴隷だ」

「そのものよ」メイは言い切った。「まあ、このサイゴンでも最低の組織に入ると言っていいわ」

「しかし、それはそれとして、なんでそんな奴らがおれたちを尾け廻す必要があるんだ？」

「それはあたしにも分からない。ただ、相手があの連中だと分かった以上、次に行くところは決まったわ」

「チョロン（チャイナ・タウンのある地区）か」

メイは否定した。

「危険すぎるわ。奴ら、あたしたちを見付けたとたんまた追い掛けてくるだろうし、捕まえられたら最後、何をするか分からない連中だから」

「じゃあ、どこへ？」

「もう一度、フォングーラオ通りへ」メイは言った。「そこへ行けば、少なくともキャックラブに関するかぎり、こちら寄りの人間に会える。あいつらに直接近づくよりよほど安全だし、しかも有益な情報を手に入れられると思うわ」

「こちら寄り？」

「あたしが加入している一種のサービス団体よ。みんな、ユニオンって呼んでるわ」

「ユニオン？」

8

クルマはメイの指示にしたがって再び四区から一区へと戻りはじめた。途中、メイはユニオンの説明を始めた。

「簡単に言うと、あたしたちみたいにフリーで商売をしている人間のために、個人の力ではどうしようもない部分をフォローしてくれる組織のことよ」ちらり、と少年を横目で見ながら言葉を続ける。「例えば、外国人観光客の空港から各ホテルへの日々の入り込み状況や、近日中にポリスが手入れを行なう予定のモーテル――そういった情報提供から客とのトラブル交渉、指定モーテルの割引、そして必要なときは他の売春組織からの保護まで電話一本で請け負ってくれる、それがユニオンなの」

そう言って、バッグの中から青いプラスチックのカードを差し出した。手に取ってみると、本人の証明写真入りのカードだった。

「これがユニオンの登録証なの。写真の横にはあたしの名前と会員ナンバー、それとサービスタイプの種類が刷り込まれているのよ。入会手続きを済ませて月々の会費を払い込んでさえいれば、ずっとメンバーでいられるわ」

「月々の会費はどれくらいなんだ」

「組織から提供してもらうサービスの多さによってまちまちよ。情報提供のみの場合は月々五十ドルで白いカードを渡されるの。本部に電話すればその日に必要な情報を伝えてくれるというわけ。で、黄色のカード、緑のカードと続いて、あたしみたいにすべてのサービスを受ける人間は月百五十ドルで、青いカードになるの」

「月々百五十ドル」と、おれはつぶやいた。「日に、五ドルか」

ベトナムの物価を考えれば、決して安い額とはいえないような気がした。そんなおれの考えを察してか、さらにメイは説明を続ける。

「それでも普通のカラオケクラブなんかでの店の取り分を考えるとうんと割安なのよ。中にはキャックラブみたいに借金の肩代わりにタダ働きさせている店も多いしね。それに入会初年度はたしかに百五十ドルだけど、契約期間中にとくに目立ったトラブルを起こさなければ一年更新で年に十パーセントから十五パーセントずつ会費が安くなるの。現にあたしの契約料は、月に百十ドルまで落ちてきてるわ」

「まるで日本の自動車保険だ」おれは笑った。「そのユニオンの構成員はどれくらいなんだ」

「これはあくまでもあたしの推測だけど、七十から百人の間だと思うわ。センターには電話受けや緊急時に備えて常時十人は待機しているし、空港での調査員が約五人、市内の主立ったホテルにペアで配置されているボディガードが約二十人。モーテルで待機している人間が約十人。市内の巡回が二十人。その他にも数は少ないけれど、ポリス内部の調査員や、タクシーの手配師、いろんな役目の人間がいるから」

「非合法な組織としてはかなりの規模だな」と、おれ。「会員数は今、どれくらいなんだろう」

「カードの会員ナンバーを見れば分かるわ。最初の会員からの通しナンバーになっているからあたしのナンバー85は、八十五人目というわけ。最近ユニオンに加入した女の子のカードを見せてもらったら、ナンバーは五百番台の後半だったわ」

ビエンが口笛を吹いた。

「そんなにいるのか」

「ここ一、二年で急速に増えたみたい」メイはうなずいた。「三年ほど前に設立されたばかりの組織だからそんなに古くはないんだけど、初期に加入した女の子たちから口コミでその良さがどんどん広がっていったのよ。一度入会したら脱退するケースはほとんどないっていう噂だから、その通し番号がリアルの会員数と思っていいわ」

「とすると、一人平均百ドルの収入としても、六百人で月に約六万ドルのあがりだ」おれはつぶやいた。「おまけに店舗の維持費やテナント代もいらない。必要経費のほとんどが組織員の人件費だとすると、多めにみても一人月二百ドルが百人で二万ドル。事務所の維持費や通信費、その他経費を差し引いても、結構な額をその運転資金としてプールできるな」

メイはちょっと驚いたような顔でおれを見た。

「ユニオンをそんなふうに考えたこと、一度もなかったわ」メイは言った。「日本人って、いつもそういうふうに考えるものなの」

「考える人は、考えると思うよ」

「さすが、経済大国ね」

「このドイモイがあと十年も続けば」と、おれは言った。「この国にもそういう人間がどんどん増えてくる」

「そうかしら」

「そうさ。現に、このユニオンを作った人間が、そうだ。情報とサービス、万が一のときの保険のみを会員制にして売るシステム。組織の運営上でゆけば、初期投資もほとんどかかっていないから失敗したときのリスクも少ない。会員の増減をみて組織の大きさも変動させてゆけばいいから赤字がでることも考えにくい。まさしく実態のない究極のサービス業だ。ユニオンっていうネーミングもうまい。みんなのためになる組織だということを、暗にほのめかしているというわけだ。それだけで会員に安心感を与える。実際は、営利団体なんだろうがね。どういう人間かは知らないが、このシステムを思い付いた奴は一種の天才だよ」

　何故か、とたんにメイは弾けたように笑った。

「天才？」と、メイ。「じゃあ今からちょっと予定を変更して、直接その天才に会いにいってみましょうか。そうすれば、ついでに、ゲンナイを殴り付けた男の件も、私の知り合いじゃないことが確認できるし」

「確認？」源内はその言葉に反応した。「昨日の髭面は、そのユニオンのオーナーと何か関係があるのか？」

「実を言うと、このユニオンのオーナー自身が、髭面の大男なの。しかも片目にアイ・パッチのね」

「なんだって!?」

「でも、おそらくは別人だと思うわ。ゲンナイに面通ししてもらってからしか確実なことは言えないんだけど」そう言って、もう一度昨日の言葉を繰り返した。「あいつは、一人じゃ絶対に町中を歩いたりしないから」


　一区に戻ったクルマはハムギ通りからベンタン市場前のロータリーを半周して、再びフォングラーオ通りに入った。

「いま、十二時三十分ね」メイは手首を返して時計を見た。「たぶん、あいつ、いつものレストランにいると思うから」

　そしてビエンにベトナム語でなにか指示をだした。クルマのスピードが落ちた。木陰の下、ホテルやレストランの看板が軒をつらねる大通りをゆるゆると路肩寄りに進んでゆく。メイはサイドウィンドウ越しに身を寄せてそれら前後の建物を眺めていたが、不意に源内の袖をひっぱり、

「見て」と、小さく叫んだ。「あのベトナム航空オフィスの、隣のレストラン」

見ると、そのオフィスの先に洒落たフランス風のカフェがあった。

「アウトサイド、軒下から張り出たテーブルよ」

歩道沿いにセットされた白い丸テーブルに、一際目立つその男はいた。目の前に出されたいくつもの皿を旨そうに平らげている片目の大男――。

「どう？」

「あっ、あいつ！」源内は思わず日本語で叫び、メイを振り返った。「アブソルートリイ・セイム・マン！」

「え!?」

びっくりしたメイに、もどかしそうに源内は騒ぎ立てる。

「だから、あいつだって！」

「そうなの!?」

護衛だろうか、大男の後ろに立っている二人組の一人が、一瞬こちらを見た。ガラス越しのおれたちの会話が聞こえるはずもなかったが、念のためビエンに言った。

「このまま、通り過ぎてくれ」

タクシーはゆっくりと彼らの前を通り過ぎてゆく。大男はよほど食欲旺盛なのか、あいかわらず髭に埋もれたその顎をもぐもぐと動かしている。

五十メートルほどやり過ごし、タクシーを歩道に寄せて停車した。

メイはまだ信じられないというように源内を振り返った。

「昨日ゲンナイに人相を聞いたときはまさかとは思ってたけど、でも、本当?」

「間違いない」源内は歯軋りせんばかりだった。「やっぱり、あいつだ」

メイも呆然として、「そうなんだ……」

少年がぽつりとつぶやいた。

「そして、あの男が、そのユニオンのボスでもある……」

「名前は、デン」ふいにメイはくすりと笑い、おれを見た。「あれが、さっきあなたの言った〈一種の天才〉よ」

おれはため息をついた。

「たしかにそうは見えないな」

ユニオンの成り立ちから考えて、もっとシャープな感じのボスをイメージしていたのだが、そこにいたのはたしかに昨日の源内の表現どおり、どう見ても悪役レスラーの親玉だった。

「それにしても、あの大男は、そんな流行ってなさそうな骨董屋に何の用があったんでしょう」と、少年は不思議そうに言った。「源内さんの話からすると、単に通りかかっただけとも思えないですし」

「ユニオンと骨董屋との間に、何かあるんだろうな」

「それにしても困ったことになったわ」メイは思案げに両腕を組んだ。「こうなると、デンにあなたたちの事情を話して、キャッツクラブのことを聞き出すわけにもいかないし」

おれは聞いた。

「あのデンっていう大男は、日中からいつもああいう風に護衛付きなのかい?」

「ええ、あたしの知っているかぎりではね。それで昨日ゲンナイから人相を聞いたときもガード付きじゃなかったみたいだから、まさかとは思ってたけど」

「じゃあ、昨日の件は例外中の例外というわけか」

「と、思うわ」

「見たところ、そう護衛が必要なタイプにも思えんが」と、おれは首を傾げた。「日々、そんな危険な立場にいるのか、あいつは？」

「それは、そうね」と、メイはうなずく。「デンのことを殺しても殺し足りないと思っている連中は、すくなくともこのサイゴンで両手に余ると思うわ」

「なぜ」

「理由は簡単よ。デンがこの商売を始めたおかげで、今まで他の組織に属していた女の子がどんどん流れだしてきてユニオンに加入しているの。新しい女の子も含めてね。そうなると連中にとっては死活問題よ」

「なるほどな」

「請け合ってもいいけど、さっきのボディガード、両方とも懐にはガンを忍ばせてるはずよ。実際、ずいぶんと前から他の組織との間で抗争が続いているし、朝サイゴン港に死体が浮かんでたり、生首がオフィスに送り付けられたりなんて、日常茶飯事みたいよ」

「しかし、ポリスは」と、おれは質問した。「彼らは何も介入しないのか」

「ユニオンからも他の組織からも充分に裏金が渡っているし」と、メイは肩をすくめた。「それに一般市民を巻き込まないかぎりは、非合法の組織同士が潰し合うのはポリスにしても願ったりなんじゃないかしら」

「そうか」

「でもね、一度だけ、ポリスも重い腰を上げたことがあるの。どういうわけかユニオンはキャッツクラブを目の敵にしていて、二年前の深夜に殴り込みをかけたことがあったわ。当然その晩事務所に寝泊まりしていた組織員は全員半殺し、店内を破壊し尽くして当分営業できないようにした上で、三階に軟禁状態にあった女の子たちを解放してくれてね。その件でユニオンは一時かなりポリスに取り調べを受けたみたいだけど、結果的には頗る評判があがったわ。特にあたしたちみたいな商売の仲間内ではね。ちょっとした闇のヒーローって感じかしら」

「なるほどね」

　彼女の言葉にうなずきながらも、おれは奇妙な感覚に捉われていた。というのもあらためてメイの話を反芻してみると、あまりにも一連の事柄が繋がりすぎるのだ。メイがユニオンに属していることは、たしかに偶然の産物だろう。フリーの娼婦の大多数が加入しているのであればそれは必然といってもいい。だが、ユニオンのボスが、少年の父親の手がかりとなる小男とどうやら繋がっているらしいこと。そして、おれたちを追ってきた連中が、ユニオンとは敵対関係にあるキャッツクラブの構成員であること。このふたつの偶然はどう考えても出来すぎていた。となれば考えられることはひとつ。この一連の偶然の裏にはまだおれたちが知らないからくりが隠されているとみるべきだった。

「どうしたの」

　メイの言葉におれははっと我に返った。いつのまにか少年も源内もいぶかしげな表情でおれを見ている。

「急に黙って、なにか気になることでも？」

「いや、なに」おれは笑ってごまかし、「ところでメイ、あのデンについてなんだが、こんな話のもってゆきかたはどうだろう」

　そう言って、メイがデンから必要な情報を聞きだすためのやり方を提示した。まずは、例の骨董屋の一件をメイが偶然見かけたことにして、デンの反応を見る。次にキャッツクラブの連中のことだが、これも他の娼婦の噂で、ここ数日フローティング・ホテルでよく見かけたことにする。敵対関係にある組織のことだから一応親切で教えてあげた、と——。子供騙しのような気もしたが、これならこちらの腹を探られることなく、やりかたによってはある程度相手から情報を引き出せる気がした。

メイは生まじめな表情でおれの言葉にうなずいていたが、

「分かったわ」

そうきっぱり言うと、やや緊張した面持ちでクルマを降りた。そのまま後も振り返らずにカフェへ歩いてゆく。揺れるポニーテールから、多少の気負いが感じられた。

それまで黙ってサイドミラーを覗き込んでいたビエンがつぶやいた。

「緊張してるな」

「ああ、らしい」

「あんなにガチガチじゃあ、なるものもなるまい」

そう言って、ドアを開けた。

「おれも追っていって、あのテーブルの近くで聞き耳をたててることにするよ。ボロが出そうだったらうまいこと取り繕って店から連れ出す」

「頼む」

ビエンはくわえ煙草にブラブラとした足取りで跡を追ってゆく。

「ビエンのほうが一枚上手だな」源内は笑った。「もっとも話をするのはあいつじゃないもんな」

やがてビエンも人込みに紛れて見えなくなった。あとは待つのが仕事だった。おれは正面に向き直ると、窓を開けて煙草に火を付けた。煙を外に吹き出し、コンソールの灰皿に灰を落とそうとしたとき、ルームミラー越しに少年と目が合った。一瞬迷ったが、やはり口に出してしまった。

「ショックだったかい」灰を落としながら、おれは聞いた。「彼女の本当の仕事を知って」

ミラーの中で少年はおれから目を逸らした。

「ええ……まあ」

と、外の景色に顔を向けたまま、

「でも、あんなに優しそうできれいなひとが……」

そう口を開きかけて、ふたたびあとの言葉を呑み込んだ。

源内は黙りこんだまま、おれと少年を交互に見ている。

おれは軽いため息をつき、そして聞いた。

「彼女の手に、気付いたかい」

「ええ」少年はちらりとおれを見た。「病気かなにかですか」

「病気じゃない」おれは言った。「幼い頃から重労働をしてきた者に、特有の手だよ。成長期にあまりにも苛酷な労働をすると、手と指の筋肉に負荷がかかりすぎるために中途半端に骨の成長が止まってしまって、まるでグローブみたいな、ああいうずんぐりとした手になってしまう」

「――――」

「これでだいたい分かるね、彼女がどんな幼少時代を過ごしたか」

少年は黙ってうなずいた。

「現在《いま》は、いつだって過去の延長線上にある。その生い立ちは、おそらく今の彼女の置かれている境遇とも無縁ではないと思う。そんな彼女に対して、少なくとも食う心配をせずに育ってきたおれたちが、何を言える？　何も言えないし、言うべきでもない。かと言って、一過性の付き合いである以上、安易な同情もしてはいけない。そんな同情は侮辱でしかない」

もう一度、少年はうなずいた。

「彼女のこと、好きかい」

「――はい」

「だったら、その気持ちを大切にすることだ。今おれたちに出来るのは、それだけだ」

そう言って、煙草を灰皿にもみ消した。

少年は、やがて顔を上げた。

「ちょっと、外に出てきてもいいですか」

「あのレストランの位置から見えないように気をつけるんだよ」

「大丈夫です」

バタン、とドアを閉めて少年はレストランとは逆方向に歩いていった。少年の後ろ姿をしばらく見送ったあと、視線を感じて後ろを振り返った。源内がじっとおれを見たまま、目元におもしろそうな光を浮かべている。

なんとなく、ムッときた。こんな時の源内の態度を見るといつも向っ腹が立つのだ。

「なんか、用か」

「べつに」

「じゃあ、なんでそんな馬鹿みたいなニッタリ笑いを浮かべている」

「そう、つっかかるなよ」と、まるで子供でもあやすかのようだ。「いいセリフだった。うまくまとめたな」

「感じたことを言ったまでだ」

「そうかな」

「なにが」

「気が、あるのか」

「何を言う」

「少なくとも向こうはアリアリだぜ」

「ゲスな勘繰りは、よせ」

「勘繰りじゃ、ないさ」

「じゃあなんだよ？」

「見たままの、事実だ」

「馬鹿な」

「とぼけるなよ」源内は笑った。「昔からおまえの悪いくせだ。調子が悪いことはすぐ知らぬ振りを決め込む」

アタマにくるしつこさだった。思わずダッシュボードを叩いて源内をにらんだ。

「だったらどうしたっていうんだ」

「抱けよ」源内は言った。「少なくとも好意ぐらいは見せろ」

「わけの分からんことを言うな」

「分かってねえのは、おまえだよ」源内は身を乗り出してきた。「だいたいな、おまえはいつもカタ過ぎる。いいか、いま彼女はおれたちに対して肩身が狭い思いをしている。自分の仕事がバレておまえやビエンにはともかく、おれと慎一郎君に対してはなんとなく気まずい感じだ。軽蔑されないか、嫌われるんじゃないか？　割り切っているつもりではいても、不安を感じている」

「だから？」

「だから？」呆れたように源内はおれの顔を見た。「アッタマ悪い奴だな。おまえがフォローしなくてどうする。おれや慎一郎君が変に気を遣う素振りでも見せてみろ、よけいへこむのがオチだぞ。かと言ってこのまま知らんぷりでも彼女に気の毒だ。さりげなくサポートしてやるんだよ。

言葉じゃなくたっていい。ちょっとした気遣いをしてやるんだよ。相手が立ち上がるとき、腕を支えてやるんだよ。ドアを開けるとき、腰に手を廻してやるんだよ。そうやって彼女の不安を和らげてやるんだよ。それぐらい、常識だろうが」

源内は耳あかをふっと飛ばし、もう一度おれを見た。

「危険を承知でこの仕事を手伝ってくれてるんだ。おまえが甲斐性見せなくて、誰が見せるって言うんだ、このアホウ」


五分後、少年が戻ってきた。片手にビニール袋を下げている。おれを見て笑いかけると、バックシートに乗り込んだ。

「おっ、冷たいジュースだ」さっそく袋の中を覗き込んだ源内が言う。「気が利くねえ」

そう言って手を伸ばそうとした源内の腕を、少年が軽く叩いた。

「いてっ」

「駄目ですよ」と、少年はたしなめた。「まずは今頑張っているメイさんとビエンさんに選んでもらわないと」

「だからって、叩くことはねえだろ？」

「ごめんなさい」

「まあ、いいさ」ニヤニヤしながら源内はおれを見た。「おまえなんかより、よっぽど気が利いているよ」

9

ミラー越しにビエンが急ぎ足で戻ってくる。

「メイは、よくやった」シートに座るなり、ビエンは言った。そして小声でおれにつけ加えた。「あとであんた、ほめといてやるんだな」

しばらくして上気した面持ちでメイが戻ってきた。

「おまたせ！」

そう言って乗り込んできたメイに、少年が黙って袋の中を見せる。彼女はまだ誰も中身を取っていないのに気付くとにっこり少年に笑いかけ、その中の一本を手に取った。

「よく、冷えてるわ」

満足そうに、一言いった。

「とりあえず出発しましょ。万が一にでも一緒のところを見られるとまずいわ」

チャイニーズレストランに入って、遅い昼食をオーダーした。

「で、どうだった」ウェイターがいなくなるなり、おれは聞いた。「あの大男の反応は？」

「最初のブラフへの反応は、限りなく黒に近い灰色ってところね」

メイの言うところによれば、彼女が骨董屋での一幕を見かけたと伝えたとき、デンは明らかに動揺した様子だったという。

〝知り合いがいるの？〟何気なくメイは聞いた。

〝いや、違う〟と、デンは目を逸らした。〝コソ泥のたぐいかと思ったんでな。一応とっちめてやろうと思っただけだ〟

「——とまあ、口ではそう言ってはいたけどね」と、メイは結論づけた。「まず、なにかごまかそうとしている感じだったわ。もともと嘘をつくのは苦手な男だし」

おや、とおれは思った。

「そのデンはユニオンの顔役なんだろう」

「そう、ボスよ」

「そんな立場にいる男だったら、嘘をつくくらいなんてことないんじゃないのか」

「あなた、デンを知らないからそう言うのよ」メイは笑った。「たしかに粗暴な男ではあるけど、そういう、人にうまく嘘をついたり騙したり出来るタイプの人間じゃないの。トラブルが起こった時なんかも意外と親身になってやってくれるし、ああ見えて、あんがい中身はマトモなのよ。もともとはアーミー出身だし」

「ベトナムの陸軍のことか」

「南ベトナム軍時代からのね」と、メイはうなずく。「銃の暴発で片目を失くして辞めたって話だけど、それまでは鬼軍曹でならしてたらしいわ。もっともそこでも面倒見は良かったみたいで、部下からも慕われていたらしいわよ。今のユニオンの中核にも、その時の部下が何人かいるって話だし——」

そこまで話を聞いた途端、なにかがおれの中で繋がりはじめた。

「ちょっと待ってくれ、メイ」おれは思わず話を遮った。「その部下って、当然重火器や刃物の扱い方、格闘にも長けている連中なんだろう」

「当然じゃない」と、メイは不思議そうに言った。「もともと陸軍って、そういう訓練ばっかりでしょ」

おれが少年に目をやると、静かにうなずいた。少年も気がついていた。あの時の山本カメラマンの話——。

「その連中は、デンのことをなんて呼んでいる？」

メイはますます不思議そうに、

「みんな、デンって呼んでるわよ」と、首をかしげる。「それが、どうかした？」

「他に呼び名はないのかい」もどかしく、おれはせっついた。「例えばごくごく親しい間柄でのデンの呼び方とか。ほら、よく軍なんかだとニックネームを付けるんだよ。ニュージーランド出身の傭兵だと、だいたいキューイ。知的な奴だとドクターとか、そんなニックネーム」

しばらく眉を寄せていたメイの表情が、やがてひらけた。

「あ、ビッグ・フット？　もしかして、これと結びつけようとしている？」

おれがうなずくと、

「でも、それはどうかしら」と、メイは否定的だった。「デン自身は生粋のベトナム人だし、周りにいた兵士だってベトナム人ばかりだったと思うわ。軍時代には何か呼ばれ方があったかもしれないけど、それが英語名とは考えにくいんじゃないの」

「そうだぜ」と、源内もメイに同調する。「前にも言っていたじゃないか。ベトナム人なら当然ベトナム語の渾名《あだな》を付けるよなって」

「たしかにそうだ」と、一応はうなずきながらも、言葉を繋いだ。「だが、デンが南ベトナム軍時代からの兵士だったのなら、当時アメリカ軍と共同戦線を張っていたこともあるだろう。そんな時に、米兵から付けられたニックネームだとは考えられないか」

「しかしよ、だったらあの片目だ。〈アイ・パッチ〉とか、他にもっともらしい渾名が付けられるだろう」

「メイ、デンは片目を失くしてから軍隊を辞めたんだったよな」

メイはうなずいた。

「ということは、当然、解放前は五体満足な体だったわけだ。しかもあの巨漢だ。足のサイズだって相当なもんだろう。そんな特徴をつかんで米兵が付けたとしたら、どうだ。そしてその頃からのデンのごく親しい仲間だけが今も使っているとしたら？」

するとそれまで一言も発さずに腕組みをしていたビエンが口を開いた。

「そう考えると、たしかに可能性はあるな」

「だろう？」

おれはメイに向き直った。

「メイ、今の話のウラはとれるか」

彼女はバッグの中から手帳を取り出し、しばらくページをめくっていたが、

「オーケイ、ユニオンの会計係にそれとなく聞いてみるわ。設立当時からの古株だし、いつも会費を払いに行くあたしとも知らない仲じゃないから」

そう言ってテーブルから立ち上がると、レストランの入り口にある公衆電話に歩いていった。

壁に掛かった電話の受話器を取り、しばらく話し込んでいたが、その途中でおれたちを振り返り、力強くうなずいてみせた。

ビエンがおれを見てほほえんだ。

「読みは、当たったみたいだな」

数分後、メイが電話から戻ってきた。

ビッグ・フットの由来はほぼ予想どおりだった。ベトナム戦争時代、南ベトナム軍は、その友

軍である米軍と至る所で共同戦線を張っていた。その中に、当時まだ少年兵だったデンもいた。少年とは言ってもそのころから体だけはずば抜けて大きかったらしい。ある日の行軍中、デンの靴が壊れ、しかたなしに米軍の資材調達部に予備を貰いにいったところ、それだけのサイズはその支部にも用意されていなかった。ちなみにその時のデンの足のサイズは十三インチ（約三十三センチ）もあったということだ。

「それで米兵が面白がって、その少年兵をビッグ・フットって呼びはじめたらしいわ。だから軍時代からの部下は、今もビッグ・フットって陰では呼んでるみたい」

これで小男とユニオンのボスがビッグ・フットで繫がった。やはりあの大男はたまたま骨董屋の前を通りかかったのではない。少年の父親の失踪にユニオンが絡んでいる可能性はますます大きくなってきた。

「もうひとつの話の反応はどうだった」

「こっちもある程度の情報は引き出せたと思うわ」

メイがデンにキャッツクラブの連中のことを伝えてみると、

〝フローティング・ホテル？〟とデンは怪訝そうな顔をした。〝あいつらのシマはチョロン周辺だ。なんでそんなところにいるんだ？〟

〝そんなの知らないわよ〟とメイ。〝でもあたし以外にも見かけた人間が何人もいるわ〟

〝ふむ〟デンはなおも不思議そうにつぶやいた。〝なんでホテルにいるボディガードたちはそんな大事なことに気が付かなかったんだろう〟

〝見かけたのは朝よ〟と、メイはあわててつけ加えた。〝朝お客に付き合っていたときに、見たの。他の娘もそう言っていたわ〟

〝おまえらの誰か、変なちょっかいを出されたりしなかったか〟

〝なにも。ただクルマの中にいて、誰かを待っているみたいだったけど〟

〝じゃあ、とくに実害を受けたわけではないんだな〟

メイはうなずいた。

〝分かった。とにかく今後もこの付近であいつらを見かけるようなことがあったら、またすぐに連絡をくれないか〟

〝それはいいけど、キャッツクラブの連中に何か他に変な動きでもあるの〟

一瞬、デンは言うか言うまいか迷ったようだったが、結局は口を開いた。

〝実を言うと、最近あいつらの動きがどうもおかしいという報告は、他の筋からも入ってきている。フローティングで見たというのは初めてだが、つい二日前にはエアポートで見かけたり、一週間ほど前はこの本部周辺をうろついていたりと、どうも怪しい。本来の行動範囲じゃないところに出没していて、しかもその場所がいちいちおれたちの重要なエリアにあたっている。これは誰だって何かあると思うだろう〟

二日前といえば、おれたちが空港に降り立った日だ。これまでの経緯上、偶然とは考えられない。やはりおれたちはこの国に着いたときから見張られていたのだ。

だが、なぜおれたちを執拗に尾け廻すのか。どうやっておれたちの到来を知りえたのか。そもそもなぜおれたちの存在を知っているのか。

ユニオンの場合にも増して、彼らキャッツクラブの行動には分からないことが多すぎた。

10

午後六時。レックス・ホテル前。レロイ通りに面する公園の噴水のまわりには、物売りが所狭しと屋台を広げていた。傾きかけた西陽が、公園に隣接する白亜のホテルの壁面を、赤く染め上げている。その壁面に他のビルの影がさし、やがてその影も落陽の弱まりとともに、辺りの夕闇の中に滲んで消えていった。屋上の看板に、エントランスのネオンに、そして各階の客室に明かりがともってゆく。

おれたちはレックス・ホテルの斜め向かい、ビルの二階にあるカフェの窓際に陣取って、ホテル前の人通りを見下ろすように座っていた。昨日の夕刻と同じように通りには人が溢れ返っている。帰宅を急ぐバイクの群れ。バス待ちの行列。どこからともなく現れてくる行商人。

「六時五分」と、源内はこのカフェについてから何度目かのため息をついた。まだ見張りについて二十分にもならないというのに、すっかり退屈しきった様子だった。「いくらなんでも七時のアポにゃ早すぎたんじゃあないのか」

おれは笑った。

「おれがあの小男の立場だったら、間違いなく早めに来てホテルのどこかに自分に有利な場所を確保する。なるべくホテル全体が見渡せ、かつエントランスから目立たなくて行動に移るのに便利な場所をな。そんな奴らを逆に観察しようとする以上、これくらい早くからスタンバイするのは常識だろうが」

「だが、果たして来るかな」グラスの氷をガリガリと嚙みながら、なおも源内はぼやく。「奴ら、おれが盗み聞きしてたことを知っているんだぜ。おれたちがここには現れないと思っているかも」

「来るさ」これには確信を持っていた。「昨夜も言ったが、奴らにはそれしかおれたちを探す手がかりがないんだらからな。万が一の可能性にかけても来るさ」

打ち合せはここに来る途中のクルマの中で済んでいた。

こちらが複数と知っているだけに、小男と魚屋のコンビはおそらく何人かのグループでやってくるだろう。その小男とデンになんらかの関係がある以上、そしてデンがビッグ・フットと分かった以上、ユニオンのメンバーが来ることも充分考えられた。そして彼らの配置だが、もっとも人の出入りの激しいホテルのエントランスには、ほぼおれたち全員の顔を知っているあの魚屋が隠れたところから見張りに立ち、その他のメンバーもホテルのサイドの出入口などの要所の見張りにつくだろうと推測した。

それに対しておれたちの立てた案はこうだった。グループの中には、必ず指揮を執る人間がいる。デンかもしれないし、小男かもしれないが、そのリーダーをビエンにマークしてもらう。ビエンは唯一顔を知られていない。おれたちがなかなか現れない場合、グループの連中は定期的にそのリーダーに連絡を入れてくるはずだ。

その会話から有益な情報を盗むことがビエンの役割だった。

そして、できれば見張りのうちの一人を拉致したいと思っていた。可能性は低いが、もし成功すればいろんな情報を引き出すこともできる。これにはおれと源内、そして少年があたる。とは言っても、おれは肋骨のせいであまり役に立てそうもなかったが。とても拉致できるような状況ではなかった場合には、彼らがおれたちとの接触を諦めて帰るのを待ち、その後を尾けてアジトを突き止める。

加えて、キャッツクラブが来たときの対応があった。彼らが昨日のベンタン市場でこっそり尾けてきていたのなら、レックス・ホテルの件を聞いていた可能性は充分考えられた。もし現れたときは、このビルの屋上に残ったメイに思い切り警笛を吹いてもらうことにした。その場合、おれたちはひとまずホテルから退散して、しばらく様子を窺う。キャッツクラブの目的にも興味はあったが、優先されるのはやはり少年の父親と関わりのある小男と魚屋の追跡調査だった。それを邪魔されてはかなわない。以上が、大体のあらましだった。


午後六時十三分。通りをじっと見ていたメイが、急に窓へ身を寄せた。

「ホテルの横を見て」夜目があまり利かないのか、目を細めている。「いま、赤いクルマから降りた」

おれたちはその言葉に一斉に反応した。振り返って通りを見下ろすと、ホテルのサイドに停まった赤いサニーから、一人の男が降り立ったところだった。ビエンを除き、おれたち全員に見覚えがある顔だった。

「あの魚屋ですね」

少年はつぶやいた。

つづいて歩道側の後部座席からもう一人降り立った様子だ。サニーのルーフの陰になって頭のてっぺんしか見えない。背が低いのだ。

「あ、あいつだ」源内が軽く叫んだ。「あれが、おれが言ってた小男だよ」

なるほどサニーの車高にも満たない、そのミニチュアのような体格はいかにも小男というにふさわしい。歳の頃は五十前後か、突き出た腹と胡麻塩の頭がそれなりの年齢を感じさせた。

だが、さらにおれたちの注意を引き寄せたのは、その小男の存在ではなかった。

小男が降りた側とは反対のドアが開いた。まず白くすらりとしたヒールの足が、続いて若草色のタイトスカートに白いブラウスを着た女性の頭が現れた。

「ほう――」

源内がうめきともつかぬ声を出した。夕闇にも鮮やかな栗色の髪をしていた。女はサニーから降り立って改めて周囲を見廻した。胸がちょうどルーフの位置にきている。女性としてはかなり長身のほうだ。街灯の下にその顔が照らし出された。くっきりと浮き出た鼻梁。そして広く張りのある額は、あきらかに欧米系の血の影響だった。

「ハーフかしら」ささやくようなメイの声が聞こえる。「ゴージャスだわ」

たしかにその女は魅力的だった。白人特有のはっきりとした目鼻立ちに東南アジア人のふくよかさがブレンドされ、知的で、それでいて開放的な感じとでも言えばいいのか、一種独特の魅力を醸し出していた。おそらく三十歳前後、服装からしても娼婦には見えない。あえて言うなら社長秘書といった印象だ。三人を観察していると、やがて魚屋が小男に話し掛け、さらにその小男が女と何か言葉を交わした。女は軽い身振りを加えつつ、小男と魚屋に何か指示を与えている様子だ。その雰囲気からして、小男と同等かそれ以上の立場にいる人間だと思われた。

「何者だ、あの女？」

そうビエンがつぶやいたとき、路上の三人を、後方から照らしだしたヘッドライトがあった。旧型の黒いクラウンがゆるゆるとサニーに近づいてきて、後ろに付けて停まった。かと思うと、一斉にドアが開いてバラバラと男たちが降り立った。

「あらっ」と、メイは半ば腰を浮かしながら言った。「見て、デンよ！」

なるほど、片目の大男がのっそりと後部座席から降り立って無造作にドアを閉めると、先着の三人に向かって大股に歩を進めてゆく。

「デンのやつ、やっぱり知り合いだったのね」

総勢七名。デンと女、そして小男を中心に、二台のクルマから集まった四人の男が周囲を取り巻く。

「役者は出揃ったみたいだな」源内は言った。「しかしあいつら、いったいどんなつながりなんだ」

不景気な骨董屋とユニオンのボス、それに堅気風のハーフの女。たしかにこの三者の共通点を探すのは容易ではなさそうだった。彼らは再び話し合いを始めた。だがよく注意してみると、この単なる立ち話の中にもそれぞれの立場というものがあるらしかった。女とデンは意見が対立している様子で、女は腰に手を当てたまま、デンは腕組みをしたまま、交互に何か言葉を交わしている。その両者に挟まれた小男はどっちつかずの様子でしきりに足踏みをしている。

「どうやらあの三人の中には、絶対的なリーダーは存在しないようだな」

ビエンがぼそりと言った。

「となると、ユニオンの傘下に、あの二人は入っていないということか」

やがて話がまとまったのか一団が急に散り始めた。周囲の四人の男たちは、女から渡されたトランシーバーを片手に次々と散ってゆく。一人はホテル側面の出入口に、そしてもう一人は逆の側面出入口へ。残る一人と魚屋は、ホテルの正面玄関に向かって歩いていった。二人はそのままエントランスホールに入ってゆくと、すぐ脇のベルデスク——ちょうど正面玄関からは死角になる位置に身を寄せた。予想どおりだった。

「狙うとすれば、こっちのサイドに貼りついた奴だな」四人を値踏みしたあと、源内が口を開いた。「体格的にも、あれなら延髄一発で決まりそうだ」

「やれるか」

「まあ、なんとかおれで間に合うだろう」源内は笑った。「フォロー、よろしくな」

残るデンと小男、それに女の三人が動きだした。魚屋の跡を追うようにエントランスに吸い込まれてゆく。と、そのホールの右手にある一階のレストランの窓越しに彼ら三人が再び姿を現し、テーブルの間を抜けて奥のテーブルに腰を下ろすのが見えた。女がトランシーバーをテーブルの上に置いた。

「あそこで待機するつもりらしい」ビエンが席を立った。「よし、じゃあこっちも行動開始だな」

最初にビエンと源内が、そして二分後に少年が店を出ていった。店内にはおれとメイが残されるかたちになったが、おれたちもさらにその二分後には店を出ることになっていた。おれはポケットに収めた小型の女性用ヘアスプレーの位置を、上から触れて確認した。相手を拉致するとき、めくらましに使うつもりだった。

「じゃあ、キャッツクラブの件は頼んだ」

「あなたこそ」とメイはほほえんだ。「その体じゃあんまり無理もできないだろうし」

「どのみち力仕事は源内の役目だ。ああ見えて空手の有段者だしな」

「それって、ブラック・ベルトのこと？」

「とてもそんな感じには見えないだろ」と、おれは笑った。「あの子もまだ半信半疑みたいだ」

メイは軽く笑った。それからひと呼吸置いて、

「あのボーイ、ちょっとショックだったみたいね」

おれはどう答えていいかわからず、なんとなくテーブルの上に目を落とした。彼女の両手はテーブルの下に隠れている。やがて、自然と言葉が口をついて出てきた。

「昔、おれの親父が有罪判決を受けたことがあってね」

「まあ……」

「会社ぐるみの贈賄の責任を一人で背負わされたんだ。有罪といっても執行猶予付きのものではあったんだけど、地方紙には大きく取り上げられたし、一応犯罪者には違いないから近所やクラスメートに白い目で見られたりもした」

「……」

「むろん、贈賄がいけないことだとはおれにも分かっていた。それでも周囲のそんな眼差しにはずいぶん憤慨したもんだ。親父はいい男だったし、おれなんかはそんなことがあっても、どこか尊敬していたからね」

「つらい立場だった？」

「まあね」おれは笑った。「で、結局は感じることがすべてなんだと、その時に思ったんだ」

「え？」

「うまく言えない。結局は、感じること、気持ちとして残る部分がすべてに優先するんだよ。どんな過去があろうがどんな仕事をしてようが、それでも相手のことを嫌いになれないのなら、最後にはそれがすべてなんだと思う。さっき、あの子はそれでも君のことを好きだと言った。彼がそう言っている以上、それがもうすべてなんだ」

「……」

約束の二分は過ぎようとしていた。

「もう行かなくちゃ」

おれは立ち上がりながらメイに言った。彼女は座ったまま、じっとおれを見上げている。

一瞬迷ったが、おれは口を開いた。

「むろん、おれもあんたのことは好きだ」

メイがにっこりするのを見届けてから、おれは店を出た。夜の通りに、サイゴン河からのものだろうか、水の匂いが漂っていた。露天商の軒下に並ぶ風鈴が涼しげな音色を奏でている。いくつもの、涼しげな音色。


レックス・ホテルの正面玄関から見えないように大通りを横切ると、そのままサイドの出入口に近付いていった。入り口には、先程狙いをつけた男が相変わらずへばりついている。トランシーバーを片手にしたその男は、入り口ですれ違うときにこちらを一瞥したが、すぐに視線を路上に戻した。無理もない。彼が探しているのはベトナム人女性と少年を含んだ日本人グループ四人組だ。一人一人の日本人ではないのだ。

入り口から十メートルほど奥にそのブティックはあった。中に入ると、少年と源内が衣装棚の陰にいた。

「手順をもう一度確認しよう」おれは繰り返した。「まず慎一郎君があの男の背中に呼びかけ、振り向いた顔におれがスプレーを噴射する。で、おまえは延髄に手刀を一発だ」

「うまくいくといいがな」

「うまくいかせるんだ」

三人で店を出た。すぐ先の出口に、先程の男が相変わらず通りに目を向けたまま立っている。背後にはまったく注意を払っていない。気持ちを落ち着けてから一歩踏み出そうとしたその瞬間だった。不意に源内がおれの腕をつかんだ。

「なんだ？」

「しっ」源内が鋭くささやいた。「耳を澄ませ」

直後、かすかではあるがおれもその音に気付いた。間違いなく屋外で笛が鳴っていた。隣の少年がおれの顔を見上げる。キャックラブがやってきたのだ。

三秒ほど連続した笛の音が続いたかと思うと、今度は途切れ途切れの信号音が数度繰り返された。

ピッ、ピッ——ピッ、ピッ——。

つまり、相手は二台の車でやって来たということだ。おそらく人数は七、八人くらいだろう。

男のトランシーバーがガーッという音を立てた。あわてて男が応答する。マイクから緊迫した女の声が聞こえる。先程のハーフの女からだと直感した。その言葉の意味は分からなかったが、男は数度受け答えをするといきなり身を翻したので、思わずおれたちとぶつかりそうになった。男はおれたちには見向きもせず、そのまま通路の奥に走り去った。

おれたちは互いに顔を見合わせた。源内が口を開いた。

「どうする」

「むろん、後を追う」

小走りで通路を駆けてゆき、奥の角を曲がったとたん、その先にあるエントランスホールから、陶磁器の割れたような派手な音が聞こえた。続いて弾けたように女の悲鳴があがり、複数の男たちの怒号が一斉に響いた。

おれたちは、恐れおののきひとかたまりになっている一般客の肩ごしに、その光景を見た。ホールでは十数人が入り乱れての乱闘が始まったばかりだった。大理石張りのフロアー一面に花瓶の破片が砕け散っている。ユニオンとキャックラブの数はほぼ互角。互いに敵対する男を相手に、至る所で一対一の殴り合いが起こっていた。

デンは女を後ろにかくまいつつも、二人の男を相手に奮戦していた。小男はといえば、これは相手からも戦力外と思われているのか、その乱闘の隅でおろおろしているばかりだ。周囲にビエンの姿を探したが、どこにも見当らない。

デンが相手をしていた男の一人が、ぎらりと飛び出しナイフを抜き放った。再び野次馬の怯えるような悲鳴が湧き上がる。男はかなりの使い手だった。デンの身体めがけ、ナイフの先端を右へ左へ絶え間なく繰り出してくる。デンはさすがに鬼軍曹と言われただけあり、その攻撃を二度、三度と体《たい》を入れ替えるだけでかわしてみせた。巨体に似合わぬ軽やかな動き。しかしそれもわずかの間だった。

再度突くとみせかけて下から斜めに切り上げてきたナイフの先端が、反射的に胸をかばおうとしたデンの上腕をざっくりと切り裂いた。完璧なフェイントだった。直後、断部から鮮血がほとばしり、女を庇っていた背後にずれができた。その隙を逃さずもう一人の男が女に飛び掛かってゆく。デンは続けざまに襲ってくるナイフに後退しながらも、他のメンバーに向かって大声で叫んだ。

おそらく彼女を救えということなのだろうが、他の男たちも苦戦しており、とてもそれどころではなさそうだった。

次の瞬間、男は逃げようとした女をあっさり羽交い締めにした。

「クリス！」

デンが女にそう叫ぶのを、おれは耳にした。

女は締めつける腕を振りほどこうと、苦悶の表情を浮かべながら身をよじる。男は抵抗に容赦しなかった。女の脇腹に拳を突き込むと、ヒールを履いた脚を荒々しくサイドから蹴りあげた。たまらず女は膝から折れて床に崩れ落ちる。

さらに男はうなだれた女の髪を鷲摑みにすると、力任せにその後頭部をのけぞらせた。そしてもう一方の手で相手の二の腕をブラウスの上からつかみ、そのままずるずると出口へ引き摺ってゆこうとする。

　女の美しい眉が苦痛と屈辱に歪んだのを見た瞬間、おれの中でなにかが弾けた。

「源内！」おれは女を指差した。「頼む」

　源内はちらっと笑い、一足飛びに乱闘の中へ飛び込んでいった。

　こちらを見たデンの顔に驚愕の表情が浮かんだ。無理もない。本来なら彼らが追うべき相手が、逆に飛び込んできたのだ。瞬間、周囲の男たちも腕を止め、呆気に取られたような顔で源内を見た。

　勝負は一瞬だった。気配に気付いたその男が振り向こうとした刹那、すかさず源内の手刀が首筋に入った。ウッとよろめいて思わず腰が引けた相手の鳩尾《みぞおち》に、間髪を入れず充分に体重の乗った蹴りが飛んだのだからひとたまりもない。

　ズン、とその衝撃が身体にこもり、相手は声も立てずに床に倒れ込んだ。

「やった！」

　おれのすぐ脇から歓声が沸いた。少年が興奮のあまり声を上げたのだ。いつのまにかおれたちは野次馬の最前列まで出てきていた。

　その声音に、まだ床にうずくまったままだった女が顔を上げた。少年の顔を見たその瞳が、最初は不審げに、だが次の瞬間には大きく見開かれた。

　女の唇が動いた。

「ユー、ナカニシ？」

　その問い掛けに、びくり、と少年は反応した。

「……どうして、ぼくの名前を？」

瞬間、ユニオンとキャッツクラブの男たちにさっと緊張の色が走った。

「源内！」

そう叫んだ。

「逃げろ！」

直後、源内は動いた。おれたちとは逆方向の正面玄関に向かって踵を返した。あわててキャッツクラブの男が源内を取り押さえようとしたが、いち早くその気配を察したらしい女が味方の男たちに向かってなにか叫んだ。すかさずユニオンの男たちがそれぞれの相手の動きを封じ込めようとする。源内を助けてくれるつもりなのだろう。とにかく存在がばれた以上、一刻も早くこの場を逃げ出すべきだった。おれは少年の腕を引っ張った。

「だって！」としかし、少年は激しく抵抗する。「あの女の人、ぼくのことを知ってるんだ！」

「分かってる！」おれも負けずにがなり立てた。「だが、いまは逃げるんだ！」

そう言っている間にもキャッツクラブの一人が騒ぎの中から抜け出し、おれたちに飛び掛かってきた。男が少年の身体を摑もうとした瞬間、おれはそいつの顔にスプレーを噴射して目つぶしをくれ、思いっきり下腹を蹴り上げた。もんどりうって相手が倒れるのを横目に、さらに少年を促す。

「さあ！」

不承不承、少年もおれの後に続いて駆け出しはじめた。

奥の角を曲がり、通路を側面の出口に向かって全速で走る。幸い、男たちは互いに相手に邪魔されているのか、誰もすぐには追ってこなかった。

肋骨がずきずきと痛んだ。サイドの出口を抜け、裏通りを迂回してホテルからワンブロック先の交差点に出た。

大通りの反対側に、心配そうにホテルの方角を見ているメイの姿があった。その横で源内が肩で大きく息をしている。

ひとまず安心して後ろを振り返ると、ホテルの正面は今や黒山の人だかりだった。

おれがそう呼び掛けると、はっとしてこちらを向き、次の瞬間には大きな手振りでもう一度ホテルの方角を指差した。ホテルの斜め向かいの舗道に二台の車が止まっている。ダーク・グリーンのダッジと白いカローラ。キャッツクラブのクルマだ。前方のダッジの車内で誰かがゴソゴソ動き回っている。ドアを開けたままの車体が、その中の人間の動きにあわせ小刻みに揺れている。

「ビエンよ」

通りを渡ってメイの脇に立ったとき、彼女が言った。

「誰も残ってないのを確かめて、ついさっきバールでロックをこじ開けたの」

「無茶をする」

遠くからサイレンの音が響いてきた。

「ポリスだ」

おそらくホテルのスタッフが通報したのだろう。当然その音はクルマの中にいるビエンにも届いているはずだった。しばらく待ったが、依然としてビエンが出てくる気配はない。サイレンの音は次第に大きくなり、今や周囲の空気を震わせるほどになっていた。いつ近くの交差点からパトカーが出てきてもおかしくはない。

「なにやってんだ、ヤバいぜ」

じりじりしながら源内が歯嚙みする。

ひときわ、ホテル前の騒ぎが大きくなった。直後、ビエンがクルマから降り立ちドアを閉めた。

正面玄関からキャッツクラブが野次馬を押し退けながらバラバラと飛び出してきた。大通りに現れた三台のパトカーの回転灯が、通りを横切る男たちの姿を赤く照らしだした。倒れた仲間を背負っている者、足を引きずっている者、それぞれがあわてふためいて通りを横切り、クルマに乗り込む。まずダッジが後輪をホイルスピンさせながら、続いてカローラが発進していった。

目の前を通り過ぎたパトカーのうち、二台がスピードをあげてその後を追走しはじめ、残る一台はホテル手前の路肩に急停車した。車内から数人のポリスが降り立ち、ホテルの正面玄関に向かって駆け出してゆく。その横をなに食わぬ顔でビエンが通り過ぎ、こちらにやってきた。

目を転じると、ホテルの側面出口でも、ユニオンの組織員が慌ただしくクルマに乗り込んでいる最中だった。スッとメイがおれの背中に身を隠したのが分かった。一緒のところを見られると後々面倒だと思ったのだろう。エンジンのかかったクラウンとサニーに次々と乗り込んでゆく。最後に残っていたデンが、クルマに乗る素振りも見せず周囲を見廻している女に気づき、その腕をつかんでクラウンの後部ドアに引っ張ってゆこうとする。女はデンの手を振りほどこうとしながら、尚も左右に目を走らせている。おれたちを探しているのは明らかだった。

数秒後、女の視線がこちらを向いたまま釘づけになった。その視線に気付いた少年が通りの向こうへ駆け出そうとするのを、あわてて源内が止めた。

「放してよ！」少年はもがいた。「あの人が、あの女の人が探してるんだ！」

「落ち着くんだ！」珍しく源内がたしなめた。「警察があいつらを見ているのが分からないのか」

源内の言うとおりだった。再びホテルの外に出てきたポリスはしばらくその二台の車を見ていたが、ついにユニオンのほうへ向かって走りだした。大男は激しく舌打ちをし、今度は有無を言わさず女をクルマに押し込んだ。その片目が一瞬こちらを凝視した。が、次の瞬間には素早くクルマに乗り込み、そのドアが完全に閉まる間もなくクラウンは急発進した。それよりわずかに早く、駆けてきた警官がサイドの窓枠に手を掛けていた。が、その警官が引きずられるのもおかまいなしに、二台のクルマは大通りに飛び出してゆく。二台は二十メートル程先の交差点を激しくタイヤを鳴らしながら右折した。そこまで引きずられていった警官が、たまらず路上に放り出される。

「やる、やる」妙に感心したように源内が言った。「警察が恐くないらしい」

路上に転がったまま、その警官は苦しげなうめき声をあげている様子だ。残っていた警官が口々に何かを叫びながら交差点に向かって走りだした。

「クリス、か」

再度、源内がつぶやく。

クリス。たしかに大男は女をそう呼んだ。欧米系によくある名前だった。あの女は間違いなく少年の父親を知っている。そうでなければ彼をナカニシと呼ぶはずがなかった。

「さ、おれたちもずらかろう」一人冷静に、ビエンが言った。「ポリスが戻ってこないうちにな」

11

ホテルに戻ったおれたちはさっそくビエンからの報告をきいた。

おれたちと別れてから一階のレストランに入ったビエンは、打ち合せどおりデン達三人の隣のテーブルに腰を下ろした。

〝やはり今夜、出るのか？〟

小男がデンに尋ねた。

〝これにケリがつき次第な〟

〝強行軍だな〟

〝なに、この時間からなら、とばせばほんの二時間だ〟

〝部下も一緒か〟

〝無論だ〟

〝倉庫のセキュリティはどうなる〟

〝五人は残してゆく〟

小男は顔をしかめた。

〝少なすぎるな〟

〝それ以上は割けない〟デンは言った。〝積み込みが遅れている。あっちのメンバーだけじゃあとても明日中には終わらないだろうが〟

〝別にあんたの直属でなくてもいいんだ〟小男は言葉を重ねる。〝パトロール部隊を少し廻せないか？〟

〝無理だ〟デンはにべもない。〝コールガールは年中無休だ。おまけにキャッツクラブの動きも怪しいときている。削れないな〟

〝仕事熱心なことだ〟小男が皮肉る。〝万が一のことがあったら、わたしはなんて申し開きすればいいんだ〟

デンは鼻で笑った。

〝いいか、おれの部下五人におまえの部下が五人。これで計十人だ。それでも防ぎきれないようなことが起これば、言い訳を考える前におまえは死んでるよ〟

小男は肩をすくめた。

〝ありがたい限りだ〟

〝クリス〟デンが女を呼んだ。〝あんた、どうする？〟

〝こっちの在庫確認が残っているから、私も明日の夕刻、カンと一緒にいくわ〟

〝四時の、高速艇か？〟

クリスと小男はうなずいた。

〝港からタクシーを拾うから、迎えはいらないわ。その分、積み込みのほうを急いで〟

「――とまあ、そこまで話を聞いたとき、ホールに入ってきたキャッツクラブに気づき、女があわててレシーバーで仲間を呼んだ」

ビエンはそこで初めて一息入れた。

「あとはあんたたちの見たとおりだ」

そして旨そうに煙草を一服すると、

「その後、おれは騒ぎに紛れて通りに出た。で、クルマの中を物色した成果が、これだ」

そう言って、胸ポケットから、一枚の分厚く折り畳まれた紙と、クシャクシャに丸められた煙草の空き箱を取り出した。

「両方とも、ダッジのバックシートに放り出してあった」

おれは煙草の空き箱を手にとってほぐしはじめた。

「セブンスターだ」

思わず、つぶやいた。

「ベトナム《ここ》じゃちょっと見かけない銘柄だったんでな」と、ビエンはうなずく。「日本製か」

「ああ」と、おれは首をかしげた。「だが、マイルドセブンなんかと違って、この煙草は日本の国内でしか買えないはずだが……」

「どういうことだ」と源内はおれとビエンの顔を交互に見た。「なんで日本でしか売ってない煙草が、こんな所にあるんだ」

「つい最近、あのクルマに日本人が乗ったことがあるということだろう」

「それくらいおれにも分かる」源内は口を尖らせた。「どうして日本人が乗ってたんだってことだ」

ちょっと考えておれは答えた。

「あのダッジが売春宿への送迎に使われる。バックシートに乗った日本人観光客が煙草の空き箱を捨てる。この可能性が一番高いだろう」

「だが、もしそうじゃなかったら」

「それはおれにも分からんさ」

そう言いながら、もうひとつの折り畳まれた紙を広げ始めた。

「地図か」

ビエンはうなずいた。テーブルの上に広げてみると、意外と大きい。B3判ほどの大きさはあるようだった。サイゴン市内の拡大図をコピーしたもので、その地図の右隅には、サイゴンを中心としたメコン・デルタ一帯の縮尺版が小さく枠囲いでブロック分けしてあった。

「ん？」

その白黒の市内地図の中の道を、赤いボールペンで書いたラインが縦横無尽にトレースしている。それと、街の所々に付けられた青いマジックペンの印。

「これは、なんだ」

ビエンを除いた三人が地図を覗き込んだ。よく見ると、その赤いラインは、二本の途切れた線が重なりあって構成されていた。一見、それぞれのラインが市内の中を無秩序に走り廻っているようだが、さらに注意してみると、それらラインの起点は二つとも、フローティング・ホテルから発しているものだった。

一本は、ホテルを出て一区の中心部を通りベンタン市場を経て、グエンティミンカイ通りを南下、五区から河向こうへ。そこでラインは途切れている。

もう一本は、同じくホテルを出発して、ハイパーチュン通りから市内の中心部、そこから空港方面へ続いていた。だが、この後者の一本だけ、逆方向からみてみると――。

「そうか、分かったぞ」

おれが顔をあげると、ビエンが口元で笑った。

「実際に運転していたせいもあるが、車内でこれを広げたとき、すぐにピンときた」ビエンは結論づけた。「こいつは、おれたちを追跡した記録だ」

ああ、と思わず源内が声を上げる。

「おれたち、昨日までこんなふうに市内を走ってたのか」

「でも、なんでこんな記録をつけてたんでしょう」と、少年はその全体を見回した。「それに、この青いポイントは？」

これはおれにも分からなかった。青いマルが市内の四箇所に施してある。一つはフォングラーオ通り、一つは旧大統領官邸のすぐそば。残るふたつはサイゴン教会の近くに一つと、ラオス領事館の近くに一つ。そして大まかなメコンデルタの地図のなかの南部湾岸の都市・ブンタオに、一つ。

おれたち五人はじっとその地図に見入った。

「共通点は、いったい何だ」

「ふむ？」ビエンは首を傾げた。「市内の四箇所は、どれも外国人専用のホテルが固まっている所にあるな。郊外のブンタオにしても、リゾートホテル群があるし」

「あの、ちょっといいかしら」と、それまで黙っていたメイが遠慮がちに口を挟んだ。

「なに？」

「市内の四箇所だけなら、共通点があるんだけど……」

「えっ、どんな？」

みんなの顔が一斉に彼女を見ると、あわててメイは念押しした。

「だけど、市内だけよ」

「とりあえず聞かせてくれよ」

彼女はもう一度その場所を確認するかのように、指先でその四箇所を触れてみると、

「やっぱり間違いないわ。この四箇所とも、全部ユニオンのオフィスがある場所よ」

と、今度は力強くうなずいた。

「毎月、決められた契約料を払いにいくの。四箇所ともときどき行くから、間違いないわ」

「なるほどな」ビエンは納得した。「ホテル街の中心にあるのも、道理だ」

「でも、ブンタオにもオフィスがあるという話は聞いたことがないわ」

「いや、そうとも限らんさ」ビエンは言った。「デンと小男と女、あの三人は今夜から明日にかけてどこかにゆくと言っていた。デンの話だと車で夜走って二時間、女の話ではこのサイゴンから午後四時の高速艇がでている、その行く先だ。そう考えると」

そう言ってテーブルの上のペンを取ると、メコンデルタの縮尺版にサイゴンを中心に大きな円を書いた。

「距離にして半径四十から六十マイル圏内にある港町、これが限度だろう」

「たしかにそうなるとブンタオも入るわね」と、しかしメイはなおも慎重な姿勢を崩さない。「でもその圏内には、タンアンやミイトー、ベンチュー、ビンロン……港のある町でもかなりあるわよ」

「いや、それは違う」

「どうして」

「今あんたが言ったのはどれもメコン河支流の小さな町ばかりだ。小型船ならいざしらず、定期の高速艇が走るほどの町の規模とはとうてい思えない」

「なるほど」源内はつぶやいた。「じゃあ、あとはそのブンタオへの定期便の時間を調べるだけか」

おれはテーブルの上の受話器を取った。ポケットからフローティング・ホテルのマッチを取り出し、その表面にプリントされた電話番号にダイヤルした。ツーコールでフロントが出た。

「ハロー、ディスイズ・ナガセ・スピーキング、ルームナンバー３０５《スリーオーファイブ》」

料金は四泊分払ってある。つまり実際に宿泊していなくても、おれたちはお客というわけだ。フロントに、明日のブンタオ行きの高速艇の時間を調べてもらった。念のためにミイトー、ベンチューなどへの船の出発時間も問い合わせた。

しばらく待たされた後、フロントの人間がその答えを告げる。おれは受話器を置いて、みんなを振り返った。

「四時ジャストの高速艇はブンタオ行きのみだ。ビエンの言ったとおり、他の町には高速艇の定期便はない」

「で、着時間は？」

「五時十五分」

「ナイス」ビエンはマップを指で弾いた。

「つまり、その時間にブンタオに行けば、あの女の人にまた会えるというわけですね」と、少年はおれたちを見廻した。「そして、ぼくの父さんのことも聞き出せる」

おれはうなずいた。

「おそらく、な」


それからしばらくして会合はおひらきとなった。昨夜と同じ部屋割りで、おれとビエンは部屋に入った。

ベッドの隅に腰かけ、おれはなんとなくつぶやいた。

「申し開き……か」

そして、ビエンに問い掛けた。

「あの小男、いったい誰に対してあの台詞を使ったんだと思う」

「さあ」と、ビエンは肩をすくめてみせる。「だが、少なくともあの場にいた連中に対してじゃない。つまりユニオンに対してでも女に対してでもない」

「となると、まだおれたちが知らない組織なり人物なりが、あの言葉の裏には隠されているってことになるよな」

「たぶん」

「その存在が、骨董屋とユニオン、あの女、一見何の繋がりもなさそうな三者のコネクターになっているとは考えられないだろうか」

「しかし、それはどんな繋がりなんだ？」

「ポイントは、ブンタオでの積み込み、サイゴンでの在庫チェック、このふたつの言葉だろう。骨董屋はサイゴンでの倉庫のセキュリティにユニオンの手を借りようとした。そして、その在庫のチェックをあの女も手伝うという。ブンタオでもなにかの積み込みがあり、そこにユニオンはヘルプに行く。そのことを女と小男は知っていて明日の夕刻に合流する。何の積み荷かは分からないが、少年の父親のことも含めて、あの女に聞けばすべては分かる」

「捕まえるつもりか。ブンタオの港で」

おれは首を振った。

「手荒な真似はしたくない。ひとまず乗ったタクシーを尾行する」

「それから？」

「少年があの女に会いたがっているのと同様、あの女もそうだろう。途中、人気のないところで彼の顔を見れば、必ず女はクルマを止める。しかもおそらく同乗者はあの小男一人だ。そんなに邪魔が入る心配もない。一番簡単で一番効果的な方法だ」

「手順は分かった」と、一応ビエンは納得した。「しかし、果たしてあの女が協力してくれるかな」

「こちらの話のもって行き方にもよると思うが、おそらく大丈夫だと思う」

「なぜ」

「源内が女を助けた後、女は源内が逃げ出すのをフォローしようとした。むろんそれは、おれたちが先に女を助けたから、反射的にそのお返しをしようとしただけかもしれない。だが、それでも結果、おれたちに好意的であったことには変わりない。一度相手に好意を示した人間は、その後も相手を無下にはできないものだ」

するとビエンはニヤリとした。「あんた、最初から女を取り込むつもりで、ゲンナイを助けにやらせたのか」

「まさか」おれは否定した。「そこまでおれは悪人じゃない」

「どうだか」ビエンは笑った。「あんたはたしかに悪い人間じゃない。だが、決して悪気はないが、ごく自然に人を利用することを知っている」

「……どういう意味だ」

少し考えて、ビエンは口を開いた。

「例えば、あんたはおれとメイのことが気に入ったからこそ、今度の仕事の話をそれぞれにもちかけてきた。たぶんその気持ちに嘘はないだろう。だが、おれたちがある程度信用のおける人間で、しかも、あんたに対して好意的であることを嗅ぎ分けた上で、話をもちかけたというのも、また事実だ。そして、そういうことを無意識にやれる」

「………」

「そのことにあんた自身なんとなく気づいている。意識下の損得勘定が、あんたを後ろめたい思いにさせる」そして、もう一度、軽く笑った。「ときおり見え隠れするあんたの憂鬱の理由が、そこにある」

ビエンはごろりとベッドに横たわり、両手を首の後ろにまわした。

「まあ、あんたの生きている世界では、そんな人間関係もよくあるんだろうが、それじゃあ、あんた、毎日あんまり楽しくはないだろうな」

おれは苦笑した。

「かもしれない」

ビエンも横目でかすかに笑うと、シーツを腹に載せ、目を閉じた。

「明日もある。おれは寝るよ」

数分後には、かすかな寝息が聞こえ始めた。

12

ブンタオ。南シナ海沿岸部にある、サイゴン近郊でも有数のビーチリゾートとして急速に発展してきた街。一年中海水浴が楽しめる温暖な気候で、シーズンともなると多くの外国人観光客——主に台湾人だが——でかなりの賑わいを見せる。

午後四時三十分。おれたちはクルマを、高速艇の発着場である桟橋の見えるビーチ沿いの道に付けた。

市内から海へむかってせり出した小高い岬には、リオデジャネイロよろしく巨大なキリスト像が両手を広げてそびえ立っている。その岬を中心としたビーチの右と左で、このリゾートは大きくふたつの顔をもつ。

岬の向こうに廻りこんだ東半分の海岸には、長さ四キロにもわたる白砂のビーチが続く。通称パックビーチといわれているその遠浅の海岸には、一年を通してビーチチェアとパラソルの花が咲いている。

一方、今おれたちがいる西側のビーチ沿いが、昔からの旧市街地に相当する。桟橋の近くには漁港があり、くたびれかけた漁船の群れが波間に揺れている。背後を振り向くと、くすんだ色の看板、カフェやホテルが海岸に軒を列ねている。そのはるか向こうに、ホワイトパレス、旧フランス提督の別荘が見える。

源内は市内の看板のひとつに目を止めた。

「ありゃ、たしかロシア文字だろ」

「ああ」つぶやくようにビエンが答える。「今にも崩れ落ちそうだな」

「なんでこんな場所にロシア語の看板なんかあるんだ」

「これでも昔に比べれば減ったほうだ」

「昔？」

ビエンはものうげにうなずいた。

「前は、もっと真新しいロシア語の看板が氾濫してた」

「どうして」

「沖合を見てみなよ」

ビエンが窓の外の水平線を指した。

「遠くに、タンカーが霞んで見えるだろ」

言われたとおり、穏やかな海の彼方へ目を凝らした。

「たしかに点在してるな」

「二十年ほど前に、この沖合で海底油田が発見された。当時のソヴィエトから開発援助のために多くのロシア人がやってきてこの旧市街の北に住み着いた。だからさ」

「今でも、けっこうな数のロシア人がいるのか」

「ちょっとしたリトルロシアさ。郊外にフェンスで仕切られた居住区があって、そこに二万人は住んでいる」

源内が口笛を吹いた。

「でもここらあたりじゃあ、ロシア人もめっきり見かけなくなった」

「なんでだ」

そう聞くと、ビエンはうっすらと笑った。

「このビーチじゃあ、なにをするにも金がかかる。カフェに入るにも買物をするにも、みんな観光地料金だ。パラソルに入るのも金がかかる。金の無い人間はやることがない。だからさ」

「ははぁ」

「おれが子供の時分に来た時には、やっこさんたちもずいぶん威勢よくこの街を歩いていたもんだ。まだソヴィエトの経済はまがりなりにも成り立っていたからな。ところがペレストロイカでソヴィエトはあっさり崩壊、本国から送金されてくるルーブルの価値は下がる一方で、それも滞りがちだという有様だ。油田開発も思うように進まず、今じゃ居住区でひっそりと暮らすしかない経済状態なのさ」

「そうなのか」

「最初にフランス人が、カフェとホワイトパレスを作った。次にアメリカ人が、ビーチを作った。三番目のロシア人が海底油田の穴を掘り、最後のタイワニーズがホテルをおったてた……この街の主役は、いつもその時々の外国人てわけだ」


午後五時。ブル５１０の室内にまぶしくきらめいていた波の照り返しが、ゆっくりと弱まり、やがて消えていった。陽光が赤みを増し、西の水平線に落ち始めたとき、その音は響いてきた。

開けた窓から微かにエンジン音が聞こえてきた。

西の沖合に目を向けると、水平線上に白い船体が小さく見えた。夕陽を受けて舷側が朱色にキラリと光った。その低くこもった大排気量のディーゼル音は次第に大きくなってゆき、やがては周囲の空気を振動させるほどになった。数分後には、その船室の窓の一つ一つがはっきりと見て取れる距離まで近付いてきた。桟橋まであと百メートルほどの所まで来た時、まえぶれもなくエンジンの音が止んだ。

ゆっくりとスピードが落ちて、浮力がなくなるとともに喫水線が少しずつ沈んでゆく。そのまま惰性で桟橋に近付いてきた船は、やがて着岸した。甲板の上から船員がロープを投げ、桟橋にいた係員がそのロープをブロックに括り付けた。

「さて、いよいよだ」

ビエンがつぶやいた。

観光客の一団が降り立って埠頭を横切って行く。その一団から少し間を置いて、小男と女がタラップから姿を現した。

二人は先の集団をある程度やり過ごした後、桟橋の袂まで歩いて行った。団体専用のバスが観光客を詰め込み、白い煙を上げながら出発した。煙が潮風に流れた。乗り場に一台のタクシーが残っていた。二人はそのサニーに乗り込んだ。

ビエンがキーをひねりエンジンに火を入れた。そして前方のサニーのタクシーが動き始めると同時に、クラッチを繋いだ。

サニーは海岸沿いの通りを進み、グランドホテルの角に消えた。

追走して同じくグランドホテルの角を曲がると、サニーは前の交差点で信号待ちをしていた。

「前にクルマを挟む」

ビエンはその数十メートル手前でクルマを路肩に寄せ、サニーとの間に二台クルマを入れた後、再びレーンに戻った。

市街地を抜け、錆付いたフェンスに囲まれたロシア人居住区を通り過ぎ、郊外へと進んで行く。周囲の人家は次第に疎らになり、代わってブナやシイなどの雑木林が道路の両側に迫ってきた。間に挟んでいた二台のうちの一台が横道に逸れていったが、ビエンはスモールライトを点灯させ、あいかわらず適度な距離を保ってサニーを追っている。

やがて中央線がなくなり、路面は単にアスファルトを敷き詰めただけの田舎道になった。前方の二股に分かれた道で、間に挟んでいた一台もいなくなった。日没後の暗がりが森に近付いてくる。前方のサニーがヘッドライトを点灯させた。

「ずいぶんと淋しいところだな」誰に言うでもなく源内がつぶやいた。「あの二人、いったいどこまで行くつもりだ」

ビエンがおれを見た。

「人家も途絶えたし、そろそろいいか」

「ああ」

ビエンは軽くアクセルを踏み込んだ。ブル510はするするとサニーのテールに接近して行く。

「慎一郎君、分かってるね」

少年はうなずくと後部の窓を下ろし、そこから少し顔を出し前方のサニーを見つめる。リアウィンドウに、女の栗色の髪と小男の薄くなった頭部が見えた。ビエンはゆっくりと追い越しをかけてゆく。

ブルが横に並びかけたとき、何気なくこちらを見た女の表情が驚きに変わった。間違いなく少年の顔を認めたのだ。

「よし、そのまま抜きにかかれ」

サイドウィンドウの中、女があわてて運転手になにか言っている。ビエンは打ち合わせどおり急加速を始め、サニーを引き離しにかかった。負けずにサニーもスピードをあげ始めるが、エンジンの馬力の違いでその差は開くばかりだ。

そのまま数キロ走り、十分にサニーを引き離してから、ビエンはクルマを路肩に停車した。

クルマを降りながら、おれは少年に念を押した。

「おれがいいと言うまでは、クルマの中から出ちゃいけないよ」

少年は黙ってうなずく。路上にはおれとビエン、そして源内が出て、後方からサニーが近付いてくるのを待っていた。

やがてサニーのヘッドライトがおれたちを照らしだした。

サニーはブルの後方に停車した。予想どおりだった。

ドアを開けるのももどかしそうにクリスが降り立った。近くで見ると、より一層いい女だった。凜とした顔つきの中に、引き締まった精神が感じられた。

反対側のドアから小男も飛び出してきた。

女は最初にクルマの中の少年を、次におれたち三人を見た。

「彼の父親を、知ってるね？」

言いながら、おれは口の中が乾いているのを感じた。

「ナカニシ・ジュン——昔の名前はモトヤマ・ジュンだ」

一瞬、女は迷ったようだが、次の瞬間にははっきりとうなずいた。横にいた小男があわてて彼女の袖を引っ張る。両者の間で数度、素早いベトナム語のやりとりがあった。おれはちらりとビエンを見た。彼は聞いているよという顔をして、さりげなくおれを見返した。

女は改めてこちらに向き直った。その時には完全に落ち着きを取り戻していた。今の状況を冷静に把握しようとしているのか、いずれにしても、自分の感情の動きをかなり制御できるタイプだと見受けられた。

クリスは口を開いた。

「あなたたちは、そこのボーイとはどういう関係なのかしら」

「彼の父親探しのために、雇われたものだ」

「ボーイに？」

「正確に言うと、彼の祖父にだ」おれは付け足した。「だが、彼の祖父はこのベトナム行きを単なる少年の感傷旅行だと思っている。本当の目的は知らない」

「じゃあ、家族には秘密だというわけね」

「そうだ」

「お金は出してもらっているのに」

「そうだ」

「騙してるのね」

「結果として、そうなる」

「それは、このボーイへの個人的な肩入れかしら」

「そう思ってもらっていい」

女は少し笑った。笑って細長い煙草に火を付けた。

「もうひとつ。どうして父親が生きてると思ったの」

「本人をテレビで見た」

その言葉を聞いた小男が、とたんに顔をしかめた。

「この少年にビデオで見せてもらった」

女は改めて少年を見た。少年はおれを見て車を降りる同意を求めた。おれはうなずいた。少年は車を降り、ためらいがちに彼女に一歩近付いた。

「ぼく、慎一郎と言います」その声が多少うわずっていた。「昨日は逃がしてもらって、ありがとうございました」

彼女はかすかにほほえんだ。

「最初に助けてもらったことを考えると、まだ足りないくらいよ」

すると、少年は彼女をじっと見つめた。

「……その言葉、本気にしてもいいんですか」

「とは？」

「父さんに会わせてもらいたいんです」いきなり、切り出した。「会って、どうしても話しておきたいことがあるんです」

彼女の目が細くなった。

「どんなこと？」

「今、ぼくの家族に起こりつつある、いろんなことをです。このままいくと、父さんは永久に家に帰ってこられなくなってしまう」

「もし、本人がそれでもいいと思っているとしたら？」

その残酷にも思える質問に、瞬間少年はぐっと詰まった。

「それならそれでもいいんです。いや、たぶんそうなんでしょう。でも、たとえそう考えていたとしてもぼくに対しては、いくらかの思いは残っていると思っています。だから、ぼくは父さんに会いたい。たとえ駄目でも、直接父さんの口からその言葉を聞きたい」

「あなたたちが、血の繋がった親子だから？」

「それもあります。でも、それだけじゃないです」

彼女は黙ったまま、少年の次の言葉を待っていた。その雰囲気を感じ取った少年は、再びためらいがちに口を開いた。

「ぼくは生まれたときから、ぼくの今のファミリー、そして会社を継ぐ人間として育つことを決められてました。そういう周りの期待に応えようと、物心ついた頃からよい子の役割を演じ続け、勉強も運動も人に負けないようにと努めてきました。それが、今のぼくです。家族も喜んで、そんなぼくを大切に扱ってくれてます。それはそれで、たしかに嬉しい。感謝もしています。でも一方で、何かが違うとずっと感じてきたことも、また事実なんです」

彼女はじっと少年を見ている。

「父さんはぼくに対して特別に優しかったわけじゃない。むしろ、誰に対してもどこか突き放したようなところがありました。ぼくに対してもそうです。でも、ぼくは父さんと話していると何故かほっとした。今になってみると、それは、ぼくを単にぼくとしてだけ、扱ってくれていたからだと思います。決してぼくを跡継ぎという目では見なかった。たとえぼくができの悪い子供だったとしても、それなりに可愛がってくれたと思います。げらげら笑いながらも冷やかし半分に構ってくれたでしょう。ぼくはそのことを無意識に感じていた。だから父さんの前では、完璧な子供を演じなくてよかった。もっと、気楽でいられた。そんな父さんが、ぼくのことまで完全に忘れているとは、どうしても思えない」

そう言い切って、クリスを見た。

ふっと彼女は笑った。

「泣かせる親子愛ね」一言いうと、煙草を携帯用の灰皿の中で丁寧にもみ消した。「それがあなたの単なる思い込みだとは考えないわけ？」

「考えませんね」

挫けずに少年も言い返す。

「あなたにも、分かっているはずです」

「なにが？」

「父さんという人間が、ですよ」静かに少年は言った。「ぼくの顔を見た瞬間に、その子供だと分かるくらい父さんの近くにいるあなたなら、分かっているはずです」

少年は気付いている。クリスと彼の父親との関係に何かを感じている。一瞬女は目を逸らした。少年が口を開いてからずっとそわそわしていた小男が、再度彼女の袖を引っ張った。女はちらりと小男に目を遣ったが、次の瞬間には再び少年に向き直った。

「……オーケイ、キッド。あなたの願い、私がかなえてあげるわ」

その言葉を聞いた小男は女に向かって小さく何か叫び、少年はほっとしたようにおれを見た。女はおれたちのほうを振り返り、自分たちの乗ってきたタクシーを示した。

「私たちに付いてきて」

そして源内を見ると、

「これで、昨夜の借りはチャラね」

そう言って、パチンと携帯用の灰皿を閉じた。

13

しばらくするとサニーは、本道から逸れて未舗装の砂利道へ切れ込んだ。ビエンもそれを追う。街灯もない暗闇の中、サニーのテールランプが、巻き上がる土埃で時折見えなくなる。タイヤの拾った小石がフロアパンに当たり、乾いた音をたてた。

「しかしどんどん奥地へと入っていくな」シートに体を踏ん張りながら、源内はぼやいた。「こんな人里離れた森の中に、家なんかあるのかよ」

メイもなんとなく不安そうに辺りの闇を見廻している。

「もし、あたしたちを騙すつもりだったらどうするの」

「それでもとりあえず、ついて行くしかない」おれは言った。「それしかおれたちには方法がないんだから」

「でも、なんだか恐いわ」

「あの女に関するかぎり、その心配はないだろう」と、運転しながらビエンは言った。「むしろ、警戒すべきなのは小男のほうだと思う」

「そんな感じだったか」

「ああ」と、前方を見たまま答える。「あの女に対する素振りでも大体は分かったとは思うが、あの男、おれたちをこのボーイの父親には極力会わせたくないらしい」

「と言うと」

「あんたが父親のことを聞いて女がうなずいたとき、小男は女に向かって、正気か？　と小さく叫んだ。女が、むろん正気よ、と答えると、このいちばん大事なときに組織がどうなってても構わないのか？　と食ってかかった。女はそれを無視して再びおれたちに向き直ったんだ」

「このいちばん大事なとき？」

「ああ」とビエン。「たしかにあの小男はそう言った」

「いったい何のことだ」

「昨日言っていた倉庫とか積み込みとかに関係があるのかしら」

「どうだろうな」

「とにかく、あの小男には用心したほうがいいと思う」と、ビエンはもう一度繰り返した。「何かを仕掛けるとすれば、あいつだ」

細い砂利道はアップダウンを繰り返しながらも、ゆっくりと登っているように感じた。何度目かのカーブを曲がったとき、前方の暗い丘陵の中腹に、そこだけぽつんと灯りが見えた。全貌はよく分からないが人家、それもその灯りの数からして、相当な大きさの建物のようだった。

カーブを曲がるたびに灯りは次第に近付いてきていたが、やがて急勾配の坂にさしかかった時、目の前の坂に遮断されて完全に見えなくなった。長い上り坂だった。前方のタクシーからひときわ高くなったエンジン音が聞こえる。勾配にあわせてギアを落としたのだ。次いでビエンもギアをセカンドに落とした。二台のクルマは時折砂利道に足をとられながらものろのろと登ってゆく。

「こんな長い坂、久しぶりに見たぜ」車内に漂う重苦しい雰囲気を感じてか、源内がおれに話しかけてきた。「関東じゃ、こんな坂めったにないもんな」

おそらく故郷《くに》の長崎のことを言っているのだろう。おれは黙ってうなずいた。

突然前の車が見えなくなったかと思うと、坂道は何の前触れもなく急に終わった。平地に辿り着いた二台のクルマのライトが、その前方に広がった光景をくっきりと照らしだした。

「こいつは……」

思わず源内がうなった。

ヘッドライトの先、深い森をかなりの規模で切り開いたその平地のいちばん奥まった場所に、白い洋館が忽然と浮かび上がっていた。おそらくフランス植民地時代の支配者階級のものだろう。典型的なコロニアル様式の二階建の建物で、整然と並んだいくつもの窓からはカーテン越しに煌々と灯りが漏れている。

タクシーはさらにゆっくりとした速度で前進し、門の手前で停まると、ヘッドライトを消した。ビエンもそれにならう。再び周囲の森から暗闇が迫ってくる。

煉瓦造りの門から中へと続く車廻り。植込の中に建つ外灯に照らしだされ、その古い洋館はぼうっと浮かび上がって見えた。

サニーからクリスと小男が出てきて、おれたちにも降りるよう身振りで促す。しかし、彼らとともに洋館に歩み寄っていく途中、どうもその外観に異様なものを感じた。

よく見ると正面の窓ガラスが何枚も割れ、中には窓枠ごと壊れている部分もあった。壁には銃弾の炸裂したような穴がいくつも出来ており、玄関、車廻りの前の白い円柱には、どす黒く血のこびり付いた跡がある。扉の両側に用心棒らしき男が二人立っていたが、一人は頭に包帯を巻き、もう一人は肩から腕を吊っていた。この状況はクリスと小男にとっても予想外のことだったらしく、あわてて二人に駆け寄って行く。両者の間を激しくベトナム語が飛びかう。

ビエンがおれを向いた。

「どうやらキャッツクラブの襲撃を受けたらしい」

「なんだって」

「今朝がたのことのようだ」

「おい、長瀬。あれ！」

そう源内が叫んで、庭の奥を指差す。藪の中に突っ込まれた、ダーク・グリーンの車体。あいつらのダッジだった。その横には昨日見た白いカローラも止まっている。

玄関に立ったクリスが、おれたちを手招きした。

「これは一体どういうことなんだ」

玄関の手前で足を止めると、おれは質問した。

「大丈夫、ちょっと敵対する組織に襲われただけよ。騒ぎはもう一段落してるわ」

「キャックラブだな」

女は少し驚いたようだった。

「知ってるの」

「おれたちも襲われた」

「昨日のホテルでのこと？」

「その前にだ」

「どうしてあなたたちを」

「それが分かれば苦労はない」

クリスは素早く警備の男に言葉をかけ、それに男が答えた。

「大丈夫。全員捕まえて監禁してあるそうよ」

そう言って、その玄関の重そうな扉に手を伸ばしかけた。

「あの小男はどこへ行ったんだ」

念のため、おれは聞いた。

「カンのこと？」クリスはふふっと笑った。「一目散に地下の倉庫へ行ったわ。ここが襲撃を受けたと知って、いても立ってもいられなくなったのよ。彼にはもうあなたたちの邪魔をする余裕はないわね」

「そこに、何があるんだ」

「カンにとっては命の次に大事なものよ」クリスは答える。「ベトナム全土、カンボジア……三年かかって集めてきたわ」

「だから、それは何なんだ」

「焦らなくても、もうすぐ分かるわ」彼女は言った。「ボスに会えばね」

「ビッグ・フットのことか？」

再び女は笑った。

「ずいぶんいろいろなことを知っているみたいね」そう言って、扉を押し開けた。「でも、違うわ」


玄関を入ると、内部は二階まで吹き抜けの大きなホールになっていた。床は一面が大理石張りで、中央には高価そうなペルシャ絨毯が敷かれ、その両側に黒檀のテーブルとチェアがそれぞれ置かれている。

中に立っていた数人の男たちがクリスを見て目礼し、その後に続くおれたちを見てちょっと驚いた顔をしている。昨夜のレックス・ホテルで見覚えのある男たちだった。彼女は構わずどんどんホールを横切って、二階の回廊へと続く階段の手摺りに指をかけた。後ろも見ずにそのまま階段を登ってゆく。

「会わせる前にひとつ、言っておくことがあるわ」

階段を登りきった場所で、クリスはおれたちを振り返った。

「ジュン……ボーイの父親は、あなたたちがベトナムに来ていることをまだ知らないの。だから誤解しないでちょうだい。決して知っていて会おうとしなかったのではないことを」

「それは、あんたたちが意図的に報せなかったということか」

「そういうことになるわね」

「なぜ」

「あなたたちの出現が、今の私たちの仕事の邪魔になる。そう判断したからよ」

少年がたまらずに口を開いた。

「でも、どうして急に会わせてくれる気になったんです？」

彼女はじっと少年を見た。だが、その問い掛けには答えず、次の瞬間には再び先頭にたって廊下の奥へと進みはじめた。

行き止まりにあるドアの前で立ち止まると、そのノブに手を掛ける彼女の動作に、一瞬の間があった。

そして、小さく吐息を洩らした。女は少年を振り返った。

「彼に最初に助けられたのは、私だったわ。それから四年間というもの、私はジュンのそばを片時も離れなかった。言葉が不自由だった頃は、彼の耳となり口となってね。そしてこれからも、できればずっと一緒にいたいと思っている」

「……………」

それはほとんどささやきに近い言葉だった。

「だから、お互いの間にわだかまりは作りたくないの。でも、彼があなたについていかないことを願っている。……分かってちょうだい。あなたには不本意な話かもしれない。でも、彼を愛しているの」

そう告げると、ドアを内側に開け放った。

部屋の奥のテーブルに両手を突いていた大男が、何気なくこちらを振り返った。デンだ。彼はクリスを、ついでその後ろにいたおれたちを認めた。一瞬その表情は凍り付き、次いで大きなため息をつくと、天を仰いだ。

身を起こしたデンの後ろから、デスクに座っている男の姿がのぞいた。

強い意志を感じさせる、鋭く尖った顎。太く、くっきりとした眉。黒い瞳が瞬きもせず、じっとこちらを見つめていた。

「……父さん？」

身を硬くしたまま、少年は小さく問い掛けた。

男はデスクに座ったままなおも少年の顔を見ていたが、不意に笑った。

肌は南方の太陽に浅黒くなり、右の頬には小さな刀傷らしき跡がある。だが少なくともその笑顔は、以前写真で見かけたことのある笑い方だった。

「背が、伸びたな」

男の第一声が、静かに響いた。

「百七十センチくらい、か？」

「百六十八センチ、だよ」

かすれた声で少年が答える。四年間。少年が十二歳から十六になるまでのもっとも成長する時期に、この親子は一度も顔を合わせていない。

「彼が、私たちのボスよ」クリスがつぶやいた。「ユニオンの、そしてカンの商売を取り纏《まと》める本当のボスよ」

その言葉に彼女の誇りを感じたのはおれだけだったろうか。隣ではメイが目を丸くしてデスクの男に見入っている。無理もない。自分の所属する組織の黒幕を、初めて見たのだ。

男はいったん少年から目を離すと、そばにいたデンを面白そうに見上げた。そのもの問いたげな視線には、別に相手を責めているようなニュアンスはなかったが、それでも大男の顔色は次第に青ざめていった。

男はデスクに座ったまま、デンの顔を見続ける。

視線に耐えきれず、デンはついに目を逸らした。その狼狽した様子は、とてもあのレストランでボディガードを二人従え、悠々と昼食を食べていた男と同一人物だとは思えなかった。その光景が、この父親の今の力を雄弁に物語っていた。

クリスがあわてて何かを説明しはじめた。ちょっと間を置いて、メイがおれに耳打ちしてくれた。

「あの女の人、デンを庇ってるみたい」と、メイはささやいた。「少年が来たことを黙っていようと言い出したのは自分で、デンはそれに同意しただけだって説明してるわ」

男はおれたち一人一人に視線を移しながらその弁解を聞いていた様子だったが、しばらくしてテーブルの上を指先で叩いた。

とたんに、クリスの言葉は途切れた。

男は立ち上がって、こちらへ歩いてきた。写真で見たとおりの、上背のあるすっきりとした体付きは今も変わっていない。

おれたちの目の前で足を止め、日本語で聞いてきた。

「失礼ですが、あなたがたはいったい何者で、慎一郎とはどういう関係なのですか」

「英語で答えますか？　それとも日本語で？」

男はクリスとデンをちらりと見たが、

「日本語で願います」と、言い切った。「この件に、彼らは関係ない」

おれはハッとした。つまりそれは、この少年との会合が、今後の父親の身の振り方に影響を与えないと言っているのも同然だった。

おれは日本語で答えた。少年の祖父にこの旅行を頼まれたこと、少年の本当の目的は彼の祖父も知らないこと、そしてそれぞれの役割分担を簡単に話した。

父親はそのおれの言葉にいちいちうなずいていたが、

「この方は、どういう?」

と、源内のほうを見て尋ねた。

「いや、こいつは……」

思わず口籠もったおれのあとを、すばやく源内が引き継いだ。

「まあ、おれは興味本位でこの旅行に加わった人間で、いわばオマケみたいなもんです」

そう言って、照れたように鼻の頭を掻いた。

一通り紹介が終わったとき、デンがメイのことをじっと見ているのに気がついた。その視線に気付いたメイは、すっとおれの背後に隠れた。

「父さん――」おずおずと少年は口を開いた。「生きてるんなら、どうして今まで連絡をくれなかったんだ」

父親はじっと少年を見ている。

だが、口は開かない。

「もうすぐ母さん、再婚することになったんだ。覚えてるだろ、東京に本社のあるサクラ宝石。昔おじいちゃんが、できればあそこと手を組みたいってよく言っていた会社だよ。相手はそこの二代目で、結婚の日取りまで決まってる。頼むからすぐに日本に戻ろうよ。そうしないと、もう、間に合わなくなるんだ」

父親は相変わらず黙っていた。もどかしげに少年は言葉を続けた。

「相手には、ちょうどぼくと同じくらいの娘がいる。そしたらぼくもその女の子と兄妹になる。こんなでたらめな話ってないだろう？」

父親の口が動いた。

「母さんは、なんて言ってるんだ」

「母さん？」少年は声を急に荒立てた。「あの人に自分の意志なんかあるわけないじゃないか。今も変わってない。あいかわらずおじいちゃんの言いなりさ。自分だってそんな母さんにとうの昔に愛想を尽かしてたくせに、なんでそんなこと聞くんだよ！」

「シン、シン」それが少年の呼び方だったのだろうか、父親は軽く呼び掛けると、「自分の母親のことを悪く言うのは、よせ」

「どうしてだよ」と、少年は依怙地に答える。「だって実際そのとおりじゃないか」

「おれはいいさ。もともと他人なんだからな」ふっと、父親は口を歪めた。「だが、おまえは違う。産んでもらった義理がある」

「勝手なもんだね」少年は切り返した。「自分が仕込んだんだろ」

おれはその少年が発したとも思えぬえげつないセリフにぎょっとした。だが父親はそれを聞いてゲラゲラと笑いだした。

「そのとおりだ」そう言って、にやっと目を細めた。「言うようになったな」

「四年も会わなけりゃ、少しは成長するさ」

「それを、成長と言うのか」

少年は唇を嚙んだ。

「母さんのこと、うんざりしてたんだろ？」

「いや」父親は笑った。「満足できる相方ではあったし、俺にはそれで充分だった」

「だったらなんで、その結婚生活を最後まで全うしなかったんだよ」

「ある時期から、おれは不要な人間になったからさ」と、父親。「おやじさんにとっては悲願だった直系の跡取りも生まれた。おまえには悪いが、母さんには一緒にいて快適だという以上の愛情はなかったし、彼女もおれによき旦那の役割以外何も期待しなかった。会社は次々と支店を出して安定してきた。そして、おまえは周りの思惑どおり順調に育ってくれた。だからさ」

「…………」

「おまえなら、おれが姿を消しても、色々なことを思いながらも結局はまともな道を歩んでゆくだろうと考えていた。十二歳になるまでおまえとは一緒だった。その年頃になれば、大体の骨柄は見えてくる。おれにとって救いだったのは、おまえがよい子を演じている自分を、充分に自覚して育っていたということだ。おまえは、クレバーな男だよ。もし何かあっても、グレたりドロップアウトするにはあまりにも小さな頃から自分を、そして自分の置かれている立場を知りすぎていた。だから最後で、おれも踏ん切りがついた」

少年は顔を歪めた。

「それでぼくを置いていったってわけか」

「無責任な父親だと思うか」

「他にどう思えって言うんだよ」

再び父親はほほえんだ。

「恨むなよ」

少年はぐっと言葉に詰まった。しかし、次の瞬間には、再び口を開いた。

「父さん。父さんは、まだぼくの質問に、ちゃんと答えてない」

父親は黙って少年を見ている。

「父さんが、自分がいなくなっても大丈夫だろうと考えていたことは、たしかに分かったさ。でも、だからといってそれがいなくなった直接の理由にはならないだろ」

少年は父親の顔を見たまま、言葉を続ける。

「そんなに不満だった——今までの生活が？　それに何故この国なんだよ？　一体ここに何があるっていうんだ？」

父親は顔をしかめた。

「おまえたちとの生活に、特に不満があったわけじゃない」父親は答えた。「ただ敢えて言うなら、あの生活をこれからも続けてゆくことに、気持ちがついていかなくなった」

「……なぜ？」

「気づいてしまったんだよ。おれは、もう」それは、むしろ優しげな口調だった。「四十を前にして、すでにおれの葬儀に参列する連中の顔触れも見える、自分にな。しかもそのほとんどが、くだらぬ義理や立場で参列する輩——おれが本気で付き合った奴など、一人もいない。社会的にはどうあれ、そんな中身のない毎日を送ってきただけの話だ」

「…………」

「こんなおすまし顔の人生。一年、二年と、心は失速していった。このままいけば、間違いなくおれは腑抜けになる。使い物にならなくなる。そうも感じていた。我儘と言われればまったくそのとおりだし、いい大人が何をいまさら、と大多数の人間は思うだろう。また事実、おれの方が変なのかもしれない」

「……」

「だが、それでもおれは満たされたかった。すべておれ自身の世界で、生きてみたかった。そのためには、道義もクソもどうでもよかった。どこかにそんなおれを包んでくれる空気があるはずだと考えていた。おれは、その機会を待った」

そう言って、父親は少年の顔を見た。

「そしてこの国に来たとき、空港から出て街を見たとき、何かが違うと感じた。今まで仕事で行った外国――オーストラリア、タイ、コロンビア、スリランカ――そんな国では感じられなかった何かがあった。その違和感の理由を、どうしてもおれは知りたかった。数日間、仕事の合間を縫って、街をぶらぶらと歩いてみた。路上に散乱した生ゴミ、汗の匂い、夜の街を闊歩する売春婦、肉一切れを買うためにドンの札束を差し出す女、叩き折られた共産党時代のスローガン……やがて、おれは分かった。この国のすべては、まだ原色の混沌のなかにある。未来も、過去も、ごちゃ混ぜになって新しい世界を作り出そうとしている。その雰囲気に、おれは惹かれた。これだ、と感じた。おれの吸いたい空気は、これだ、と。

ここで商売になりそうな話をいくつか小耳にはさんだ時、おれの今までの生活が急速に色褪せていくのを感じた。だが、日本に帰ればそれまでの暮らしに引きずられてしまう自分も分かっていた。だから、ここで一度死ぬ。そうすれば日本との繫がりも消える。それが数日でおれが出した結論だった」

そう言葉を結び、再びじっと少年を見つめた。

「……それで、今、満足なのかい」

「満足だ」

「一度も、後悔したことは、ない？」

「ないね」

少年は食い下がった。

「でも、やがては父さんの今の生活も、日本でのように色褪せて、虚しいものになってゆくとは思わないの」

「そうはならない」

一瞬、少年は黙り込んだ。しかし、次の瞬間にはかすれた声で問い掛けた。

「何故？」

少年から視線を外さぬまま、父親は、静かに言った。

「動かせる明日にのみ、煌《きら》めきはあるからだ」

それっきり、二人は黙り込んだ。

父は子を、子は父を、黙り込んだまま見つめていた。しかし、おれは見てしまった。そう言い放った父親に向けて、一瞬、少年の瞳のなかに、暗い光がよぎったのを——。

それは、この少年の中にだけは、見たくなかったものだった。

知らないうちに生き方に縛られ、いつしか自然な感覚は失われ、しかも気づいたときにはそこから逃げ出す自由もない。

それは嫉妬だった。自分ではどうにもならぬもの、自分にはどうすることも出来ないものから逃れえぬ人間が、そうでない者に向ける、嫉妬だった。

父親の、少年を見る眼差しに一瞬、憐れむような表情が浮かんだ。

どれくらいそうしていただろうか。不意にドアをノックする音が室内に響きわたり、その息詰まるような静寂は破られた。

クリスが何かベトナム語で返事を返すと、ドアが開き、一人の男が姿を現した。時間が、再び正常に流れだした。

男はおれたちを横目で窺いながらも、デンと少年の父親に何かを告げた。

用件はメイが訳してくれた。あの小男が地下室で呼んでいるという。

なおも続く男の報告に、父親は二度三度と顔をしかめた。やがておれたちに向き直った。

「もしよければ、あなたがたも一緒に来てみますか？」少年に対するときとは違う、改まった口調だった。「もうひとつのわたしの商売をお見せしますよ」

おれたちは父親に続いて部屋を出た。二階の廊下を端まで歩き、階段を下り、先程のホールに出た。そのホールの奥の壁に、地下へと続く螺旋階段の入り口があった。

地下室の扉の前に着くと、少年の父親は言った。

「この地下室はもともとワインセラーとして作られてました。この洋館自体、植民地時代に本国から来る高官のためのゲストハウスとして利用されていたという話ですから、そんな時のために大量にワインを保存しておく必要があったのでしょう」

クリスがそのノブを回した。扉が開くと、微かな黴の匂いがツンと鼻を突いた。

広さはおよそ百坪もあったろうか、とにかく地下室としては今までおれが見たこともないくらいの巨大なスペースだった。天井一面にはいくつもの白熱灯が吊されて、その下に整然と並んでいる無数の棚を照らしだしていた。ただし、その棚のなかに納まっているのは、ワインではなかった。

「こいつは、すげぇ」

一番近くの棚を一目見るなり、源内は唸った。それは油紙の上に整然と保管された腕時計、そしてカメラの一群だった。どの品物も天井からの光を受けてキラキラと輝いている。そちら方面に詳しくないおれにも、それらの品物がおそろしくクラシカルなものであることは容易に見当がついた。

源内は棚にかじりつくように、その一つ一つを夢中で物色する。

「ロンジン、パティック・フィリップ、バセロン・コンスタンチン……ひゃあ、この型のバセロンなら日本じゃあ二百五十万はするぜ」

今度は反対側の棚を覗き込む。

「こちらはカメラの棚ですね。ライカ、レチナ、ビトー、ヴェラ、トプコンなんか今じゃあ日本でもなかなかお目にかかれない。こいつはプロミネントIじゃないか。泣かせてくれるよ」

少年の父親はそんな源内を見て、苦笑いを浮かべた。

「なかなか詳しいですね、あなたの連れも」

「すいません、不躾な男で」と、おれは一応謝った。「しかしこれだけの品物をいったいどうやって揃えたんです？」

「全部買い集めたんですよ。ベトナムの全土、そして一部カンボジアを廻ってね。ご存じのとおり、この国の戦争は一九五〇年代から本格的に始まり、それからだんだんと南下してきて七五年のサイゴン陥落で幕を閉じた。社会主義国家の誕生です。北に征服された土地から富裕層は追い出され、当然貴金属商などもほとんど着のみ着のままで逃げ出す始末だった。後にはこれら商品の価値を知らない北軍将校たちの管理する土地となったわけです。むろん当時ずいぶんと荒らされた場所もありましたし、ロレックス、ピアジェなどの、素人にも一目で高級品と分かる品物はほとんどなくなっていました。ただ、一方で誰の目にもつかぬまま、倉庫の中で二十年以上眠り続けていた商品も確実に存在した。わたしはユニオンが軌道に乗った初期の段階から、そこからの上がりのかなりの割合を部下に与え、それら倉庫にデッドストックとして眠っていたものを中心に買い集めました。先程あなたのお連れの方が手に取られたバセロン・コンスタンチンなんかも、いわゆる新古品です。たしか部下が三年前に仕入れてきた値段は、二十ドルそこそこだったと思います」

「二十ドル……」おれは絶句した。「すると、末端価格との開きはおよそ千倍ですか」

父親はうなずいた。

「まあ、わたしたちが業者のオークションに出すときには、もう少し値は下がると思いますが」

「失礼ですが、あなたたちの売値換算で、ここには一体どれくらいのものが保管されているんですか」

ちょっと考えて男は答えた。

「ここから運びだしたものも含めると、おそらく二千五百万ドルから三千万ドルの間でしょう」

おれはサイゴンにも倉庫があることを思い出した。おそらくそこの内容も同様なのだろう。しかもこれらはすべて支払いを済ませてある。ユニオンからの日々の安定収入に加えて、この物価の安い国で既にこれだけの資産をストックしている。この男は、ここまでをたった四年で成し遂げたのだ。

奥の棚の間から、ボードを片手に持った小男がちらりを顔をのぞかせた。最初、小男はおれたちと一緒にいる自分のボスを見て少し驚いたようだったが、デンが隣に立っているのを見て安心したらしく、こちらに向かって盛んに手招きをした。

「失礼」

そうおれたちに断ると、男はデンを従えて小男のほうへ向かった。小男はボスに盛んに何かを訴えている様子だ。だがボスは首を横に振った。

「品物の分類の件で揉めているのよ」

それまで黙っていたクリスが口を開いた。

「ここにある品物は、それぞれその価値ごとに分類されて運びだす手筈になっているんだけど、意見の相違でまだ箱詰めの終わっていない品物だけが残っているの」

ボスは小男の口調に断固として反対している様子だ。しかし小男もさかんに何かをまくしたてている。

二人の後ろに立っていたデンがこちらを振り返ると、黙って天井を指差した。

クリスはそれにうなずくと、おれたちを促した。

「長引きそうだから、ひとまず二階にもどりましょう」


クリスに案内されて二階に戻ると、回廊にエプロンを付けた男が立っていておれたちを別の部屋に案内した。ドアを開けて通されたところは食堂だった。驚いたことに、中央に置かれた細長いテーブルの上には、ワインの大きなボトルとサンドイッチ、ハム、チーズ、サラダなどの軽食が用意されていた。

「すごいな。コックまでいるのか」

おれがそう尋ねると、

「ここには平常でも組織の人間が十人は詰めているわ。人里からも離れているから外食もままならない。だからよ」

そう言って、おれたちに食事を勧めた。朝十時ごろにブランチを取っただけのおれたちは、遠慮せずにテーブルに座った。

席に着いてから五分もたっただろうか、気が付くと少年だけが料理にあまり手を付けていなかった。それまで窓際に立ったまま煙草をくゆらしていたクリスも、それに気づいた様子だった。

「どうしたの、ボーイ。食べないの？」

吸いさしの煙草を片手に、クリスは聞いた。少年の両隣に座っていたメイと源内も、それに同調する。

「ダディーのことは気にしないで、食べたほうがいいわよ」

と、メイが諭せば、

「食えよ、ほら。食えよ」

と、源内も皿を差し出す。

しかし少年はそれにには応えず、クリスのほうを改めて見上げた。

「……ミス・クリス。ひとつ、質問してもいいですか」

クリスは壁から身を離した。軽く肘を押さえた片手の先から、紫色の煙がうっすらとあがっている。

「あなたは先程、最初父さんに助けられたって言いましたよね」

「それが？」

その突き放した言い方に、一瞬少年はひるんだが、

「そして、それからの四年間、片時も傍を離れなかったとも言った」と、言葉を続ける。「父さんがもう二度とぼくの家族の前に姿を現さないことも分かりましたし、こんなことをあなたに聞くのは筋違いかも知れません。でも、最後に教えてほしいんです。父さんが、どうやってあなたたちと知り合ったのかを」

そう結んで、少年は彼女をじっと見た。

クリスはしばらく、その少年の言葉を思案している様子だった。それまで黙々と食事を続けて

いたビエンが、かたりとフォークを置いた。

「もし差し障りがあるなら、おれたちは席を外そうか」

「いいえ」同じく英語で女は返した。「その必要はないわ。ただ、考えていたの。どう説明すればいいのかをね」

そして少年に向き直った。

14

「四年前のあの晩、あなたのパパはサイゴンのナイトクラブにいたわ。工場を誘致しようと躍起になっている現地の業者に連れられてね。接待されていたのよ」

「よく、知っているね」

そうおれが言うと、彼女は口元を歪めて笑った。

「だって私は、その場にいたもの。そのナイトクラブで働かされていたのよ。死んだ親の借金の肩代わりにね。あこぎなクラブだから、当然お客は酒を飲むだけじゃないわ。気に入った娘がいればホテルに連れ出してもオーケイの、いわゆる外国人相手の売春宿……あなたたちも知ってるわね。キャッツクラブよ」

メイは一瞬気の毒そうな顔をして、それを悟られまいと下を向いた。

「あなたのパパの相手には、私が付けられたわ。流暢に英語が話せるということでね。その時には業者とクラブのオーナーの間で話がついていて、話もそこそこに車に乗せられホテルに行った。業者は最初からそのつもりだったみたいね。ホテルのセキュリティの人間にも事前に充分鼻薬を嗅がせていたらしく、私はノーチェックで彼の部屋に入った。通常はほとんどないことだけどね」

「………」

「私は部屋に入ると、シャワールームを使わせてくれるように彼に頼んだ。すると彼は、その必要はないと答えたわ。べつにあんたを抱く気はないからその必要はない、時間がきたら帰ればいいさ、と。

〝どういうこと？〟そう、私は聞いたの。〝あまり、タイプじゃなかった？〟

〝そうじゃないさ〟彼は笑ったわ。〝ただ、人の金でこんなことされるのが嫌なだけだ〟

〝じゃあ、どうして黙ってホテルまで来たの？〟

〝どうせ奴らは会社の金だ〟と彼は言った。〝断ればあいつらのことだ。あんたを気に入らなかったのだと勘違いして、今度は他の女を無理にでも押しつけてくる。だったらあんたの方がいい〟

〝なるほどね〟と私は納得した。〝で、これから二時間、どうするつもり？〟

〝話でも、しようか〟

〝どんな？〟

〝例えば、あんたの勤めている、あの店の話だ〟

私が黙っていると、彼は変なことを言いだしたわ。

〝あの店にはジャンキーの女も相当いるだろう？〟

〝どうして、それを？〟

〝なんとなくぼんやりした表情の女が多かった。もしやと思って数人の腕を見たら案の定だ。針の跡が何箇所もあった。射ち損じた内出血の跡もだ〟

〝……〟

〝あんたは大丈夫なのか〟

〝ええ、私は大丈夫よ〟

〝どうして射たれる女とそうじゃない女がいるんだ？〟

〝あのクラブから逃げ出そうとしたかしなかったかの違いよ〟私は答えたわ。〝クラブの女はみんな借金のかたにあそこで強制的に働かされているのよ。軟禁されながらね。だから脱走を企てた女は無理矢理ドラッグを射たれる。二度と脱走を企てないようにね〟

〝じゃあ、あんたも借金があるのか〟

〝当たり前よ〟むっとして、私は答えたわ。〝じゃなければ、誰があんな最低なところで毎晩毎晩酒臭い客を取らされて働けるっていうの？〟

〝ふむ……〟と、彼は少し考え込んだ。〝あんた、自分の借金を返すのに、あと何年かかる？〟

〝六年よ〟

〝随分と長いな〟

〝親のビジネスの失敗でね。だからよ〟

〝今、その親はどうしている〟

〝父親はサイゴン陥落の時に北軍に殺された。アメリカ兵だったのよ。母親はドイモイのあと食堂を経営し始めたけど、その一年後に過労で亡くなったわ。借金だけ残してね〟

〝つまり、あんたは死んだ者のために義理を果たしているわけか〟

〝そういうことになるわね〟

そう答えると、彼はしばらく私を見つめたわ。あまりにもじっと見られたので、しまいには私も落ち着かなくなってきたくらいよ。

やがて、彼は口を開いたわ。

〝もしもだ。もしもおれがあんたを逃がしてやると言ったら、そしてその後の面倒を見てやると言ったら……〟彼は言ったわ。〝あんた、その六年をおれにくれるか〟

一瞬、私には彼が何を言っているのか分からなかったわ。だってそうでしょう。彼は所詮通りすがりの観光客で、いったい私を逃がして何のメリットがあるというの？

でも一方で、たしかにその言葉にはぐらりときた。六年は長いわ。たとえ借金を返し終わったとしても、その頃には、私も私の体もボロボロになっている。実質的な廃人となって放り出され、あとには脱け殻が残っているだけよ。とにかくあの世界から抜け出せるんなら、あんな惨めな生活から這い出せるのなら、どんな小さな可能性でもつかみたい。だから私は聞いたわ。

〝どうして私を助けてくれようと思うの？〟

すると彼は口元で笑ったわ。

〝それは、逃げ出すことを前提とした上での質問なのか〟

私はうなずいた。

〝話の内容次第ではね〟

少し間を置いて、彼は口を開いた。

〝おれは、このベトナムで死んだ男になるつもりだ〟

一瞬、やっぱり私をからかっているのかと感じた。

でも、その口調から冗談を言っているとはとても思えなかった。

〝法律上では、という意味だ。自分の死を偽装し、日本でのおれの過去を断ち切り、その上でこのベトナムで仕事を始めるつもりだ〟

〝……………〟

〝しかし、死んだ人間に商売は出来ない。おまけにおれはベトナム語は一切出来ないときている。つまり、おれの通訳となって働き、部下を集める段取りをし、かつ商売の表舞台に立ってくれる人間、そして絶対におれを裏切らない人間が必要だ〟

そう言い放って私を見たわ。

〝おれも英語には不自由しない。あんたはそれを人に伝える時、ベトナム語に直せばいい。話した感じ、頭も悪そうではない。今おれの手元にチェックで六万ドルほどある。契約が成立した場合の、手付けに持ってきた金だ。現在のベトナムの平均給与からいっても三十人の部下を一年は充分に雇える額だ。残りは事務所の借り賃にまわし、あんたにはその名義上の借り主になってもらう。おれの計算なら半年で軌道にのるはずだ。今は仕事内容を詳しく話している暇はないが、おれの計算なら半年で軌道にのるはずだ〟

〝そこまで私を信用していいの？〟私は聞いたわ。〝私があなたを裏切るとは考えないわけ？〟

〝考えないね〟彼は言ったわ。〝脱走に成功したとしても、あんたはこれから絶えず組織から追われる身になる。捕まらないという保障はない。だったらおれといた方が安全だ〟

〝どうしてよ〟

〝ここで一度死んだおれはポリスの目もあるし、しばらくの間サイゴンには近寄れない。それはあんたも同様だ。あんたが消えた場合、組織の人間はどうすると思う？　おそらくあんたの縁者、知人に片っ端から当たりをつけてゆくだろう。そこで見つからないときはそのまた知人というふうにな。ところが逃げ出しても金のないあんたは、いずれ、そのうちの誰かを頼る。だったらほとぼりが冷めるまでおれと一緒にリゾートにでも潜んでいたほうがはるかに安全だ。やつらもまさかあんたがおれとリゾート地でホテル住まいをしているとは思うまい。その間におれは仕事の下準備を始める。あんたの協力を得て組織を作り、それに適した人間を集める。それがおそらく半年ぐらいの間だ。準備が完了したところで再びサイゴンに戻ってくる。ただし、おれたちは影の存在で、表舞台に出るのは傀儡だ。そのころには警察の捜査も、組織の捜索も一段落しているはずだが、万が一見つけられたとしても、こちらにも組織の力がある。おいそれとあんたを引っ張ってはいけないはずさ〟

〝でも、もしその商売に失敗したら？〟私は聞いた。〝そしたら私はどうなるの？〟

〝まず半年間、商売の様子を見る〟と、彼。〝それで大体見当がつく。駄目ならその時点でも三万ドル以上の残金はある。あんたの逃亡費用にくれてやるよ。奴らの目の届かないフエやハノイにでも逃げればいい〟

〝あなたは〟私は尋ねた。〝あなたはその後、どうするの〟

〝おれか〟明るく彼は笑ったわ。〝その時は覚悟を決めて首でも吊るさ〟

〝それで、満足なの〟

〝満足だね〟きっぱりと彼は答えた。〝やりたいことをやるんだ。それが駄目で死ぬんなら、別に悔いはない〟

――それで私の心も決まったわ」

ここまで一気に喋ると、クリスはおれたちの顔を改めて見廻した。

「そのあとは早かったわ。私たちはまずホテルから抜け出す手段を考えた。フロントにはキャッツクラブの用心棒が見張っている。裏口や非常階段もホテルのセキュリティが常時監視している。普通にやっても駄目だと私は説明したわ。彼は一度部屋の外に出て行き、しばらくすると戻ってきた。私の言ったことを確認してきたのね。そして少し考えると、こう提案した。

〝非常階段のガードマンは一人だ。一階の階段の踊り場に腰を据えていた。まず、おれが廊下の火災警報機を鳴らす。ガードマンは外からの侵入者を見張るのが商売だ。まさかそれがあんたを外に出すための狂言だとは思わない。だから奴はあわてて一階の非常階段の入り口から中に入ってくる。その隙にあんたはこの二階から非常階段を使ってホテルを抜け出す〟

〝あなたも、一緒に？〟

そう聞くと、彼は首を振った。

〝いや、おれは残る〟

〝どうして〟

〝あんたと一緒におれが逃げる。以後、おれの消息はつかめなくなる。数日後、おれの血糊のついたネーム入りのスーツがこの街のどこかで発見され、警察は事件としておれの捜索を開始する。そしてあんたはおれの失踪の重要参考人となり、組織からも警察からも追われる身となる〟

私が黙り込むと、彼は笑ったわ。

〝な、それはまずいだろ〟

〝でも、だったら、どうするの〟

〝ひとまず、あんたを逃がす〟と、彼は財布を取り出したわ。〝ここに百ドル札が二十枚ほどある。あんたに預けるから当座の用に使ってくれ。気が変わって持ち逃げするならそれでもいい。その時はおれがこの計画を諦めるだけだ〟

〝……〟

〝おれは警報機を鳴らしあんたが無事逃げ出したのを確認したら、急いで部屋に戻りシャワーを浴びる〟

〝シャワー？〟

〝そう、シャワーだ。軽く頭から水を浴びた後、急いでまた服に着替えフロントに駆け付ける。で、あんたの用心棒に尋ねる。女はどこだ、と〟

〝……〟

〝おそらくやっこさんはこう思う。おれがシャワーを浴びている間に、あんたがわざと警報機を鳴らし、ガードマンの注意が外れた隙にホテルを逃げ出した、と。つまり、おれは警報機に驚き、バスルームからあわてて出てきてみると、女に逃げられていた。そんな間抜けな男という役回りだ。おれがあんたを逃がしてやる必然がない以上、間違いなく奴はそう判断する。そのままおれは数日間ホテルに滞在し、こっちの業者との商談をまとめる。その手付金のためにチェックすべてを現金に替え、ホテルに帰る途中でおれは失踪する。そしてさっきも言ったとおり数日後、おれのスーツがどこかで見つかる〟

打ち合わせどおり私はホテルからそっと抜け出した。そして四日後に、このブンタオで彼と落ち合った。ホテルに腰を落ち着け、彼の計画を聞いたわ。そこで彼が打ち明けた話が、このユニオンの設立よ。私たちは一週間ほど、あらゆる場合を想定してこの商売の穴を検討してみたわ。結果、どう考えても計画に遺漏はないように思えた。多少の危険以外はね。そしてもうその頃には、私もそのプランに相当乗り気になっていたわ。

もしこの計画がうまくいくなら、多くの売春婦を救うことが出来る。もちろんこれは彼にとってはビジネスだと分かっていたわ。それでも、私のような境遇の売春婦に格段にいい環境を与えることが出来る。そう感じたの。

次に取り掛かったのが組織の構成員の募集だった。危険をともなう仕事である以上、集める人間も単なる一般人では使いものにならない。かと言って、始終暴力を誇示するようなごろつきでも困る。まず、格闘の技に通じ、必要とあれば火器の扱いもある程度出来ること。次に、組織の規律を乱さず、上からの指示を忠実に履行することに順応する資質。彼は笑って言ったわ。兵士か元兵士でも集めるしかないだろうな、と。それを聞いたとき、私はピンときたの。地方紙に小さな広告を出した。ボディガード求む。解放前、解放後にかかわらず、軍の経験者優遇。そして何十人もの男を面接して五人を採用し、さらにその五人の中からリーダーを選んだ。それがデンよ。その五人のそれぞれに、軍時代の自分の知り合いの中でもっとも信用のおける人間を連れてこさせ、さらに二十人ほど雇い入れた。それが今のユニオンの基礎のメンバーになったわ。仕事は三ヵ月目から軌道に乗った。利潤が安定してきた段階で彼はさらに次のビジネスに手を出した。

そのパートナーに選んだのが、さっきの小男、カンよ――」

そこまでクリスが話したとき、不意に部屋のドアが開いた。振り返ると、少年の父親がデンを従えて部屋に入ってきた。

「区分けは終わった」

おれたちに気を遣っているのか、英語で少年の父親は言った。

「積み込みは？」

同じく英語でクリスが尋ねる。

「あと小一時間だ」と、少年の父親。「済みしだい、出発する」

「分かったわ」と、クリス。「でも、あの連中はどうするの？」

「キャッツクラブか」彼は少し思案した。「奴らのボスとの交渉に使う。縛ったまま船底に転がして、サイゴンまで連れて行く」

「その前にあいつらにちょっと吐かせたいことがあるんだけど」

そう言ってクリスはおれたちが連中に襲われたことを伝えた。

「あいつらに？」

ちょっと驚いた様子で少年の父親はこちらを見た。

「どうしてです？」

「それはわたしたちにも分かりません」

そう言っておれは連中に襲われた経緯を簡単に話した。少年の父親は興味深そうにおれの話に聞き入っていたが、やがて、

「……ふむ」

そう一度つぶやくと、後ろのデンを見上げベトナム語で何かささやいた。デンはその言葉にうなずくと、おれたちを見た。

「あんたたちも、ボスと一緒に来たらいい」

そう英語で言った。


一階の奥の倉庫の中に、キャッツクラブの男たちは監禁されていた。

扉を開けたクリスが室内の電気のスイッチを入れると、その床に手足を縛られたまま転がされていた男たちは一瞬眩しそうに眉をしかめた。

手前で壁に寄り掛かっていた何人かには見覚えがあった。二日目におれたちを追跡してきた男たちだった。いずれも無傷ではない。頭や顔に痣があり、乾いた血の跡がこびりついている。それが昨夜の戦闘の激しさを物語っていた。

「しかし、なんでこいつらはおれたちのことを尾け廻してたんだろう」

源内がつぶやいて、一人一人の顔を見てゆく。おれも同様だった。手前から順に男たちの顔を見て行く。その一番奥で、顔をそむけるようにして座っていた男の横顔に、ふと目が留まった。

その男の顔には、手前に転がされている男たちと同様、なんとなく見覚えがあるような気がした。しかし、どこでだろうか？　この前ダッジで追われた時ではなかった。かといって、昨夜のレックス・ホテルでもない。

男はおれの視線に気付いたのか、一瞬ちらりとこちらを見た。その白目の勝った視線と、おれの目がぶつかった。

セブンスター……日本人？……瞬間、おれはひらめいた。

「あっ、おまえ！」

そう大声をあげると、男は反射的に再び顔を逸らし、数秒後、がっくりと首をうなだれた。

15

深夜にブンタオを出て、途中ビンタイン区のホテルを経由し、朝七時過ぎにフローティング・ホテルに戻った。

フロント脇のレストランでメイとビエンに待ってもらい、おれたち三人は部屋に入った。しばらくの間、少年と源内は無言だった。おれも、ただ黙って煙草の吸い差しが長くなってゆくのをぼんやりとながめていた。

軽いため息をつき、源内がつぶやいた。

「――やっぱりやめといたほうがいい」源内は言った。「それで一体なんになるっていうんだ」

おれは少年を見た。少年も黙ったまま、おれを見ていた。知りたくはない。だが、彼がそれを望んでいることは明らかだった。

おれは煙草をもみ消すと、受話器を取り上げた。

「おい、そんなことをして何になる」

いらだったような源内の声。

しかし、おれはかまわず国際電話のダイヤルを回した。社長室への直通の電話。接続のノイズ音が聞こえてくる。日本時間で九時三十分。もう会社には出てきているはずだった。スリーコールで相手は出た。

「はい、もしもし中西です」

低く錆びたその声。この声を聞くのは、おそらくこれで最後になるだろう。

「もしもし？　こちらジュエリー・ナカニシですが」

少年がサイドテーブルの上の子機をそっと持ち上げているのが目に入った。

「社長、おはようございます。長瀬です」

「おや、君か」やや相手のトーンが変わった。「どうしたんだ、こんな朝早くに？」

「今日が最終日なんです」おれはどうしても口調がそっけなくなるのを押さえきれなかった。

「十一時のフライトで、バンコク経由、明日成田に着きます」

「知ってるよ」社長は少し苛立ったように、「行程表は君から貰っている」

「そうですよね」おれは努めて平静を保とうとしていた。「そして、社長の家族の他にもその行程表を持っている人間がいた」

数秒の無言のあと、相手は言った。

「事実を言ってるんです」

「君はいったい何を言ってるんだ？」

「いったい、何のことだ」受話器の向こうで焦りだしている相手の姿が目に浮かんだ。「何を言っているか、わしにはさっぱり分からんぞ」

おれはため息をついた。

「もう、とぼけるのはやめにしてもらえませんか」

「なに？」

「赤水会の男ですよ」おれは言った。「いつかあなたの部屋に名刺が置いてあった」

「……」

「あの男は政治家の秘書なんかじゃない。あなたとどういう繫がりなのかは知らないが、間違いなく暴力団関係の人間だ」

「……………」

「わたしもうかつでしたよ。慎一郎君でさえビデオにとって見ていたベトナムの特集番組を、一度は現地工場を建てようとしたあなたが見ないはずがなかったんだ。当然彼と同様、あなたもあの画面を見た。そして以前雇った現地の人間に再び調査をさせ、父親の現在の立場をつきとめさせた。違いますか？」

相手は相変わらず黙ったまま、受話器の向こうにいる。かまわずおれは続けた。

「あなたは、慎一郎君がベトナムに行きたいと言い出した本当の理由を知っていた。その上でオーケイを出した。何故ならあなたは彼を父親に会わせないつもりだったからだ。あなたはわたしに言いましたよね。万が一の連絡先に、行程表の中に現地の旅行代理店のアドレスも入れておいてくれ、と」

「……………」

「あなたはそれをあの男に渡し、わたしが手配したランドの手配を全てキャンセルさせた。これで、いくらかは捜索を滞らせることが出来ると考えた。しかし用心深いあなたは、絶対の保障を求めた。彼の父親の組織に敵対するグループを調べあげ、あの男を送り込んだ。おそらくあの連中に多少の資金援助を申し出てね。その上で、わたしたち一行の行く手を妨害し、脅し、捜索を諦めさせようとした。最悪の場合は彼の父親を拉致してもいい、そうあの男に伝えましたね。だからあなたは、あのチャイニーズマフィアを選んだ。彼らなら父親を拉致し、望めば喜んで殺してもくれるでしょうからね。そしてわたしたちが辿り着く前に、彼の父親の本拠地に夜襲をかけさせた」

「何を根拠にそんなことを言う」

「見たからですよ」おれは駄目押しした。「襲撃に失敗し、ユニオンのアジトに捕まっている彼らをね」

一瞬、息を呑む気配を受話器の向こうに感じた。

「慎一郎もか」

「むろん、そうです」

「なんてことだ」しかし次の瞬間には、咳き込むように聞いてきた。「で、慎一郎は、慎一郎は今どこにいる？」

おれは反射的に少年を見た。少年は受話器を持ったまま激しく首を振った。

「ここにはいませんよ」

「まさか……父親に付いていったのか」

「いいえ、彼は今このホテルの売店にいます」

「知っているのか、慎一郎は今君が言った事実を？」

再び少年が首を振るのを、目の隅でとらえた。

「知りませんよ」おれは咄嗟に出鱈目の筋書きをこしらえた。「あの赤水会の男に気付いたのはわたしひとりです。彼の父親も、ユニオンの人間も気付いてはいない。ユニオンのアジトに捕まっていた彼らの中に、あの男の姿を見かけたのでピンときた。この事実は今のところ、わたし一人の心の中にしまったままです」

「そうか」

社長はあきらかな安堵のため息をついた。

「それであの赤水会の男はどうなるんだ」

「どうもならんでしょう」と、おれはむしろ諭すように続けた。「ユニオンは、あのキャッククラブの襲撃はもともとの敵対関係に起因するものだと考えている。適当な交換条件といっしょに釈放ということになるんじゃないんですか」

「そうか……なるほどな」

社長はようやく落ち着きを取り戻し始めた。

「……その、君には済まなかったと思っている。結果的に騙すようなことになってしまったが、これは決してわしの本意ではなかったことだけは分かっていてほしい」

「本意ではなかった？」おれはこみあげてくる怒りに任せて一気にまくしたてた。「冗談も休み休み言ってくださいよ。おれも慎一郎君もあんたの馬鹿げた工作のおかげでどれだけの被害をこうむったか。慎一郎君をわざと危険な目に遭わせて、万が一、とり返しのつかない怪我でも負わせたらどうするつもりだったんですか。いいですか、あなたにはこんな計画に踏み切る前に充分な時間があったはずだ。その前に、何故あなたは、ベトナムでの暮らしをやめて日本に戻ってくるようにと、彼の父親を説得しようとしなかったんです？　よしんばその説得に失敗して彼の父親がこの国にいることを望んだとしても、あなたは慎一郎君がベトナムに行くと言ったとき、何故ノーと言わなかったんです？」

受話器の向こうから、疲れたような笑いが洩れた。

「長瀬くん、きみには何も分かっとらん」

「何が、です？」

「けじめとは、そういうものだ」

「けじめ？」

「もし君があいつだったとして、わしがかき口説いたからといって、おめおめと日本に帰ることが出来るか？　たとえこれまでのことは水に流すと言われたとしても、息子以外はもともと他人の家族だ。どんな顔をして戻ってこられるというんだ？　家族だけではない。専務取締役だった男が、いったいどんな体裁を付けて以前の部下のいる会社に復帰できる？」

「………」

「ベトナムに残ると決めた時、奴も当然それくらいの覚悟はしていたろう。最悪の場合、のたれ死ぬ覚悟もな。奴は、そういう男だ。十三年も一緒に仕事をやってきたんだ、それくらいは分かる。ましてや、調べによると奴の仕事は順調らしい。過去の生活に帰ってくる有利な材料は何もない。そんな男にいまさらわしが何を言える？」

「でも」と、おれは口籠もりながらも言い返した。「それでもあなたは、慎一郎君がこの国に行くと言い出したとき、止めることは出来たはずだ」

「出来るわけがない」社長の乾いた笑いが聞こえた。「わしがベトナム行きに頑強に反対すれば、おそらく慎一郎は最後には、父親がベトナムで生きていると言い出していただろう。そうすれば、再婚話も会社の提携もすべて白紙に戻り、娘は四年前よりもさらに手痛い打撃を受ける」

「………」

「そして、やはり慎一郎は父親に会いに行っただろう。なんとしても父親を日本に連れ戻すためにな。だが、奴は戻ってはこない。絶対に。最悪の場合、慎一郎は奴に取り込まれてしまう。たった一人の孫までもが、日本に帰ってくることもなくベトナムに残る道を選んだら、わしは一体どうすればいい？　わしが行商から身を立てて、やっとのことで築き上げてきたこの会社――そして慎一郎は、わしが会社以上に精魂をこめて育て上げてきた、唯一の希望だ。呑継ぐにふさわしい資質の持ち主だ。遺志を託せる者がいて、初めてわしの人生は完結を迎えられる。それを諦めて、どこの誰とも分からぬ馬の骨に跡を継がせろというのか？」

「………」

「だからわしは父親に会えぬよう策を立て、その上で随行に君を付けた。君なら単なる仕事の添乗員と違って、危険な目に遭っても決して警察に駆け込んだりしない。そんなことをすれば、孫の本当の目的まで警察に報告しなくてはならないし、やがてはわしの耳にも入る。それが君には分かっていたからだ。わしはあくまでも慎一郎が観光に行ったこととして、帰ってきたときには何事もなかったかのように家に迎え入れたかった。わし自身も、慎一郎も、永久に胸にしまいこむ。これが最良の選択のように思えた」

「すべては、計算の上だったんですね」

「まさか、父親を見つけだせるとは思ってなかったがね」

「協力者に恵まれたんですよ」

「しかし、その協力者を集めたのは君の力だ」そう言って、大きなため息をついた。「実際、これは変な意味でなく、君はよくやってくれた」

「それは、どうも」

そう言って、おれは静かに受話器を置いた。

源内は窓際で背中を見せたまま、黙って煙草を吸い続けていた。そして、少年も音もなく受話器を置いた。その左手首に、アンティークの腕時計が光っている。黒とゴールドで品よくまとめられたパティック・フィリップという年代物の時計だった。彼の父親が昨夜、少年に与えたものだ。

赤水会の男からすべてを聞き出した昨夜から今日の未明にかけて、おれたちと少年の父親はブンタオの港にいた。洋上にぽっかり浮かんだ月が、積み込みの終わった小さな貨物船を照らしだしていた。舷側にちゃぷちゃぷと波が当たっていた。

やがて少年の父親は甲板の上に姿を現した。クリスとデン、小男のカンも後ろに立っている。甲板の上の四人は、そのまま埠頭にいるおれたち五人を見下ろした。

父親はしばらくおれたちを見下ろしていたが、やがて口を開いた。

「おやじさんのこと、変なふうに考えるんじゃないぞ」

そう少年に話し掛けた。

「家族を捨てたおれなんかより、ずっとおまえのことを考えてくれている。会社の跡継ぎとしてを含めてであっても、おまえは大事に思われている。この件に関しては帰っても知らんぷりしてやることだ」

「……分かったよ」

少年がうなずくと、父親は急ににやりとして頬を撫でた。

「さて。とまあ、ここまでは無責任にも蒸発した父親の、とおりいっぺんのアドバイスだ」

その言葉に、少年は再び顔を上げた。

「で、生臭い意見を言わせてもらえば、おそらくおまえはこれからなかなか大変な立場に置かれることになるだろう。母さんとその相手の男が結婚するとなると、おまえが言ったとおり、当然その相手方の娘とも兄妹になるわけだ。一緒に住むのかどうかは知らないが、いずれにしてもおまえにとっては非常にきつい状況だ」

「………」

「ことはそれだけじゃおさまらない場合もある。おまえの母さんと再婚相手の間に、子供が生まれるかもしれないし、その場合、ゆくゆくは跡継ぎの問題が出てくるだろう。なにしろジュエリー・ナカニシの跡継ぎであると同時にサクラ宝石の跡継ぎにもなれる。そして、さっきおまえから聞いた会社の状況からして、この二社が合併することも充分考えられる。その時に、おまえにとっては継父ということになるが、その男がおまえに対してどういう感情を抱くかということもあらかじめ考えておかなくてはならんぜ。

おそらくおやじさんがおまえの後ろ盾になってはくれるだろうが、おやじさんもよくて現役はあと十年ぐらいだろう。後ろ盾をなくし、そんな家族の中でさらにつらい立場に置かれたとしたら、おまえ、どうする？」

少年はしばらく考えた後、答えた。

「その状況になってみないと、分からないよ」

「だろうな」

そう言って、父親は後ろを振り返り、小男にうなずいて見せた。小男はうなずき返すと、それまで手に持っていた小箱を少年にかざしてみせた。

甲板からゆるい弧を描いて投げられたその小箱を、少年は器用に受けとめた。

「中を開けてみろ」

父親が言った。言われたとおり少年がその蓋を取ると、中から出てきたのは、クラシカルな、だが真新しい腕時計だった。黒とゴールドを基調としたその時計を手に取り、少年は父親を見上げた。

「パティック・フィリップのＲｅｆ２５２６という時計だ。一九五五年製だが、未使用に近い状態《ミント・コンディション》のもので、捨て値で売っても、鑑識眼のある古物商なら四百万ぐらいで買い取ってくれる」

源内がかすかに口笛を吹いた。

「もしおまえが家を出て行きたくなったら、それを持って青山にある〈イースト・マイスター〉という貴金属商を訪ねるんだ。で、おまえはおれの名前を出して、その時計を金に換えろ。今後十年は、そこの店主に、おれの連絡先が常に分かるようにしておく。その気になれば、その資金でおれのところにくることも出来る。おまえがおれのところに来るつもりもなく、さりとて家族にも頼らず一人きりで生きてゆきたいのなら、その新生活を始めるための金として使ってもいい。念のため、店主にはそれと同程度の時計を十個ほど預けておく。その後の生活費、あるいはもしおまえが将来事業を始めたくなったとき、必要に応じて随時換金していけばいい」

そう言い終わると父親は、埠頭の男に顎をしゃくってみせた。男は巻き取ったロープを甲板の上に放り投げ、デンがそれをつかんだ。船のエンジン音が高まり、ゆっくりと船体が桟橋から離れ始めた。

「じゃあな」

離れゆく船上で、彼の父親は笑った。

「もっとも、また会うことにならないほうが、おまえのためにはいいのかもな」

舳先が向きを変え、おれたちのほうから甲板は見えなくなった。雲が月を覆い、船は暗い海の彼方に吸い込まれ、やがて消えていった。

それで終わりだった。


ぼんやりと物思いに耽っていた時、おれたちの部屋の電話が、突然けたたましく鳴り始めた。受話器を取り返事をすると、フロントにおれ宛ての客が来ているという。おれは二人を部屋に残したまま、一階に向かった。

エレベーターでホールに降りると、そこにはあの片目の大男、デンが紙袋を下げて立っていた。エントランスの脇では、フォングーラオ通りでも見かけた付き添いのボディガードが二人、外を見張っている。

「あんたに渡しておきたいものがあってな」

デンは言った。

「それで、ちょっと立ち寄った」

「ちょうど良かった」おれも言った。「出来ればおれも二、三あんたに頼みたいことがあったんだ」

「頼みたいこと？」

おれはデンを隣のカフェに誘った。カフェの中にいたビエンとメイは、おれとデンが一緒に入ってきたのを見て驚いた様子だった。特にメイのほうはデンの顔を見てぎょっとした様子だったが、おれが目で制するのを認め、浮かしかけた腰を再び椅子に戻した。デンはそんなメイの態度をちらりと見たが、べつだん何も口にしなかった。

おれとデンは二人から離れたテーブルについた。

「あんたのボスは、まだサイゴンに？」

いいや、とデンは答えた。

「サイゴン《こっち》からの積み込みは、夜明け前に終わった。今頃、南シナ海の上だ」

「あんたは、付いてゆかないのか」

デンは肩をすくめた。

「おれはユニオンが本業だし、女たちも年中無休なんでな」

「なるほど」

「二日も事務所を空けた。この件が終わりしだい、事務所に戻るつもりだ」

「つまり、あまり時間はない、と？」

「そういうことだ」

「オーケイ」と、おれは聞いた。「じゃあ、どうする。あんたの用件から先に聞こうか」

「いや。まず、あんたの話から聞こう」

「二つある。まずは、あのキャッツクラブの連中にまぎれこんでいた日本人の件だ」

おれは事情を簡単に説明した。日本にいる少年の祖父に対しては、あの男が喋ったことを少年が聞いたことにはなっていない。したがって、あの日本人が帰国したとき、少年の祖父に事実を報告されるのはまずい。だから、あの男は捕まっておれたちに会ったときもその正体を悟られなかった——とりあえず、男にそう報告させるよう仕向けてほしい、と。

「ふむ」と、デンは話を要約した。「つまり、あの日本人に、少なくともあんたらには自分の正体がばれなかったと、あのボーイのグランドファーザーに報告させろと？」

おれはうなずいた。

「だが、奴はそれを承知するのか？」デンは、あっさりと言ってのけた。「そんなややこしいことをするより、むしろ二度と口をきけないようにした方が簡単だし、確実だぞ」

「それは、まずい」その言葉の意味を考え、おれはあわてて言った。「あの日本人は、間違いなくその条件を呑む。奴はすでに大きな失態を二度もおかしている。ひとつ目は、おれたちをあんたらのボスに会わせてしまったこと。ふたつ目は、あんたたちに捕まってしまったことだ。その上、あの少年に自分の正体が知られた報告までしなくてはならない。たとえ報告するにしても、自分のミスは一つでも少なくしたいはずだ。あんたがうまく説得してくれさえすれば、間違いなくその条件を呑むよ」

「分かった」デンはうなずいた。「まあ、なんとかやってみよう」

「次は、メイの件だ」

おれがそう言うと、デンはニヤリと笑った。

「やはりな。そうくると思ってた」

「そうか？」

「つまり、あの女が情報収集におれを利用したことを忘れろと言うことだろ」

「手前勝手で申し訳ないが、そうだ」

「しかし、部下に対するおれの面子はどうなる。あの場にいた奴らは、おれがあの女にいいように利用されたことを知ってるんだぞ」

「しかし、その時はまさかあの少年の父親があんたらのボスだなんて思ってもいなかったんだ。あくまでもキャッツクラブの情報を引き出そうとしてああいう形になった。このことだけは理解してほしい」

「だが、動機がなんであろうと騙されたのは騙されたんだ。部下の手前、それなりの仕置きは考えなくちゃならない」

デンはゆずらない。一瞬考えて、おれは言った。

「じゃあ、こういうのはどうだ。レックス・ホテルでおれたちはクリスを助けた。あんたも部下もその件では助かった。そこで、あんたはそれに免じて、今回のメイの件は大目に見てやった――これなら部下に対しても示しがつくだろ？」

デンは穴が開くほど、じっとおれの顔を見た。だが、直後には笑いだした。それこそ獅子が吠えるような笑い声だった。周囲の客が驚いてこちらを振り返る。

ひとしきり笑ったあとのデンの目は穏やかだった。

「ったく、よく口の回る日本人だ」

「これだけがおれの商売道具なんでね」と、おれはせっついた。「で、どうだ？」

デンは、胸ポケットから取り出した葉巻に火を付けた。そして再び笑った。

「安心しな。実を言うと部下には、ほぼあんたが言ったとおりの言葉でこの件は差し引きゼロだと伝えてある。今のはちょっとあんたをからかっただけだ」

「からかった？」

デンはうなずいた。

「たしかに今あんたに話したとおり、部下に対する面子の手前はあった。ただ、ボスの子供を案内してきたメンバーを後で痛め付けたと言われでもしたら、これもまた格好悪いもんだ。で、おれもいろいろと言い訳を考えたあげく、今のあんたと同じ結論に辿り着いたのさ」

「なるほど」

「じゃあ、これであんたの頼みは終わりだな」

「最後にもうひとつ、これは単なる質問だ」おれは前々から気になっていたことを口にした。

「あんたのボス、なんであんなところで魚をさばいていたんだ」

「去年の夏の、あの事件の時か」

「そうだ」と、おれ。「そもそもあの撮影がきっかけで少年もおれたちもここに来ることになったんだが、よくよく考えてみるに、そのころはあんたのボスも、もう相当な羽振りになっていたはずだ。部下の手前もあるだろう。それなのに、なんであんな貧相なところで魚をさばいてたりしたんだ」

デンはしばらく考えてから、窓に長い煙を吹き出した。

「……サービスだぞ。これは本来、ユニオンの組織員しか知らないことだ」

そう言って、にやりと笑った。

「あの魚屋の屋台はな、いわばダミーなんだよ。本来の目的は、市内巡回役たちの情報の中継点だ」

「中継?」

デンはうなずいた。

「外国人専用のホテル街の、ちょうど中心にあるのが、あのベンタン市場だ。市内を見廻るボディガードは、一日一度は必ずあの前を通らなくてはいけない決まりになっている」

「なぜ」

「ボディガードは昼も夜も絶えず街の中を移動している。だから彼ら同士で連絡を取り合うのはなかなか難しい。そんな時には、必ずあの屋台に伝言を残しておく仕組みになっている。そこで彼らはお互いに情報を交換しあう。当時は敵対組織との抗争が頻発していて、ボスもよくあの屋台に出張っていた。キャッツクラブや他の組織が、街でどんな動きをしているかを市内の巡回役に逐次報告させ、万が一の場合は、すぐ陣頭で指揮を執れるよう備えていた」

「そういうわけだったのか」

「ああ見えて、うちのボスはけっこう働き者だ」と、思い出したように時計を覗き込んだ。「じゃあ、おれもそろそろ仕事に戻らせてもらおう」

デンは葉巻を消すと、席を立ちながら紙袋をテーブルの上に置いた。

「あんたの連れの忘れ物だ。あんたから渡しといてくれ。殴って悪かった、と言ってな」

紙袋を開けると、中から源内のライカがころりと出てきた。

再び顔を上げると、デンの大きな背中が、メイとビエンのテーブルの横を通り過ぎようとしていた。

身を堅くしていたメイの肩を、デンがポンとたたいた。と同時に何か彼女につぶやいた。メイは明らかにほっとした様子で、おれに笑顔を見せた。

デンは、そのまま後も振り返らず、のっそのっそと出ていった。
ビエンがおれに向け、かすかにグラスを持ち上げてみせた。

エピローグ

空港まではビエンが送ってくれた。カウンターでチェックインを済ませ、館内のカフェで最後の朝食を摂った。食事の間、会話はあまり弾まなかった。皆ぼんやりとした様子でコーヒーを飲んだりクロワッサンをほおばったりして、それぞれの物思いに耽っていた。

みんなの食事があらかた終わった頃、おれはカフェを出て空港内のトイレに向かった。館内の隅、通路を進んだ奥の入り口で、トイレは男女別になっていた。小用を済ませ手を拭いて通路に出ると、メイがいた。通路の壁に背をもたせ掛けたまま、おれを認めると軽く手を上げてみせた。

「ずいぶん早いトイレね」

「ああ」

そう言いながら、おれもなんとなくメイの隣に背をもたせ掛けた。

「ボーディング、何時なの？」

おれは時計を見て答えた。

「……十五分後だな」

「もう、あまり時間がないわね」と、メイは反対側の壁を見つめたまま、「今度、ベトナムに来ることは？」

少し考えておれは答えた。

「当分は、ないと思う。旅行会社に勤めてはいても、おれはもともと営業の人間だから、そんなに添乗も多くないし」

「……そう」

「うん……」

「ね、ひとつ、聞いていい」

「いいよ」

「彼女、いるの」

「――いるよ」

「どんなひと」

おれは少し考えると、

「一言でいう《イナワード》と、キツい女《シャープ・ウーマン》だ」

すると、彼女は笑った。

「女はたいがい、男よりうんとキツいものよ」そして、軽くため息をついた。「……生きてゆく上での負荷が、全然違うもの」

そう言い切った彼女の、むくんでがさついた手の甲に目が留まった。おれは自分でも意識しないうちにその手首をつかんでしまった。

一瞬彼女はびくりと体を震わせたが、ややあって、かすれた声でささやいた。

「最後に、もうひとつ」

「ん？」

「お願い。動かないで……」

彼女の顔がおれの視界にやや斜めに入ってきて、両腕がおれの背中に廻った。唇の濡れた感触がおれのそれに伝わってきたかと思うと、不意に彼女の舌がねっとりと絡んできた。

なぜか、かすかにパパイヤの香りがした。

ふと互いに我に返ると、館内のスピーカーからフライトインフォメーションが流れていた。おれたちが乗る便の、最終搭乗案内を告げるアナウンスだった。

「……誤解しないでね」

おれの顔を両手に挟んだまま、哀しげに彼女はつぶやいた。

「唇だけは、売りものじゃないのよ」


レストランに戻った。メイは気まずいのか、みんなと視線を合わせようとしない。そんなメイの様子に、源内は意味深な視線をおれに送り、ビエンは素知らぬふりでコーヒーを飲み干した。

少年がおれを見て、言った。

「そろそろ時間ですね」

「ああ」

おれはうなずいて、ビエンに手を差し出した。「色々ありがとう。ずいぶんとあんたには世話になった」

ビエンは照れ臭そうにおれの手を握り返した。

「また、こっちに来る予定は？」

「いや」おれは首を振った。「当分、ないと思う」

ビエンはちらりとメイを見て、

「そうか」そう言って、もう一度おれの手を握り返した。「ソー、ウィーホープ、シーユーアゲイン」

「シーユーアゲイン」


バンコクで一泊を挟み、翌日の午後、成田に着いた。

源内とは空港で別れた。源内は成田エキスプレスで都内へ、おれと少年はクルマで埼玉へというわけだ。

到着ロビーで別れるとき、源内は小さな紙切れを少年に渡した。

「目下プー太郎なんで名刺もないし、これからも今のアパートに居るとは限らない」

と、源内は少し照れたように、

「携帯の電話番号だ。おれなんぞ、あんまり頼りにならないかもしれないが、もし何かあれば、相談には乗らしてもらうぜ」

そう言って、ニッと笑った。

「じゃ、またな」

最後に少年の頭に軽くさわると、そのまま地下の改札に降りるエスカレーターに乗り、見えなくなった。少年は源内の後ろ姿を見送った後、その紙切れを大事そうにポケットにしまった。

「おれたちも、そろそろ行こうか」

そう言うと、少年は黙ってうなずいた。

クルマを預けている駐車場に向かった。ボンネットにはうっすらと埃が積もっていた。

午後四時。時計の針を、二時間戻す。少年とおれは日常へと戻ってゆく。

ドアを開けて乗り込み、帰路に着いた。

東関道を通るとちょうど首都高でラッシュに巻き込まれると判断したおれは、我孫子―柏経由の一般道を選んだ。

道中、おれと少年はほとんど会話を交わさなかった。これから家に帰り祖父に会うことを思えばとても話をする気にはなれないのが、少年の偽らざる心境だったろうし、おれも強いて話題を見つけようとはしなかった。

利根川の支流のひとつ、小貝川沿いに並走する道を走っていたとき、隣の席でカサコソと乾いた音がした。見ると、少年が父親からもらった時計の箱を開けていた。彼は箱の中から腕時計を取り出すと、しばらくその文字盤をじっと見つめていた。

やがて前方に長い橋が見えてきた。欄干の下には茶色に染まった葦の湿原が広がり、中央にゆったりとした河の流れがあった。

不意に少年は時計から顔を上げた。そしてドアのノブを回転させ、するすると窓を下げ始めた。サイドの窓は全開になり、冷気が車内に吹き込んできた。その意図に気づき、おれがあわてて口を開こうとした瞬間、少年は腕時計を窓の外めがけて、思い切り放り投げた。

クルマはちょうど橋の半ばに差し掛りつつあった。

その年代物の腕時計は空中で西陽を受け、一瞬きらっ、と光ると、そのままゆるやかな弧を描き、灰色の河の中へ吸い込まれていった。

窓を閉め終えた少年は、おれを見て淋しそうな照れ笑いを浮かべた。

見る間にその両眼から涙があふれだし、頬を伝って、膝の上に残っている空箱の上にしたたり落ちた。

その時のおれにいったい何が言えただろう……。母親はなんの頼りにもならず、再婚話に夢中で少年のことを顧みようともしない。そして、やがては他人の男を父親と呼ばなくてはならない。唯一頼りにしていた祖父は捜索を妨害し、最後には父親を拉致しようとさえした。しかもその事実をお互いに内に秘め、永久に何も言いだせないまま、これまでの孫と祖父の役割を演じ続けてゆかなくてはならない……そんな家族の中でこれからも生きてゆくことを、彼は選んだのだ。

夕陽が泣き続けている少年の頬を、黄金色に照らしだしていた。

おれはコンソールボックスの中からティッシュを取り出し、少年に渡した。

「……すいません」

ぐすり、と鼻を鳴らしながら少年は言った。

「みっともないですよね」

「いいさ」と、おれは答えた。「誰にだって、泣きたくなる時はある」


周囲に闇が迫り、ヘッドライトを点灯させた。市内に入っていた。

バイパスで中心街を迂回し、山の手の住宅街——見覚えのあるナマコ壁をライトが照らしだした場所で、おれはクルマを止めた。

「どうします、家に寄っていきますか」

おれは首を振った。

「おれ自身も気持ちの整理がついていない。またの機会にするよ」

「……そうですね」

少年は後部座席から自分の荷物を引き出すと、クルマの外に降り立った。

「じゃあ、どうも本当にお世話になりました」

「いや」

「ぼく、長瀬さんになんてお礼を言えばいいのか……」

「いや、本当にいいんだ」心から、おれは言った。「君が、自分の選んだ生活でしっかりやっていってくれること。そしていつかは、君が引きずってゆく気持ちから突き抜けた人間になってもらいたい。今おれが願っているのは、それだけだよ」

少年は、ほほえんだ。おれに一礼すると、背を向けて正門に通じる道を歩き始めた。

彼は一度も振り返らなかった。無機質に光っている街灯が、その細長く伸びた影を路上に映し出していた。

やがて影は、ナマコ壁の向こうに見えなくなった。

おれは、山の手の住宅地から市内へと続くゆるやかな下り坂を戻り始めた。眼下に旧市街の密集したネオンがキラキラと瞬いていた。冬の澄み切った大気が張り詰めているのだ。

眠らない街。眠らない灯。昼夜に闇はなく、暁への兆しもない。予定調和の明日は、常に一定の光の元に晒されている。


サイゴンの、あの田舎のホテルでの未明のことだ。ふと目覚めたベッドの中で、遠くから聞こえてきた一番鶏の鳴き声を、かすかに耳にした。静かに窓を開け、月明かりの下で時計を見た。午前三時。東の空にちりばめられた星々は未だ輝き、暗い森の向こうから夜鳥の囀く時間帯。その夜の世界に幕を引く、高らかな鳴き声をはっきりと聞いた。

この街で、この国で、一番鶏《ルースター》の鳴き声を聞かなくなってから、久しい。

●選考経過

応募枚数の上限が八百枚に引き上げられた今回も、全国から三五八篇の作品が寄せられ、厳正なる予備選考を経て、下記の三作品が最終候補作に選ばれました。

公開選考会は二月三日、赤坂のサントリーホール・小ホールで行われ、浅田次郎、北村薫、林真理子、藤原伊織の四氏に加えて今回より逢坂剛氏を新選考委員に迎え、白熱の討論の末、『午前三時のルースター』が大賞に選出されました。また、公募と作文審査で選ばれた五十名の読者選考委員による読者賞の投票においても、同作品が最高点を集め、前回の『イントゥルーダー』につづき、ダブル受賞に輝きました。他の二作品は優秀作品賞に決定いたしました。

サントリーミステリー大賞運営委員会

「暴走ラボ《研究所》」　結城辰二
「午前三時のルースター」　垣根涼介
「ネバーランドの柩」　新井政彦

サントリーミステリー大賞受賞リスト

第1回（昭和58年）
鷹羽十九哉「虹へ、アヴァンチュール」
読者賞　麗羅「桜子は帰ってきたか」
第2回（昭和59年）
由良三郎「運命交響曲殺人事件」
読者賞　井上淳「懐かしき友へ――オールド・フレンズ」
第3回（昭和60年）
土井行夫「名なし鳥飛んだ」
読者賞　保田良雄「カフカズに星墜ちて」
第4回（昭和61年）
黒川博行「キャッツアイころがった」
読者賞　長尾誠夫「源氏物語人殺し絵巻」
第5回（昭和62年）ダブル受賞
典厩五郎「土壇場でハリー・ライム」
第6回（昭和63年）
笹倉　明「漂流裁判」
読者賞　樋口有介「ぼくと、ぼくらの夏」
第7回（平成元年）
ベゴーニャ・ロペス「死がお待ちかね」
読者賞　黒崎緑「ワイングラスは殺意に満ちて」
第8回（平成2年）
モリー・マキタリック「ＴＶレポーター殺人事件」
読者賞　関口ふさえ「蜂の殺意」

第9回（平成3年）
ドナ・M・レオン「死のフェニーチェ劇場」
読者賞　今井泉「碇泊《とまり》なき海図」
第10回（平成4年）ダブル受賞
花木　深「Ｂ29の行方」
第11回（平成5年）
熊谷　独「最後の逃亡者」
読者賞　祐未みらの「緋の風――スカーレット・ウィンド」
第12回（平成6年）ダブル受賞
丹羽昌一「天皇《エンペラドール》の密使」
第13回（平成7年）
森　純「八月の獲物」
読者賞　伊野上裕伸「火の壁」
第14回（平成8年）
三宅　彰「風よ、撃て」
読者賞　高尾佐介「アンデスの十字架」
第15回（平成9年）
結城五郎「心室細動」
読者賞　司城志朗「ゲノム・ハザード」
第16回（平成10年）ダブル受賞
高嶋哲夫「イントゥルーダー」
第17回（平成11年）ダブル受賞
垣根涼介「午前三時のルースター」

この作品は第17回サントリーミステリー大賞受賞作に若干の加筆をしたものです。
なおこの作品はフィクションで、実在する個人、団体等とはいっさい関係ありません。

午前三時《ごぜんさんじ》のルースター

発行日　平成十二年四月三十日［第一刷］

著者　垣根《かきね》涼介《りょうすけ》
発行者　和田　宏

発行所　株式会社文藝春秋
東京都千代田区紀尾井町三—二三
電話（〇三）三二六五—一二一一

印刷所　凸版印刷
製本所　大口製本

定価はカバーに表示してあります。
万一、落丁、乱丁の場合は送料当方負担でお取替え致します。
小社営業部宛お送りください。

ISBN4-16-319250-6

文藝春秋の本

心室細動　結城五郎
第15回サントリーミステリー大賞受賞作

二十年前の医療過誤事件。その関係者が次々に謎の死を遂げる……現役の医師が、人間の心の闇を描く衝撃のメディカル・サスペンス

厳《おごそ》かなる終《しゅう》焉《えん》　結城五郎

安楽死——それは神の与える恩寵か、悪魔の所業か。一人の心弱き医師の魂の軌跡を描く衝撃のサントリーミステリー大賞受賞第一作

イントゥルーダー　高嶋哲夫
第16回サントリーミステリー大賞受賞作

深夜の電話で、自分に息子がいて重体であることを知らされた私…父と子の絆の切なさ、コンピュータ犯罪を描いて全選考委員激賞!!

ミッドナイト イーグル　高嶋哲夫

奥飛騨に墜落した火の玉を目撃したカメラマン。横田基地への謎の侵入者を追う女性記者。やがて恐るべき国際的陰謀が明らかになる

半眼訥《とつ》訥《とつ》　髙村　薫

敗戦以来の昏迷の時代といわれる現代。我々は神々の消えた国で何をなすべきか。世相を見すえる作家の真摯な願い。初のエッセイ集

蒼い記憶　高橋克彦

生き神を祀る新興宗教の村で、両親を火事で失った少年。三十五年後にオゾンの匂いをきっかけに記憶が甦り…。表題作など全十二篇

リスクテイカー　川端裕人

天才物理学者と元ロックミュージシャン、邦銀転職者トリオが、世界マーケットに仕掛けた三日間戦争の顚末。マネーは何を計るのか

錆びる心　桐野夏生

劇作家にファンレターを送り続ける生物教師。十年間堪え忍んだ夫との生活を捨て、家政婦になった主婦。魂の孤独を抉る傑作小説集

文藝春秋の本

サイレント・ボーダー　永瀬隼介

強靭な肉体と精神力で渋谷に自警団を組織する若者、航《わたる》。ルポライター、仙元はそのカリスマ性の裏に潜む狂気を追いつめていくが……

輓《ばん》馬《ば》　鳴海　章

重い橇を曳く馬の胸に躍る力瘤。騎手の鞭がとぶ。輓曳《ばんえい》競馬の世界に生きる男たちと馬の交流を鮮烈に描く江戸川乱歩賞作家の新境地

M（エム）　馳　星周

背徳の世界は実は身近にある。些細なきっかけでそこを覗いた者たちの苦悩、絶望、快楽。ロマン・ノワールの旗手が挑むエロスの新境地

てのひらの闇　藤原伊織

一瞬の、たった一度の失言が、全ての発端となった——。二十年後二人の男が、その出来事の決着をつける。実力派作家の待望の長篇

文藝春秋の本

秘密　東野圭吾

第52日本推理作家協会賞受賞作

失ったのは妻なのか、娘なのか。愛するもののために、彼らは何を決断したか。夫婦とは、親子とは、愛とは何かを問う感動の話題作！

探偵ガリレオ　東野圭吾

若者は突然燃え上がり、デスマスクは池に浮かぶ。そして心臓だけが腐った死体……常識では考えられない謎に天才科学者湯川が挑む

氷雪の殺人　内田康夫

北端の利尻島で起きた殺人事件。事件の向うに蠢く謀略、防衛庁汚職を追う名探偵浅見光彦の眼前に巨大な〝国〟の姿が立ち現れてくる

Miss You　柴田よしき

カップルを引き裂く〝別れさせ屋〟の暗躍。婚約を解消され、無頼派作家をめぐる殺人にも巻き込まれた女性編集者の挫折と奮闘を描く